U0609065

穿越麦地

裴亚莉 著

陕西新华出版传媒集团
太白文艺出版社·西安

图书在版编目（CIP）数据

穿越麦地 / 裴亚莉著. -- 西安：太白文艺出版社，
2021.6（2022.1重印）
ISBN 978-7-5513-1929-4

Ⅰ.①穿… Ⅱ.①裴… Ⅲ.①散文集－中国－当代
Ⅳ.①I267

中国版本图书馆CIP数据核字（2021）第075183号

穿越麦地
CHUANYUE MAIDI

作　　者	裴亚莉	
责任编辑	李　玟　张馨月	
整体设计	建明文化	
出版发行	陕西新华出版传媒集团	
	太白文艺出版社	
经　　销	新华书店	
印　　刷	涿州军迪印刷有限公司	
开　　本	889mm × 1194mm　1/32	
字　　数	150千字	
印　　张	12.25	
版　　次	2021年6月第1版	
印　　次	2022年1月第2次印刷	
书　　号	ISBN 978-7-5513-1929-4	
定　　价	70.00元	

序

阅读裴亚莉《穿越麦地》

杨争光

这是一本自觉的散文写作的结集，其中的每一篇都有其自觉的意识，自为的经意。而且，是自我的写真——写真并非写实。写真与写实一字之差，却分属两个完全不同的世界。

因为自觉，因为实有而非虚饰的情感与精神，又有认知的提领，就有可能拨开实有，显现实有深处的存在，哪怕是虚无。

虚无也是实有，更是真有——"人去楼空"，不管是对"去"的人、"在"的楼，还是对旁观者、审视者，都是实有、真有；也正因为是真有，"人去楼空"才有了时间，有了故事，有了饱满的审美。

我们熟知的那一句"落了片白茫茫大地真干净"也是。

因为是自觉的写真，而且是自我的写真，又有精心的经营，其中的"麦地"与"客厅"，就不只是生活里

1

的实有，更是饱满的意象。从"穿越麦地"到"在客厅写作"，就已经是一个有着多种可能的叙事。

但，首先是自觉的——自觉的自我，自觉的自诉，从"穿越"到"写作"，都是。

"穿越麦地"的是女儿，是妻子，是母亲，是同窗，是同道，是学术的门徒。这样的自我，因为在客厅的写作，肉身与灵魂得以安顿，得以扩延，囵囵的生命记忆得以清晰，飘忽的情感意绪得以稳定，尘封与遮蔽的这个那个得以显身，是过往的自我，也是再次发现的自我。所有的这些融合成一个新的自我——这也许是这一本自觉的自我写真首先的价值和意义：因为自己，写给自己。

又因为"自己"从来都是一个场域性存在，拥有诸多实有的身份与角色，又因为女儿，因为母亲，因为"亲爱"，因为同道与师长，这一本自觉的写真，也是写给他们的。然后，才是如我一样的读者。

还因为是学术家，就又有着学术家对散文写作的直面——

比如，古人的文论。

我以有限的阅读，多点状的感悟，即使不失精准，却也难成系统。重实用的民族，对一切物和事，功夫多在即时的功效，对文章也一样，尤其是系统性的研究与梳理。

事实上，系统性的研究与梳理虽然未必有即时的功效，却是一种思维训练。有良好的思维，距离思想的产生也就不那么遥远了。我们所谓的"三不朽"中的"立言"，不就是要以文的形式留存我们对这个世界、对自我的所思与所想吗？

这本散文集里的每一篇，都有写作者的思与想——对心理、对情感、对物和事、对曾经的所有以及现在的所在。

比如，伍尔夫的《一间自己的房子》与写作者自己的"在客厅写作"。

在我看来，伍尔夫的"一间自己的房子"，其指向不仅是写作，更在于生命的形式感——具有审美诉求的生命形式。伍尔夫不可能不知道，不仅自己的一间房子，楼道里的小凳小桌、公园里的长条石椅、温馨或不那么温馨的咖啡馆，都可以是写作的场所。但，对伍尔夫来说，写作不仅是一种工作、一种单纯的表达，更是一种生命的意象，尤其对女性的写作来说。

而这，也是"穿越麦地"到"客厅写作"的裴亚莉自觉的自为。

比如，其恩师的"拿开人格的面具"。

在我看来，刘锡庆先生的"写散文，就是要拿开人格的面具"，实在是一句大实话。在人的社会里做人，面具也许必不可少；在作文，则是一种败坏，尤其是写真的散文。以虚构为能事的小说家尚不能够，何况写真的散文家？

这本散文集里的每一篇，都践行着恩师的忠告，且怀着虔诚。

又比如，现代散文的"形散神不散"。

我也"拿开人格的面具"实话实说吧，对这一句流传已久、多以为然的高论，我不能苟同。有没有"形散神不散"的东西呢？物有神则形聚，文无神则形散，所谓的"形散神不散"是对散文的误解。几千年前孔夫子的"质胜文则野，文胜质则史。文质彬彬，然后君子"，同样也适用于文章。文与质，灵与肉，本为一体，难以分解。我固执地认为，好的文章首先是货真价实的思与想。即使是情感与意绪，没有思与想的参与，也会陷入表达的困境。无神的文章只能是散架的、僵死的文字，神志不清甚或神经错乱的文章无法"文质彬彬"。

为裴亚莉自觉的书写感佩，又有感于本书中涉及的散文写作，写了如上的文字。

就正于裴亚莉老师。

当然，也要就正于能够看到这些文字的朋友。

2018 年 5 月 8 日于梧桐山

目 录

第一辑

旅程和滋味

午后的前山

/ 一 /

老刘预计着今天返回西安。

全家人在阳春小馆吃铜火锅作为道别。席间，妹夫高坡说："干吗这么急着回去？休假还没有结束，娃娃们也都在这里。"

午餐吃得很满足，回来以后大家分头午睡。浅睡中，听到老刘在楼下洗漱。过了一会儿，听见他又上楼。问他："要走了吗？"他说："是啊。""我们原本可以去山上走走的呀。"我对他说。

/ 二 /

邀请一个人"到山上走走"，这就是我表达自己的愉快心情的最好方式了。前些天，刚放假的时候，我和几位朋友一起上山，回来写了《夏日走在山间……》的笔记，老刘很好奇地看了。想到那天我在笔记中大书对山川的恋慕，以及对与自己一样恋慕山川的人的期望，而老刘又恰好看到这样的笔记，他心里会怎么想？他会不会想，我难道不认为他就是我生命中那个这样的人吗？我邀请他到山间，或者他邀请我到山间，难道我和他之间，不一直是这样的吗？所以，回想那天他浏览我的笔记的情景，多少感到有些对他不起。一个人，如果足够成熟，就应该认识到，身边这个实际的可以一起"走在山间"的人，就是思想中期望的那个人；不应该让他平日对其他事情所发表的与我不同的见解，影响我们共同喜欢的"走在山间"这一最令人喜爱的情状。所以，听到他说"那好吧"，我开心的同时，也松了一口气，知道他懂得我这个资深文艺青年的内心世界里，总有那么些为合乎文情而不切实际的内容。网络上说，生个娃，文艺青年这种病就治好了。看了这句话，我只能说，那都是假病人。

时间已经是下午四点半了，不过孩子们都在熟睡。于是我们心情轻松地上路了。

从西安南郊到秦岭北麓的某个峪或者沟，首先要开车驶过繁忙的子午大道或者西太公路。但是从父母现在居住的夏县三里墩到瑶台山通往泗交的入口，却是一条几乎没有车辆的路；而一旦经过瑶台山，进入通往泗交的盘山公路，山势平缓，视野开阔，路况又好，所以即便是在车上，也已经能感觉到走在山间的欣悦。

/ 三 /

一个星期前，阵雨天气。高中同学关立文作为向导，带着我和我的父母、胖丫（*胖胖和丫丫*）以及妹妹一家途经泗交，去河东岭吃烤肉，到李峪呼吸那里后山的空气。夏日里后山的空气，充满着被雨水浸泡后的各种植物的气味，这种气味中有新鲜叶片的味道，也有腐烂掉的根和叶的味道。山下正逢大旱，玉米叶子基本都卷了起来。但后山山洼里的玉米，却茁壮地长着，完全不知山外情形。爸爸看着李峪山间的玉米，羡慕至极。他想着自己费了很大的劲浇了两次的玉米田，说："即便就是也有这么一场雨，对咱们那里的玉米，也作用不大了。"我知道爸爸浇他的玉米地很费劲，因为他年纪大了，已经不太适应庄稼地里的体力劳动；再就是天太热了，玉米苗那么高，叶片又那么锋利，汗水流在被玉米叶片划伤的皮肤上，很疼的。可是爸爸说，那都不重要，重要的是，天太旱，地下水水量骤减，水泵能够抽上来的水很少，在满是麦茬子和玉米根的地里，是很难流动的。是啊，水在庄稼地里的驱动力不够，人，对此又有什么办法呢？只好浇一浇，停一停，让井歇一歇，然后再继续。所以，费劲。

在李峪看到一个路标，指示的是嘉康杰纪念馆。嘉康杰是夏县的抗日英雄，是夏县乃至运城地区的骄傲。

原来他当年开办革命学校的地方就在李峪啊！我和爸爸都很想到纪念馆去看看，但无奈同行的孩子又小又多，再没有其他人愿意同去。关立文在李峪看到几位当年他在这一带行医时认识的老人，他们热情地拉着他的手，邀请我们到家里吃饭。从这短暂的一幕，可以看出他在这些人心中的情感地位。立文为我和爸爸没能去嘉康杰纪念馆感到遗憾，许诺再带我和爸爸来一次。他说："纪念馆很重要，但你可以和这些老人接触接触，因为像他们这个年龄的人，全部都是党员，年轻时，是民主生活的积极参与者和推动者呢！"

那天，路上多次在一个拐弯处看到阳光和白云，在另一个拐弯处又遇到急雨一阵。大体上是一次凉爽的旅行经验，记忆里，道路两旁的树木很高大、很苍翠。尤其是在河东岭吃饭的时候，我甚至感到衣服穿少了。那天最后吃到的热汤面腊八饭，让大家赞不绝口，我想，这可能跟天气和气温有关吧！

今天，和老刘一起上山，则完全是一个晴天。晴天里，路边的树木显得不那么高大苍翠。我们两个人即兴出行，能够逍遥的时间不多，所以只能计划在进山后不久，就找一条安静的路远足一段，完成"夏日走在山间"那个永恒的爱好。

/ 四 /

不过，随便找到一条能够远足的路，并不容易。因为你不能在公路上散步。再者，我虽然是一个夏县人，但我并不熟悉夏县的山，所以我并不知道在哪里停车，才能够有一段没有车辆而又适合散步的路。

高中毕业的时候，我到唐回村住过一个暑假。那时候，和爸爸一起坐公交车到泗交，然后步行到唐回。我已经忘记从泗交步行到唐回的时间是多久了，只记得路上的植物，几乎是我在山下的家里从来没有见过的。而且，到达唐回村之后，我发现村子里的人如果要下地干活，就要早早地吃完早饭，带上午饭出发，晚饭时才回来。可见庄稼地和家之间的距离有多远，可见山间的地域，其广阔是山下的人所不能轻易体会的。还有就是，邀请我去唐回村的那个人，是爸爸朋友的女儿巧仙。

她和我年纪相仿，在山下的学校念书，节假日回家不方便，常常在我家度过。几乎每个假期，我们两个人一起在我家的时候，她都要说："什么时候你能到我家就好了。"尤其是有一年放秋收假，家里种了很多黄豆。阴雨连绵，爸爸就把所有的黄豆都用镰刀割好，用小平车拉回家，放在屋子里。为了不让豆荚在潮湿的天气里被捂坏沤坏，我们必须抓紧时间把黄豆苗上的叶子摘掉，将豆苗秆竖起来摆在墙边通风。阴雨天气导致山路塌方，巧仙也回不了家，于是就和我们一起摘豆叶。雨下了一天又一天，工作又是那么单调无聊，以至于我们说着说着都找不到话了。但是巧仙还是一次又一次地给我许下了上山过一个暑假的"愿景"。这个计划的真正实现，要到高考结束了。爸爸在唐回有很多朋友，都是那种在我家和我们全家人睡过一个大炕的朋友，所以，在巧仙家住的那个暑假，唐回几乎所有认识爸爸的人，都让我在他们家吃过饭。我跟着他们一起下地，在院子里的木耳桩子上摘过木耳，和他们一起在午后树荫下的席子上闲坐。那时候的自己是正值青春期的少年，和大人有什么好聊的呢？可是想起那些漫长的夏日时光，似乎寸寸都在眼前。更有意思的是，我还不止一次地当着他们的面，在一张小凳子上坐定，将笔记本放在膝盖上，写了很多东西。他们得对我多好，才不会来过问我写的是什么啊！我得多信任他们，才能在写东西的时候，不躲着他们啊！那时候的笔记本现在在哪里？那个当初认为一定会永远保留的笔记本现在在哪里？自己写了些什么？那些自己认为超级重要的文字，它们到底是什么？它们现在在哪里？那些自己曾经认为要终生珍藏的东西，它们在哪里？经过了外出求学、在另一个地方安家落户，经过父母家翻天覆地般的被拆迁，现在看来，丢掉某个自己曾经认为重要的东西，其实并不是多么不得了的损失。因为，当初感觉到的那些美好，今天依然美好。并不一定要找到那些文字，也并不是一定要借助那些文字，才能证明曾经的美好。

所以，今天，作为一个夏县人，我其实是第三次走在通往泗交的路上。

/ 五 /

过了上焦村，又走了一长段的路。看到路边有一个可停车的"港"，有几个人坐在水泥防护柱子上聊天。这个"港"也是通往一条岔道的路口，于是就把车开上去，探头问那几个聊天的人："这条路通到哪里去？"他们问："你要去哪里？"告诉他们我们就是闲逛，他们就都笑了，说，是通往大庙乡的路。

这是真的吗？在我们的初中时代，好朋友碾零的爸爸就在大庙乡工作。我们在学生时代来往密切，但总是在我家玩。或者就是过年的时候，他们一家住在县委招待所，邀请我去住几个晚上。从来没有想过自己会走在去往大庙乡的路上。这种偶然到来的令人惊喜的时刻，使得本来就很惬意的出行得到了更高程度的升华。所以我们抓紧时间找到了一个可以会车的宽阔地带，把车停下，徒步向前走了。

半小时以后遇到一个村子，有老人坐在家门口望我们，有半大的小鸡飞快地横穿马路跑过去，大门口的核桃树上果实累累，生活垃圾散落在村口的路边，空气中立即冒出了一些臭臭的味道……我们折返了。像我喜欢我遇到的那些老人、小鸡、核桃树一样，我并不讨厌生活垃圾臭臭的味道。折返的原因是我们的时间有限，不能在孩子醒来以后还自在地闲逛。已经是六点半了，而且，中午的时候表弟送来了两条还能活泼游动的大鱼，晚上我要做酸菜鱼给大家吃！而酸菜，还没有买呢。

/ 六 /

总结一下夏县泗交一带的前山地带与西安南郊秦岭北麓的峪和沟的不同，那就是，我们今天所走的夏县泗交的山，没有那么高，没有那么深，空气依然是那种流畅的空气本身，只不过少了一些县城里的生活污染；而秦岭是深邃的，一旦进入秦岭，空气就变得浓郁，而非流畅。流畅的空气，其实就是大风。所以，难怪瑶台山周围的山坡上建了那么多的风力发电厂！巨大的白色风车散落在辽远的山坡上，情态傲娇地兀自转动着它们的三个翅膀。作为在山下的家里就可以清晰望见的新景观，胖丫常常在阳台上注目这些风车，并且不由自主地喊出声来："看！我看见风车在转动啦！"而他们的父亲，因为他们还要在此地居留一段，借由"走在山间"的理由，又可以陪他们一个晚上啦。

2016年8月20日

从安康到宁陕

/ 一 /

秦岭是什么？是飞机从咸阳机场起飞的一瞬间看到的连绵不断的群山那线条清晰的轮廓，还是地理教材上简单指明的那条中国气候的南北分界线？是零摄氏度，这个表示气温的科学符号，还是冬天的时候室内有无暖气这个供暖政策的标志？

从西安出发，沿着新修的西康线到安康去，一共四个小时的车程，火车要穿越九十九个山洞。平均不到两公里就有一个。如果你想在这四个小时的时间里用手机给人打电话，基本上是不可能的。因为一进山洞，信号立即消失，而在山洞外的时间一闪而过，信号也是一闪而过。

然而这不是秦岭，我想象中的秦岭不是由这些山洞组成的。虽然这些山洞堪称奇迹，它们使得从西安到安康的路不再是人们的畏途，但是也正因为如此，秦岭失去了人们对它的想象——人们以为秦岭原本就是由这些极易通过的山洞组成的。

/ 二 /

火车还有十五分钟到达安康站的时候，我的手机终于有了稳定的信号，也就是说，西安和安康之间的山洞终于过完了。我给安康教育学院的陈老师打电话，要他带一个有轮子的小型行李车来接我，因为我带给他们的材料很沉，上车的时候是有光和他的同事两人抬上车的。陈老师要我下车后就在站台上等着。

但是下车的时候陈老师还没有来，一个老人站在了我的面前。

他大概有六十岁，穿着一身黑色的衣服，肩上扛着一根系着绳子的木棍，比重庆的棒棒军扛的棒子长一些。而最让我惊讶的是，他的脚上穿着一双真正的草鞋。这样的草鞋将他大部分的脚面都露在外面，脚面是我从来没有见过、但是在书本中读到过的被称为"古铜色"的那种颜色。顺着这双脚再仔细打量他的全身，我发现他全身的皮肤都是这样的颜色，真健康。他的眼睛含着笑意，望着我的箱子问："你要不要我帮你把这东西拿出去？"

"要啊，可是你拿不动。这太沉了。"我想到两个年轻人都要抬着这个箱子上车，他这样大的年纪了，怎么可以？但是他认为我在小看他的力气，他说："我有的是力气，我是靠力气吃饭的。"

老人的话和他的神情都很慈爱，也隐藏着一些小小的幽默感。不过我还是要等陈老师来，因为站台是我和他约定的见面地点。再说，如果陈老师拿了有轮子的行李车来，那么谁都用不着费劲扛这么沉重的东西了。

我对老人说了这些情况，他还是不断地请求帮我拿东西。我知道，这是他想要得到的一个工作机会，但是心里又老想着陈老师和自己的约定，想着一个带轮子的行李车，也确实害怕看到老年人负重走路。于是我对他说："要不然你在这里等着，如果来接我的人没有带小推车，你就帮我拿，好吧？"他没有说话，大概是同意了。可是过了一小会儿，他又小声地说："我们总是要提防公安来撵我们。"我看看周围，并没有什么公安，就安慰他说没关系。

凭什么我说没关系？我还没有决定让他替自己搬运行李！

陈老师还没有来，站台上的旅客很快都走光了。我开始感受到自己不太习惯的、属于南方闷热的潮气，汗水立即就渗了出来，刚刚擦过防晒霜的手臂、脸和脖子感到出奇地滑腻。不过，气候是一方面的原因，我想更重要的是陈老师还不来。我着急的并不是自己不能忍受这样潮热的天气，而是要给这个穿草鞋的老人一个答复，到底要不要他帮我把行李扛出去。

奇怪的是，不知道为什么，在大约十分钟的等待时间里，我一直没有想到应该给陈老师打个电话，问问看要不要雇一个搬运工将这些书搬到出站口。我只是在那里站着、等着，直到没有机会给黑衣老人一个准确的答复——我看见他突然转身朝站台外面的铁路线走开了，而在相反的方向，一个铁路警察正朝着我们的方向走来。我认为很显然，警察并不是朝着我们站立的地方走来的，他几乎连看都没有看我们一眼。但是他的制服已经足以让这个老年搬运工逃跑。老人先是快速地走开，稍远之后，开始频频地回头看我，我想大概是希望我能招呼他过来，最终让他搬起这个沉重的书箱子，"靠自己的力气吃饭"。烈日照着他黑色的身影，难过和这潮热的空气一起向我席卷而来。陈老师怎么还不来啊？

直到我终于看着那黑色的身影消失在站台外面很远处的一个小房子后面的时候，同时，在相反的方向，我看到一个人在向我微笑、招手。一定是陈老师（**因为我没有见过他，所以只能猜测**）。而最让我绝望的是，他对我说的"资料很沉"没有认真对待，以为是女同志拿不动但男同志拿得动的程度，所以他自己来了，既没有帮手，也没有带轮子的行李车。但是黑衣老人已经走得太远了！

陈老师咬着牙，将这一箱教学资料放在了自己的肩上，扛到了出站口。他本来是穿了洁白的圆领汗衫，文质彬彬地进站接我的，但是出站的时候，汗水湿透了他的衣服。现在我相信了，黑衣老人是最适合帮我拿行李的人，比陈老师适合，也比有光和他的同事适合，因为他是做好了完全的身体和精神上的准备来做这件事情的。最重要的是，让他来做，是他渴望得到的工作机会。我是一心想要理解他的愿望的，可还是没有帮上他。关键的是，我和许多与我一样的读书人，满心想要同情别的吃苦出力的人，却缺乏他们所需要的实际的反应能力和速度。也就是说，如果一下火车，在听到黑衣老人的建议的时候，就给陈老师打个电话，让他在出站口等着，由黑衣老人将我的行李搬到那里，这不是一个人人乐见的结局吗？同情他的最好的办法应该是让他有工作的机会。

其实我应该将这一位老人称作草鞋老人。那天晚上很晚了，我还睡不着。心里老在后悔，来来回回的，心里想着，本来是可以让他搬这件行李的啊！不得已爬起来找到日记本，将白天在车站发生的这件事情记述了一遍，分析了一遍，将自己的反应迟钝剖析了一遍，终于在恍惚中睡着了。睡着之后，梦到了阳光过于充沛的车站，梦到了黑衣老人的草鞋。我将他的草鞋捧在手上，对他说："哎呀，你的鞋很好啊，和大自然有着直接的联系。看到你的鞋我就想到了山间小路和草叶上的露珠。"即使在梦中，我也知道自己讲话的腔调极为可笑，可是草鞋老人并没有笑，他说："是的，草鞋上山最好，它很轻，能省下力气背东西；并且，只有沾上点露水，这草鞋才会变软，不扎脚。"

/ 三 /

相对于西安来说，安康和汉中就是南方了。在我的内心，当南方的山水还没有占据一定的位置时，太早之前就占据了一席之地的是对南方人的看法。我是山西人啊，上学在北京，工作在西安，于是对于南方人精明、不豪爽的说法很容易认同。认同之后就是警惕，敬而远之啊，最好不与之为友。然而我最好的朋友一个是淮阴人，一个是湖北人，广东也有一个。这是不能与"北方主义者"共享的友谊，于是我悄悄地藏着这些友谊。有的时候我对自己说，他们是南方人中的特例。

我到安康来，主要的任务是给安康教育学院研究生课程班上一门课，内容是西方文论中的后现代小说理论。这一门课之前在咸阳也讲过，一个班里有八十个人来听，都是中学教师，也有一些行政人员。他们都是自己所在单位的业务骨干，是一些很挑剔的听众。所以，当我每次上课，看到教室里都座无虚席，甚至有人搬着凳子坐在教室后门只把脑袋探进来听课，或者在下课的时候，他们热烈地和我探讨"后现代如何如何"的问题时，我都会强烈地感觉到，在这些社会中坚的身上，闪烁着许多平日里不可多见的美好情愫。他们喜欢文学，喜欢和文学有关的话题，我就觉得他们美好。这也许是我的一己之见，但是说实话，在当今这个时代氛围中，美好这东西，除了在文学里还可以落脚，还能上哪儿找去啊。我希望在安康的课堂再次找到这种美好的感觉。

为了这一次的课堂，我专门做了一个特别详细的讲义（就是陈老师从站台上扛出来的那些东西）。但是听众的反应并不是那样热烈。这个班上的人其实也不少，有五十多个，但是到课的情况，只是上午稍多一些，有二三十个，而到下午，往往会降到十个以下。常常有人趴在了桌子上好像睡着了。虽然我也在课堂上找到了几双专注的眼睛，但是这份专注是那样理性，远不能和咸阳人的反响之热烈相比。

好在获得热烈的反响并不是自己此行的目的，我的目的只是要寻找这一份隐藏在秦岭深处的南方之地中的美好。我经常想，一个人，有没有文学的素养、聪明不聪明是其次的，有没有美好的情愫才是主要的。但是一旦将没有热烈的反响和没有美好情愫联系在一起，我的心里就感到空虚：美好在哪里啊？

不过我保持着自己的精神面貌，希望能够感染他们。

/ 四 /

课程进行到倒数第二天了，晚饭的时候有光的朋友把我从饭桌上叫走了，说是有一个好去处。

车子离开安康市区大概只有不到半小时，就到了一段两边挂满了农家乐招牌的公路。驶下公路，拐了几个弯，看到了两排整齐的新房，门口庆贺"开业大吉"的花篮还是新的。下车后再往下坡的方向走，穿过一片茂密的树林，就看到一些认识的人已经坐在了饭桌旁。我一边跟他们打招呼，一边就看到了原来是在河边——饭桌就支在河里，人们都脱了鞋，把脚伸在水里。远处，村子里的小孩都脱光了衣服，在水里嬉戏打闹。

正是夜幕降临的时候，大半个月亮从天边升了起来。我牵着小明亮的手，嘴里唱着歌向河流的远处走去，而月亮的影子，在水面上变成了金黄的光束，这是月亮刚刚升起时的样子。河水暖烘烘的，叫人直想把整个身体都投向它。戏水的孩子渐渐走光了，河边的住家亮出了灯光。挨着河边走，甚至隐隐约约听得到亮着的窗户里村人一边吃晚饭一边说话的声音。

我们也要开晚饭了！女老板苗条的身影在那边的灯下站着，姿态十分优美地招着手。炒腊肉、排骨炖玉米棒子、酸菜拌汤、油饼，啊！如果不是我要将这些美味的饭菜写出来，那么回到西安之后我会因为一时半会儿见不到这些东西而"从来不需要想起"，但是此时此刻，一旦我写到了它们，我才明白地意识到，它们已经住在了我的心里，"永远也不会忘记"！

让一个几乎没有见过河的人将自己的脚放在河里，让一个已经多年没有见过月亮的人一抬眼就看到金黄得像卡尔维诺所想象的那样布满了奶酪的月亮！还有腊肉，腊肉是怎样做的？不知道。安康地区山里的村人是如何吃腊肉的？也不知道。但是，想想，在春天里的某一天，一个人下了山，在集市上买到了一个猪娃，或者父子二人买到了两个猪娃，一人背一个上山回了家，将这猪娃养了，养到春节的时候，也不卖，就杀了做成腊肉，多好的事情啊，也许吃腊肉的时候还总要回忆买猪娃的时候发生的故事呢。还有被安康人叫作"苞谷"的玉米，怎么能够和排骨炖在一起？和排骨炖在一起的玉米，外面裹了一层咸香的味道，而嫩玉米里面包着的是带汁的玉米仁。关中的土地上，能不能长出这样充满汁液的玉米？能不能？没有这里的空气潮湿啊。后来又想，关中的玉米，大片大片的，是为了粮仓而生长的；而且，天气稍一干燥，那叶子就卷起来了。但是安康的玉米地，是在山坡上的小片地里种的，退耕还林之后，庄稼地更为稀罕了，所以，玉米地在安康都是小片小片的，不是为粮仓生长的，只是为了这样的点缀式的食谱。也许，小的就是美好的啊！

晚饭之后天完全黑了，别人都到河里游泳去了，我在饭桌旁边看着别人的包。这时候女老板过来了，问我为什么不去"洗澡"，我说只有自己是女的，不好意思下水。她说水太好了，绝对应该下去。就将我的看包任务交给了她的服务员，跑到屋里拿了毛巾和泳衣出来，嘴里说着："我来陪这个妹子洗澡。"

月亮现在升得比较高了，明亮的月光照在水里，不再是一道金黄的光束，而是普遍地洒在了宽阔的水面上，并且在水波上荡起细碎的金光银光。女老板利落地脱掉自己的衣服，穿上了泳衣，走进了水里。而我，用了很长的时间。脱掉衣服用了很长时间，穿上泳衣也用了很长时间。而正因为我的动作比较慢，所以我有时间看到了女老板将自己的身体十分优雅自然地放进河水中时那惊人的美丽。她的头发向上绾着，面容在月光和水光下清晰显出了它的细致和姣好。

这绝对是一个令我感到震撼的场面。远处，传来那些男人们说话的隐约不清的声音；近处，是蟋蟀和别的夏虫鸣叫的声音；不近不远处，是女老板的服务员们收拾饭桌和酒瓶子的较为清晰的声音；而离我们最近最近的地方，是哗哗流淌的河水的声音。如果将耳朵尽量近地靠近水面，那么还可以听到水在流经石头的缝隙时发出的硿硿的声音。一切的声音都在展示着自然的静谧，而最惊人的还是女老板躺在水中的身影。我对她说我终于知道为什么古代的神话传说中，求爱的男子总是将仙女的衣服拿走，因为仙女在洗澡时，总在水中欣赏自己美丽的身姿，而同时，那个求爱的人也躲在树丛后面偷偷看，偷偷欣赏啊！我问她，她的老公是不是在水里向她求爱的，她笑得几乎要呛水了。原来，她的老公是她当年从别的女孩手里抢来的。

就是这样一个我甚至不知道她的名字的做生意的女人美丽的身影，连着她的风风火火做生意的故事：如何摆平和当地农民的纠纷，如何一连几个月监工变得黑瘦黑瘦，如何趁着退耕还林的政策卖树苗，退耕还林结束后又如何开发河边的旅游业搞农家乐，家里丈夫和女儿如何对她不满……这一切一切，与那月色和自然的声音一起，永远地印在我的脑袋里了。

"我在西安念的书啊（**没有问她念的是本科还是大专还是中专，这有什么要紧呢？**），但就是觉得安康好，离不开这里的水。再说，西安人太忙，人与人之间好像没有什么情分。"

女老板这句平常的话对我有重要的启示作用。我不是在警惕南方人没有情分吗？他们也在批评西安人没有情分。看来情分是在哪里都有的，你得先对这个地方有情分才可以。

/ 五 /

从河边回来的第二天是正式上课的最后一天，到下午的时候只来了八个人听课。我的心情很好，看到他们我很高兴。之前我已经知道他们是理性的听众，河边归来之后我更知道了他们的心中也是有着更多美好的经验的听众。在坦然面对这稀少的听众的一瞬间，我突然意识到这个态度说明我这才算是领悟到了后现代的部分真理。后现代总是将非理性挂在嘴上，但是其真正目的，却不是要人们去发疯，而是要人们警惕——千万不要被那些看似理性的道德律令和霸权意识搞得痴呆了。我总念念不忘那些在我的课堂上有热烈反响的听众，难道这是后现代的精神吗？后现代的精神，说到底还是理性的精神，要人们从每一个个体的需要和体会出发，冷静地辨析，明白地选择。而安康的这些同志们，难道他们来不来听课，不是他们理性选择的结果吗？如果是这样，我还有什么可空虚的呢？为什么不同这些选择了来听课的同志们好好交流呢？我想我和来听课的安康中学的王老师、紫阳中学的雷老师以及其他的六位男女同志，都记得那天下午我们体验到的言说与倾听的快意，甚至有一些对那一段时光的眷恋。

后来我到离安康教育学院不远处的香溪洞散步，看到了一个在景区经营溪园饭店的老板，他居然问到了我的班上有没有一个叫王治义的人，说那个人是他的侄女婿。我惊呆了，随即无比欢欣，那就是安康中学的王老师啊！

这一切的信息都在提示我：在安康所度过的一周应该以美好的标签被贴在我的记忆中，除了我对那个黑衣老人或者说是草鞋老人以及陈老师的歉意。陈老师后来天天见到，尤其是每次我们从住处到达上课地点的时候，总能看到他含着笑在自己的办公桌前坐着，开着电扇，暖壶里灌满了开水，等着让我们泡茶、休息，并没有因为自己扛了沉重的行李而耿耿于怀。我每天晚上都睡得很好，白天胃口大开，几乎觉得自己就要长期在这个地方住下去、生活下去了。

/ 六 /

但是离开还是要离开的。

离开的那天，空中飘着些小雨，一出市区就看到连绵的山上远远近近都是白云飘飘。绿树和川地里的庄稼显得更绿，而远山则是黛色。看啊，看啊，连眼睛都不想眨一眨。本来是又要坐西康线的火车回来的，但自从这眷恋的情绪包裹住了我，我决心要在蜿蜒的公路上穿越秦岭了。没有想到的是，事实上我们穿越的是绿色的"海洋"。一路上都在对绿色的赞叹中度过。这时候再问自己：秦岭是什么？秦岭是当今这个到处都是钢筋水泥的世界的希望啊。我总是绝望，总是害怕这个世界会因为无休止的房地产开发最终变成沙漠然后彻底毁灭，是秦岭，是秦岭当中无边无际的绿色，给了我一劳永逸的安慰。

因为走公路的路程和时间都要更长一些，我们在宁陕住了一个晚上。宾馆的窗户就对着县城居民的窗户，隔着一条街。房间的被褥散发着我从来没有闻到过的、山间空气洁净的味道。而到晚上，出去散步的时候看到县城的广场上在放露天电影，观众云集，这让我疑心自己回到了二十世纪八十年代，中国人记忆中的黄金年代。第二天清晨，才清楚地看到原来这个县城是被群山紧紧地包围着的，甚至山坡上还住着些人家，又是白云，又是白云环绕着的青翠的山峦。昨天放电影的广场边已经有人来卖菜，有一些装在篮子里的看一眼都会感到清凉的西红柿和茄子。我买了一包，而且担心自己回到西安会舍不得吃这些人间仙果；然后又看到了学生模样的小女孩挽着个篮子来卖热玉米，有祖孙二人一人买了一个，当下剥了皮当早餐吃开了。好嫩的玉米啊，让我想起了河边的女老板。我也买了一个，说要"很嫩很嫩的"，这个女孩就拿了一个很大很大的给我。当然，我剥了皮咬了一口之后发现并不是"很嫩很嫩"。不好吃，但是很好玩。因为我小的时候放假帮父母卖菜，也是专挑脾气好的、讲普通话的客人缺斤少两，因为他们的好脾气中总是带着些逗弄小孩和同情劳动小孩的味道，而自认为成熟的小孩是不喜欢被大人逗弄，也不喜欢被说普通话的人同情的。

2004年8月

蓝田日暖心生烟

/ 一 /

上个周末，我跟着一个籍贯蓝田的学生，到她的家里去了一趟。"蓝田日暖玉生烟"，只为这一句诗，那里就成了我必须去的地方。早上九点，我们开着车，从西安先到蓝田县城去。但是因为浐河正在扩路，本来只有三十公里的路程走了将近两小时。而当我为自己的心血来潮自责不已，情绪沮丧到极点的时候，蓝田县到了。我问他们是否经过县城中心，他们说"不"。我感到遗憾，他们却说："蓝田县城？有什么好看的？与中国两千多个县城没有区别。只不过名字好听罢了。"他们主宰着车辆运行的方向，而且，我觉得他们的心思与我的心思很不投合。我请求他们等我一会儿，下车到设在路边的蓝田县玉器厂的玉器店里买了一个红色的指环和两条绿色的项链。学生告诉我："要想找到真正的玉，就必须到玉山去。"但玉山的方向，跟去她们家的方向是相反的，而且非常远，不容易到达，这当然是一个遗憾。不过我并不在乎哪里才有真正的玉，我只想体会一下蓝田是怎样的，在诗歌中闪耀了一千年的蓝田如今是怎样的。这个学生她不愿意去玉山，甚至不愿意提及玉山有另外的原因，因为玉山是这个学生中学时代的恋人、她的老师的故乡，她曾经对我转述过她写给老师的信中的一句话："玉山带着玉香接纳了我。"但是她爱着的人实际上并没有真正接纳她，因此那个地方成了她不愿意提及的伤痛。我因害怕她会想起不愉快的事情，所以没有表示我的遗憾。我不愿因自己的这个本来也无所谓的愿望让她难过。

离开蓝田县城，车子很快进入了塬上盘桓的道路。

记得有人考证过"离离原上草"的"原",是"高原"还是"平原",现在看来,结论既不是高原,也不是平原,而是那种在平原上隆起的一个宽阔的条状地带——就是白鹿原那样的塬。能够有这样的认识,得益于我来陕西工作的这个实际经验,让我比较确切地知道了到底什么是"塬",也知道了,在陕西关中地区,人们基本上是将"塬"和"原"混用的,指的是同一种地理现象。指着车窗外,学生说:"这就是陈忠实写的'白鹿原'。塬上满种着麦子和苹果树,苹果树就栽种在麦田里面。将车窗摇下,可以看见低矮的麦子已经爆出了肚子。总在西安看城市漫天的烟尘,却不知道田野里已经有了夏天的踪迹,而更为不知不觉的是,天空的颜色改变了。直到蓝田县城还灰蒙蒙的天空,似乎是在陡然之间就变成了真正湛蓝的天空。偶尔路过一个藏在坳子里的村庄,就看到人家院落里栽种的桐树高高地越过房屋的顶部,盛开的桐树花也伸向我们的视野,同时把浓郁的桐树花的香味,也送到了我的鼻腔里。气温开始明显地降了下来。将衣襟紧紧地拉在一起,让头发在山风当中乱飞,闭起眼,似乎就看到了童年的故乡。我的童年是在对花朵的极度渴望中度过的：田地里一切属于杂草的花都被拔掉了，一切与经济林木有关的、可以开花的果树都被砍掉了，一切用于装饰的玫瑰、月季甚至菊花，都因为离"生活"太远而被拒绝，以至于从来没有被认识过。但是桐树的花是被允许的，高大的桐树在故乡的院落和道路旁随处可见。就是在那时候的春寒料峭中，它们把它们的浓香印在了我的鼻息里，印在了我的装满记忆的脑袋里。因此，直到今天，桐树花是与家乡春雨中弥散着的柴草灶火的烟味，与马房猪圈当中新割的草的香味，与过于强烈的太阳光当中熏人的春天的气味联系在一起的。在任何地方，只要看见桐树花，尤其是闻见桐树花的香味，我都能怀着最本质、最深刻的感情想起故乡，然而地名是陌生的。眼前正掠过以"白鹿原"命名的派出所的标牌、摩托车修理站的招牌，以及美容理发店的小小的门面和招牌。路口聚集着一些骑在静止不动的机动农用三轮上的人们，他们在等人来坐他们的车。又有在路边搭起的简易的戏台子，上面有一些未化妆的男女演员在唱秦腔，只有以二胡为主的几种简单的乐器伴奏。有更多的人聚集在台下观看，他们都痴痴地仰着头，只会偶尔歪头对路旁经过的机动车或者其他噪声表示轻微的不满。不过总的来说，他们是痴迷的，只需要看一眼就会知道他们的痴迷，痴迷得让人羡慕——这是某家的后人在清明时节为先人做周年的追荐。

看到唱秦腔的人和听秦腔的人，我想起了我的这个学生的父亲，他也是一个唱秦腔的人。我多次在他女儿的口中听到过他。一个唱秦腔的人，是怎样的一个人？白面的？柔弱的？圆滑子北方式的世故的？还是像我们在刚刚路过的白鹿原的简易舞台上看到的演员那样，脸是黑色的？后来我们见到了他，他哈哈笑着，讲着自己一年四季的生计，讲着他们村边那个废弃的弹药销毁厂的历史，他用粗大的手给我们一人发一角锅盔，他也把大碗的臊子面端给我们。一个黑脸的、做着父亲的秦腔演员！

/ 二 /

蓝田，甚至好像整个关中地区的房子都是一个样子——把房子盖在进门处，也就是把大门开在房子的正中间，而正房的客厅也是通向院落的走廊。后来我见到一套名为"陕西十大怪"的明信片，其中就有一怪叫作"房子半边盖"，旁边还有一首阐释的诗："乡间房子半边盖，省工省钱省木材。遮风避雨又御寒，冬暖夏凉好运来。"

我们走进她们家的大门，左前方的窗户下面盘着一铺土炕，炕边用瓷砖贴得十分干净整齐。果花（*学生的名字*）的父亲就和衣躺在炕上，睡着了，因为他昨天晚上出去唱秦腔了，回来得很晚。我们径直走进院子，眨眼间就被晒在了阳光下。准确地说，是眨眼间就完全被阳光包裹了起来！自从冬天从延安回来之后，我已经太久没有见到过真正的阳光了。坐在院子里，明显能够闻见来自猪圈和厕所以及堆积着的柴火的气味，它们的气味与整个田野的气味混合在一起，像是有着极为浑厚的背景。在这样的空气中有几只飞舞着的苍蝇，我不像往常一样觉得它们是我们的敌人，它们也并不可恶。它们像我们走在属于自己的道路上一样飞舞在属于自己的气味中。坐在院子里，以右面的院墙、左面的房屋，以及前面低矮的院墙为边框，就在视野中裁下了一幅春日山景的画面。那是连绵的塬的一部分。远远地可以看见一丛一丛的黄色小花，空气氤氲，让这些本来不是很远的花朵蒙上了一层朦胧的面纱，一层由距离和春天的空气决定的富有内涵的朦胧。

在果花家的院子里看到的是一面山，是一幅画。后来，我专门走进另外一户人家的院子。站在院子里和大门口，则可以分别看到不同的景色，是两幅画。如果我站在他们家的院子里，看见的是已经看见过的那一座开着黄花的山，不过视野更开阔；而如果我站在他们家的大门口看，则是在果花家的院子里看不到的景象，是一道河沟和河沟对面的山梁。河是看不见的，因为它比较深。在山梁上长着这个时节郁郁葱葱的杨树、桐树，可能还有柳树。这些绿色似乎产生了一种名字叫作"绿"的气味，毫不间断地冲击着我。如果我的每一个毛孔都可以有感受力，那么我相信它们都会变成一张一张的嘴巴，把属于绿的颜色和气味都吞进去。

最关键的应该还是下面的那一条河。一定是河水滋养了这样丰腴的绿色。我曾经特地问过陈群，"江南是怎样的"。这是一个太大的问题。问题本身就让我手脚发软，主要是意识和心发软。她曾经给我讲过深夜里在苏州大学的校门外买嘉兴肉粽，也讲过泛舟太湖，这都已经是我心中的江南美景。但是这都还不够。江南的河是怎样的？江南的绿色是怎样的？我也曾在电影里面关注过江南的绿，但是除了《逆光》（1981，丁荫楠导演）为了配合政治上春天的到来而描写过上海早春的绿色之外，其他如描写广州的《太阳雨》（1988，张泽鸣导演）、《给咖啡加点糖》（1987，孙周导演）、《绝响》（1985，张泽鸣导演）、《心香》（1992，孙周导演）和描写苏州的《家丑》（1994，刘苗苗导演），以及描写上海的许多电影，就没有见到特别多的对江南绿色的描写，似乎绿色在南方导演的眼里经常是不被注意的。是因司空见惯所以就忽视了吗？还是江南的绿色即便是在春天，也难以给人"新"的感觉，而又因为没有"新"的感觉，所以也就不能"欣欣然"，不能为之惊叹？我生在北方，从来也都生活在北方，每年春天到来的时候，身体里面和心里面许多细微的"感觉的弦"就开始颤抖。它们那么容易被自然的任何一点点变化触动，尤其是那种崭新的、带着一些红色或者黄色的绿色。四川人也常常说他们那里是南方，但我从未听到有人称四川为江南。可能正因为他们那里不是"江南"，所以四川人对绿色的感受要强一些，更能感受到新鲜。比如以他们那里为背景的电影《变脸》（1995，吴天明导演）、《被告山杠爷》（1994，范元导演）都是这样的。我真希望陈群能为我写一些有关江南、有关江南的绿色和江南的河的文字。所以我想我对江南是有很深的感情的，是那种从未见过但心向往之的感情。①

/ 三 /

果花家的院子里除了一棵枣树之外，还有一棵高高的香椿树，笔直的树干直指深蓝的天空。她的父亲说，一大早，他就搭好梯子，在下面扶着，让果花的弟弟爬上去，用钩镰将香椿芽钩下来。他正说着，我就闻

---

① 后来，这项工作由诗人胡桑完成了，他应我的请求写了一篇题为《杏花春雨江南》的美文，刊登在我们的《呼吸》杂志上。

到了厨房里飘出来的香椿芽被切碎之后的气味。连忙跑进去，看到果花的妈妈正打算用香椿芽炝锅，午饭是臊子面。切了那么多，还有那么多！都洗得干干净净的放在一个浅浅的篮子里面，用一块白布盖了半边。她的妈妈说："吃吗？生着就可以吃的。"那是多么诱人的味道！仰望着它所生长而来的大树，知道这一棵树长在怎样的山水和院落里面，又面对着把它们从树上钩下来的黑脸庞的父亲。所以，这香椿芽，除了自己的味道之外，还让我吃出了更多有关生活的味道，甚至天空的味道。我从另外一个篮子里面拿了一块锅盔（**也是我第一次吃这种真正出自烙锅盔的人之手的关中地区的锅盔**）。锅盔，就是烙得很大很厚的饼。果花的妹妹又找了一碟子辣椒，我们几个外乡人就那样大口地嚼了起来。拿起一个香椿芽，它像一朵开着的花。就从最像花朵的部分咬下去！同时，脸也像被花朵掩映了一样。我觉得这样吃东西有些矫情，但是，我多么希望能以一种最豪放、最惊喜、最膨胀的心情吃这些香椿芽！

/ 四 /

这个村子位于秦岭北麓众多峪口当中，叫作汤峪。峪，就是有水的山谷。而汤，在关中话中，也有热水的意思。所以，汤峪，就是温泉特别多的一个峪。这些年，因为那些温泉，汤峪的房地产开发极为热闹。但汤峪离果花家所在的焦岱镇还有一段距离，所以，这里的一切，依然安详。唉，焦岱，焦岱是什么意思呢？是看上去特别浓墨重彩的远山吗？果花的爸爸是个喜欢考据的民间文艺人士，但他也不知道。这里还有一些村子的名字也很有趣，比如一路上看到公交车标牌，有写到库峪的，不知道是什么样的村子。还有叫牛心峪的村子，听说是因为村子附近有一座尖顶的小山，与周围的山峰组合在一起看起来像一头趴伏着的牛，而这座小山正处在心脏的位置，以此得名。

开始吃香椿臊子面的时候，果花爸爸说："吃罢饭带着你们老师到咱的山上去转转。"果花不语，她的妹妹说："山太高，可累人。"爸爸说："不怕，人家城里人就喜欢上山。"果花赶紧说："老师的老家也在农村。"爸爸坚持说那也不怕，一定要我们去爬爬山。因为在村口的那座山上，近年来由一些老头老太集了一些香火钱，在山上建了庙宇，逢年节时就成了集会的地方，也就成了一景。我真的觉得果花的爸爸很好，很贴心。听着他说话时洪亮的声音，我真想知道他是怎样唱秦腔的。而且我觉得他一定是一位很好的秦腔艺术家，因为我总觉得，善于感同身受是艺术家的基本素质。他们在为我的活动做计划，可我觉得自己像一个旁观者，我更有兴趣听他们用自己的方言热热闹闹地争论。

不过后来我们没有爬山，就在河里走了走。可能原因是我原本对山并不陌生，但我几乎从来没有亲近过河流，哪怕是小河流，也没有亲近过。河水清而浅，岸边开满了金黄的油菜花。我们蹦跳着踩过许多石头，有光甚至失足掉进了水中，大家都因此而兴奋异常。我告诉他，随意说一个地方的坏话是会遭到报复的，或者掉到河里，或者吃饭的时候咬到舌头，或者走路的时候摔一跤。落水的有光直骂我巫婆。但我还是开心，因为他在早上说了"蓝田没有什么特别"的话。

果花的妹妹，果丽。她是她们村小学的教师——红红的圆脸，沉静的表情，心里有许多深沉的人生感慨。她在一块石头的边上采了一朵紫色的花，说："老师，送给你。"我就把这朵花别在了头发上，用一种夸张的方式记住此时，记住此刻，记住此地——这一对姐妹，这一个家庭，都是我将来要想念的。河本身也是重要的，绿色本身也是重要的，可是我已经太啰唆了！我只不过是热爱春天，热爱绿树和干净的水而已！然而，我还必须热爱很蓝很蓝的天空，因为它可以证明我是一个喜欢心灵干净的人。而且，一直写到最后，我才发现，她们姐妹的名字，都是与果与花朵有关的。而这，正是我所缺乏的。

/ 五 /

现在，在我重新翻开以前写的这些文字的时候，暑假就要来了，西安市区的温度天天接近四十摄氏度，我就想，如何能再与那个年轻的乡村教师联系上，和她住在她的单人宿舍里，每天看着她所熟悉的湛蓝的天，日出而作，日落而息地读一些长篇小说。那天，在我们从她家里往河里走的时候，突然听见后面有人喊："果丽！"原来，一个邻人的小猪出走了，正向我们的方向跑过来，那人要果丽把她的小猪堵回去。我们站在那里，看到果丽捡起小石头朝小猪扔了过去，小猪顽抗了好几次，才不情愿地回了头。果丽也满头大汗，气喘吁吁。我说："你不仅负责照看人娃子，而且还要照看猪娃子。"她笑着叹气道："唉，不足为奇。"也就在这个时候，我收到了陈群的信，她告诉我，她放弃了在北京工作的机会，要回到家乡的师范专科学校教书。很多人不能理解，但是我无话可说。她在信中写道："于是含一枚金黄大杏，细细品尝远方；该是麦黄季节了，而布谷鸟将这天空叫得亲切。"她对天空、麦田和远方的情感使我在这一篇文字的写作过程中，时刻都想着她的存在。她让我更加坚信自己的所谓干净的心灵，也更加坚定自己对与她的友谊的珍视。我把这一整篇文字都献给她。

2001年6月

牛油果、百香果和芭乐

胖丫的娟子妈妈和老郭伯伯托人捎来了一箱水果，打电话的时候说里面肯定有我喜欢吃的那种。

很好奇啊！水果箱子还没有到，我就开始猜了。他们知道不少我喜欢吃的水果种类，可是这么肯定地说有我喜欢的那一种，足足让我猜了半个小时。箱子终于来了。原来里面有牛油果！然后是百香果和芭乐。哎呀，还有芭乐呢！

我知道，他们说的我最喜欢的那种水果，指的是牛油果。因为夏天的时候老郭和郭彤游历美国，问我要什么礼物，我说："要是能够在他们的水果摊上买几个牛油果带回来，就太好啦！"老郭答应了，可是没有买回来，因为他们返程是从夏威夷起飞的，在那里的水果店中，没有找到牛油果。那也没关系啦！我知道老郭是最讲情义的那种朋友，答应的事情，他总是会尽一切努力去完成。没有买回来，正说明他花了很多工夫去找了。这找的过程，才感人呢！现在，他俩有了牛油果，立即想到这是我的最爱，就让人快速捎来，怎能不令我欢喜？欢喜朋友的情义，欢喜这与自己平常买到的牛油果不同味道的果子。

从果子和朋友情义间的关系，我又想到自己的故乡能够产出的水果，想到那些需要从远方运来的水果，以及需要自己跋山涉水之后才能遇到并且品尝到其味道的水果，这思考的过程，恰恰是一种人生的空间旅程，也是一个展示人生际遇的过程。将自己和不同水果之间的情缘写出来，这会是一组多么有意思的有关"味道"的记忆啊！

而如果将对水果的认识，扩展到对各种滋味的认识和开拓上，这就更具有"格物致知"的意义了。所以我要将自己迄今为止所品尝到的口中的滋味和人生际遇中的各种滋味联系起来，记录下来，就好比构成了一个个人滋味的记忆史。

那我就先写牛油果吧。然后写百香果，然后再写芭乐。

/ 牛油果 /

2008年秋天到美国去之前，没有听说过牛油果；在美国住了一年，回来之后，其实也还没有听说过牛油果。但是为那里的墨西哥风味餐馆里提供的一种叫作瓜卡摩利的食品着迷：绿绿的、糊状的，浇在白米饭上，或者就着墨西哥玉米饼吃，怎么那么美味呢！主要是一种让人感到很神秘的、似乎和玛雅人或者印第安人相联系的味道。回国以后和小白切磋，她虽然对我的描述感到茫然，但依然非常有办法地说："'百度'一下呗！"于是我们就"百度"了一下"瓜卡摩利"，知道原来是用牛油果配上洋葱、西红柿或者其他配料做出来的东西。"既然您那么喜欢，干吗不买一些牛油果来做着吃呢？"小白说。我不觉得能够买到，她继续说："淘宝上肯定能买到。"于是她立即在淘宝上搜，果然搜到了，又立即下单，几天后收到了一些绿绿的、硬硬的果子。因为我们在搜索瓜卡摩利的做法的时候，已经知道绿的牛油果需要等待它变软、表皮呈褐色时才能食用，所以收到绿而硬的果子，一点都不惊奇，也一点都不失望，为了能够在自己家的餐桌上再现瓜卡摩利那令人着迷的美味，我们都愿意等待。在这整个过程中，我清晰地感受了小白这样能够欣然娴熟地游走在网络中的人，比我这样的"前现代"的人，要有办法得多。而为了满足我的好奇心，她总是乐意使用并发挥她的才能。

几天后，若干个绿绿的牛油果中，终于有几个表皮变成褐色了，也比较有弹性了。只要用刀在皮上切开一个口儿，就可以轻松地将果皮和果肉分离。然后将果肉切块放进捣蒜臼里面，用捣蒜杵将其捣碎，再将洋葱、西红柿、尖椒切成小丁放进去。喜欢蒜的话，还可以将蒜切丁或捣碎加进去。最后，加盐，搅拌——好啦！将这些个好不容易弄好的东西，装在自己最喜欢的盘子里，抹在刚刚烤好的面包片上，嗯！它立即迷倒了小白、刘丁、胖丫、老刘，甚至包括爷爷和大奶奶小奶奶。爷爷奶奶们说："这是什么东西？看起来和韭菜花好像啊！但是吃起来的味道，太不一样了。"他们平常很看不惯我们吃烤面包片，认为馒头比面包结实，也比面包便宜。但是，有了牛油果做成的瓜卡摩利，他们至少在这一个瞬间，喜欢吃面包片了。

看到大家都高高兴兴地享受这种奇怪的"外国饭"，我当然也很高兴，但是我知道，我做出来的这种牛油果配洋葱、西红柿和尖椒的佐餐食品，好吃是很好吃，但并不是我记忆中的瓜卡摩利的味道。主要是缺乏神秘性。难道是因为我自己能够操作了，所以就不神秘了吗？这真是一个问题呢。也不知道是事实如此，还是心理上起了什么变化。

但这对我而言，总归是一件极有意义的事情，因为我是经历了漂洋过海，先是尝到了以牛油果为食材做出的美食的味道，然后知道了世界上有那么一种叫作牛油果的东西，然后才买到了它，再一次、又一次地吃到了它，并且将使用它、操作它的方法都作为礼物，送给了朋友，还用它在家里招待朋友，接受他们对滋味的赞美。牛油果在一定程度上改变了我的生活啊！

现在，如果我有机会到美国去，我总会在超市买上几个牛油果回来。在纽约，五美元可以买四个，正好不那么占用行李的空间。关键在于，他们的牛油果很大，肉很肥，成熟得到位，所以味道鲜美；相比而言呢，在国内市场花高价买来的牛油果，果子既小又绿，一般都要放若干天才能吃，整个过程，平添了许多操作的困难和等待的辛苦。这让我以为，更好吃的牛油果，需要到美国才能买到，所以才会有托老郭去买的事。

但是这一次，胖丫的娟子妈妈和老郭伯伯捎来的牛油果，改变了我的看法，让我知道，从国内的渠道，也可以买到肥美的牛油果，这完全是托了有着深情厚谊的朋友的福。这种经验的改变，让我不由得要坐下来，打开电脑，写下上面的一些关于牛油果的记忆。

/ 百香果 /

今年十月底的时候，到福建连城童老师的故乡参加了"文化诗学暨童庆炳学术思想研讨会"。开会之余，当地文联组织我们参访培田古村落，才了解到老师成长的那个地方，原来是真正的红色革命根据地，难怪他对社会主义新中国的政治理想，有着发自内心甚至是与生俱来的认同。

在培田，我看到景区的各种售货摊上，都摆着百香果在卖。看了也就看了，思想和目光都没有在这一样事物上停留。究其原因，大概是因为，它仍仅仅是我认识的一个概念，我仍仅仅知道它的名字叫百香果而已。从哪里听说的？从谁那里听说的？已经全然没有印象。如果一个事物在我们的脑海里仅仅是一个概念，它就几乎是一种睡眠式的存在。这种存在是一种"在"，却还没有具备什么意义。具体到百香果这个事物上来说，它好像仅仅是旅游景点被售卖的商品，而且游客多半不会去买它。"一种不会被买走的东西"，这就是我最初走在培田古村落那些小街小巷里看到百香果时心里想的话。

到连城参加以童庆炳老师的学术思想为主题的活动，最开心的事情莫过于看到程正民老师也在场。程老师的在场，似乎在虚拟着一种童老师也在场的场景。他们两个人之间的友谊，深厚绵长，堪比手足，所以见到一个，总是要想到另外一个。程老师慢慢地走着，认真地看着，耐心地与人们交谈着。不远不近地跟在他的周围，小心他别让某一块小石头绊倒了，好像就是我那时候最想做的事情。走着，走着，发现太胜、黄键和来自太原的一位女老师也总是在关注着程老师的行与止。

在一个比较大的院落门口，摆着两张有靠背的长椅，我建议程老师坐下来歇一会儿。对面的那一张上面坐着两位当地的老婆婆，程老师兴致勃勃地给人家拍照，还专门走过去，坐在那两位中间，让我为他们拍照留念，说："三个老人。"在不远处的货摊上，太胜向另外一个老太太请教百香果的吃法。没注意人家是怎么将这果子打开口子的，反正太胜过来的时候，手里拿着一个已经打开了的百香果。他要程老师尝，老师不肯，说："牙已经完全吃不了酸的东西了。"然后他将果子给了我。原来人家就是掰下百香果比较硬的、有一些弧度的壳当作小勺，挖着里面的瓤吃。整个百香果拿在手上，其气味是特别芬芳的，而那些被挖出来的瓤，吃到嘴里，则基本只有酸的味道。就那样有一点费劲地挖着挖着吃完了瓤，手里拿着那个果壳，不知道该咋处理。因为在我看来，那个果子，闻起来比吃起来更迷人。

　　看着我研究着吃完了那个果子，程老师问太胜："怎么样？你喜欢吃这个吗？"太胜说："还不错，不过说不上喜欢啦，就是看到人家店里那么冷清，咱们又在这里坐了这么久，挺不好意思的。还有就是，我这是第一次吃这种果子呢！"呵，原来他和我一样，也才认识百香果。不过，我是北方人，不认识这种南方水果似乎情有可原。太胜是浙江人，也不认识，可见物产与地理的关系，并不像人工制造的多数商品那样，能够在全球化的语境里快速普及。见到而不认识是一种情况，认识了却从来没有吃过是另一回事，而吃过了，是不是就会真正喜欢？这就更是另外一回事情了。但不论怎样，曾经与我在北京师范大学（后称"北师大"）文艺学教研室同窗多年的诗人陈太胜，他因不忍当地老婆婆生意清淡而买来的百香果，是我吃到的第一个百香果。

从连城回西安，途经厦门，一路上都是碧空和青山，以及轻快流动的干净空气；一路上都在操心回到西安遭遇雾霾后的心情。唉，何以解忧？

对雾霾的担心不是夸张的，因为从11月1日回到西安，到11月21日终于下雪，整整二十天，几乎没有见过真正的太阳和真正的蓝天。每天出门，自己都好像是一个囚犯一样，将头埋得很低很低，郁郁前行。并不是头低下，就能够避免一些雾霾带给我们的身体和心灵上的双重折磨，而是，低头是一种自然而然的反应：似乎只有这种体态，才能够最真切地表达人类在对大自然实施毁灭式的破坏后自食苦果的绝望和无奈，这是一种对生而为当代人的绝望和无奈。11月21日，和北方许多地区一起，西安也卜起了雪。降雪持续到22日下半夜才结束。对于长期的雾霾天气，降雪是一种缓解，但并不能使问题得到彻底解决，因为降雪停止，雾霾还会继续，所以，在青年时代，总会因为降雪而无端亢奋的心情，这一次居然一点也没有。是不是只有我才有这样的体会？会不会有很多人在面对短暂改善空气质量的降雪时，感到更深刻的悲哀？如果是这样，雾霾已经成了我们这个时代的问题，因为它不仅残酷地污染了大气和大自然，而且深深地污染了我们的精神世界，为我们构建了一种"前无古人"的时代精神。

11月23日，天大晴。阳光在未被打落的树叶间闪闪烁烁，融雪的声音在各处屋檐下滴滴答答。下午，到西影去看片，结束后和石处香莉结伴步行至小寨地铁站。一路上，两个人就刚刚看过的片子谈来谈去，发现意见相吻合的地方真真是多。既然两个人如此情投意合，我一定要问问香莉君关于百香果的认识。因为胖丫的娟子妈妈和老郭伯伯捎来的水果箱子里，还有百香果呢！

"啊？百香果？我喜欢！"这就是她的回答。几乎和我一样，她对自己喜欢的东西，总是按捺不住要多多地表扬。在这一瞬间，我方才开始感谢这一场哪怕只是临时缓解了雾霾问题的雪，因为它顺便带来了干净的空气、闪亮的街景、快活的行走，而且让我将关于百香果的问题提给了一个正确的人。她快速地说着，开心地笑着，原来只要将百香果的瓤挖出来，配上蜂蜜，用温开水冲，就能做成一杯最适合冬天的酸甜可口的热饮了呀！作为她向我分享滋味的经验的感谢，我将自己的牛油果之恋又向她贩卖了一次。

回到家，我迫不及待地脱掉外套，换上拖鞋，跑到那个水果箱子跟前，抓出若干个百香果，用刀子把每个果子的一小部分壳切掉，然后给胖丫两位各发一个刨冰勺，让他们给每一个杯子里挖进一个百香果的瓤，然后加蜂蜜，再加温热的开水。胖丫一人一杯，大奶奶、小奶奶一人一杯，我和老刘一人一杯，嗯，酸酸甜甜的，好喝！而且，遵照香莉君的建议，我将这六杯蜂蜜加百香果瓤的饮品，全都制作在玻璃杯里面。"因为那样看起来是非常漂亮的。"她说。

喝完了，大奶奶和小奶奶猛然间想起来了，有一次，不知道是谁曾经带来过这么一箱东西，她们两位因为实在不知道怎么吃，就忘记了，放坏了，连着箱子一起，扔掉了。这个信息引起我们所有人的无限惋惜。这再一次地说明，见到了而不认识，认识了而不理解，理解了而不相爱，乃是人与人之间、物与物之间、人与物之间最悲哀的相遇了。

/ 芭乐 /

侯孝贤在《童年往事》里面讲到一个童年的记忆，那就是，祖母总是想要带着他（影片中的阿孝）回大陆。有一次，他们在路上，见到了一树芭乐果。奶奶惊喜地叫道："哎呀，芭乐！"由阿孝帮着拽树枝，奶奶和他一起从树上摘下了若干个芭乐果，然后用手帕包着，到了一户人家的院子里歇脚。后景里，这一家人正在修房子，奶奶和阿孝在人家的水盆里把芭乐果洗了。但是他们并没有吃。奶奶手里拿着四个果子，就那样开心地玩起了抛果子的游戏。音乐响起，是那样抒情的音乐，赞美这美好的一瞬。那一瞬，已经成为侯孝贤影片中最感动人心的记忆。

然而，看着那些被阿孝和他的奶奶称为芭乐果的果子，它们绿绿的，被摊在地上，被包在手帕里，被奶奶在手上抛着。可是，它到底是什么？阿孝的祖母惊喜地说"哎呀，这里有芭乐"的时候，他们的惊喜在什么地方？电影里又没有人吃它，它是能吃的吗？还是能摆的？或者仅仅是一种药材？在一个对芭乐果一无所知的人看来，芭乐就是一个谜。这是二十世纪九十年代末期的事情，百度在我们的生活中，还没有发挥像今天这样重要的、"有求必应"的作用。

后来有了百度，某一天突然想起《童年往事》中的场景，赶紧百度一下，啊，原来芭乐就是番石榴！可是番石榴是什么，也不知道啊！之所以有那种"哎呀，原来如此"的感受，是因为更早之前，读过马尔克斯和门多萨的对谈录《番石榴飘香》，也只是在概念上知道有那么一种东西叫作番石榴。不过，马尔克斯的事情，是南美的事情，和我们的距离毕竟不是那么近，他们那里的人吃什么，我虽然好奇，但不如因同样说中国话的人惊奇于一种我不知道的东西而更着急。这个着急，就一直在心里急了那么多年。

2015年12月初，由于台北的中国文化大学（**后称"文大"**）和我们单位之间的"友好往来"关系，我们单位五位同事，还有大陆另外五所大学的学者一起，到文大去参加"发皇汉语、涵泳文学"学术研讨会。从西安出发的时候，天气已经很冷了。但是在桃园机场一降落，立即感到暖风拂面。身上的衣服，都等不到走出机场，就想要全部换掉。我第一次去台湾是到台南，蔡老师和林杏娥接待我和孙见喜老师，从而知道这个季节的台湾，其空气和温度是怎样地宜人。

出了机场，文大的老师们在机场接机。而到了酒店，刚一下车，中文系的主任王彦俊先生和他们文学专业的老师们就迎上来了。其中有一些老师和我们的老师是有过交往的，所以他们就热烈地拥抱在了一起，大声地问候。我虽然一个人都不认识，但是站在星星点点的雨里，看着他们的重逢，就已经是特别曼妙的享受了。我们这些客人，各自到房间去梳洗换装，文大的老师们在酒店大堂的沙发上等我们。大家聚齐之后，王彦俊先生和他的老师们请我们到西提牛排的罗斯福路分店去吃晚饭。

那次同行的同事，除了张新科院长，还有高一农、王怀中和跃力。跃力知道西安也有西提牛排，可我从来也没有去过。不过说实在的，即使真的去了，我也能够想象，同一家餐馆在西安和台北两地的情形，肯定有不小的差别。然而更关键的，是一起吃这一顿饭的人，都是学文学的。几乎没有过几分钟，大家就都开始热烈地"谈"开了。我为第二天的会议准备的论文，是讨论侯孝贤电影中的"情、景、物"。说到物，就又想起了那个我不认识的芭乐。文大的赖升宏老师和我年龄相仿，也是侯孝贤的影迷，于是我就问他："芭乐是什么？《童年往事》里面的芭乐是什么？""芭乐？水果啊！"他太吃惊了，没有想到我连芭乐都不知道。我说："我在西安生活啊，怎么能知道呢？""那你们水果市场没有卖的吗？"这我就不能说什么了，因为我也并不是常常去逛水果超市的。赖老师呵呵地笑着，说："这就可见大陆的地域有多广阔了。我们中学课本学中国幅员辽阔、地大物博，说的是大陆，不是台湾啊！"他说完了以后，想起来我的问题的本质，是要问芭乐是怎么回事，就说："芭乐，现在正是芭乐上市的季节，超市、水果摊，到处都是。""那它当然可以吃了是不是？"赖老师只是笑了笑，表明我说的话，是一种明知故问的奇怪话。那天大家吃得很开心，聊得也很开心，但是我总操心着不要太晚，还要到超市去买芭乐呢。

吃完饭快要十点钟了。出了西提牛排，向赖老师他们请教了超市的位置，再动员同行的同事们一起去逛，大家均表示累了。于是我和跃力赶紧向着不远处的方向去寻找顶好超市。顶好超市跟西安遍地都可以看到的华润万家一样，是当地人日常生活中依赖的地方。

　　和我一样，跃力也认为，到了一个新地方，认识它最好的方式有三种，一是坐公交，二是逛超市，三是下饭馆。饭馆我们已经下过了，公交打算明天坐，今天的要紧事，是要先逛超市；而我的要紧事，则是要赶紧买到芭乐果，解决我近二十年"着急"的问题。关键还有，明天就开会了，我虽然在会议论文中没有写到芭乐果，可知道了芭乐、吃到了芭乐，明天在说到"侯孝贤"三个字的时候，心里才踏实。何况，我此行，之所以要选侯孝贤作为讨论的对象，潜意识里还是想：一、台湾的同人，他们是怎样看待我的关于侯孝贤的讨论的？二、到底有没有人能够让我知道芭乐到底是什么？想到马上就可以逛超市了，第二个问题马上就要解决了，好像这次参会的任务已经完成了一半一样。从热闹又封闭的环境里再次走到暖风拂面的马路上，这种认知上的获得感，真是需要那样飞扬又膨胀的暖风之夜才能得来。想到我的开心仅仅是为了这样小的认知，连自己都觉得好笑。

走了没多远，顶好超市就到了。

超市就是超市，全世界的超市乍一看也都是差不多的，但是，当你仔细端详货架上的东西的时候，事情就不一样了。这些个不同，就是千家万户普通人的日常生活的不同。想到这些货架上的东西，进入每一个家庭后，一个家庭的日常生活的内容，就基本上由这些东西架构着，这真是一种有趣的想象。跃力认真地比对顶好超市的生鲜的品质和价格与西安一些超市的差别，而我，则要赶快到水果区域去，找到我的芭乐果。芭乐果四个一袋，装在一起，贴一个标签，一百六十块新台币。我赶紧先拿一包在手上，表示这一袋芭乐果我买定了！很奇怪啊，这个芭乐的皮并不像电影里拍到的那样，像未成熟的牛油果一样是绿油油的，而是那种像佛手瓜一样的白中带绿的皮。凑近一闻，那些果子即使是被包在塑料袋子里，那种芳香的味道，也是特别明显的。怪不得马尔克斯的书名是《番石榴飘香》呢！在我对水果的认知里，能够闻到香味的水果，除了榴梿的

"香"，还没有别的呢。

　　已经把芭乐果拿在了手上，激动的心情平复了之后，我才能继续欣赏其他的我不认识的水果。看来看去，从来没见过也没有吃过的，就只有莲雾了。就在超市里面站着，现场用百度搜索了一下莲雾，知道是台湾的水果名产，也知道了它有止咳润肺的功效，可格物致知的机会就在眼前，却没有想要吃它的冲动。居然就真的没有买，当然也就没有吃。这到底是为什么呢？想来想去，知道了自己的求知欲，往往是被自己已有的知识所牵引的。在侯孝贤的电影里看见芭乐，就一定想要知道现实生活中的芭乐是什么样子；如果它能吃，那我就一定要吃一个。原来没有吃过榴梿的时候，在陈果的电影《榴梿飘飘》里听到台词："谁踩着屎啦？"那是在说榴梿呢，心想，幸亏自己没有吃过榴梿。后来在许鞍华的电影《天水围的夜与日》里面，看到女主人公就是在超市里专门卖榴梿、替顾客剖榴梿的。下班之后，她给自己家买了一个榴梿，在餐桌上打开，和儿子一人捧着一块，刚吃一口，就发自肺腑地说："好吃！"那时候又想，什么时候自己也能吃到好吃的榴梿就好了。好在在西安，买到好吃的榴梿虽然不容易，但还是有可能的。我还没有看到电影里面拍到或者小说里面写到过莲雾，所以，就还没有冲动去吃一个莲雾。看看，观影和阅读这种活动，对于像我这样的人的影响，就好像是流水进入地缝、砖缝和石头缝一样，挡也挡不住，而且渗透得很深。

那天，光顾着问赖老师怎么买到芭乐果，没有问他怎么吃。第二天会议结束，文大老师们又在圆山饭店设宴请我们。餐前水果是什锦拼盘，廖一瑾老师作为我们陕西师范大学（后称"陕师大"）小组的专任接待老师，耐心地和我一起辨识果盘里面的水果种类，而我唯一没有吃出来的，正是芭乐果。我已经买了呀，可是还没有吃呢。"不知道该怎么吃呢？""洗干净就可以了呀！"

晚上回到宾馆，洗了一个芭乐果，小心翼翼地开始了咬的动作。芭乐的肉，你说它是厚的，那它就很厚，当中的一大部分，是和碎碎的、小小的子混在一起的，如果要连子带肉一起吃，那就都可以吃；但是，如果你不愿意吃满嘴混乱的子，那果肉就不那么丰厚了。但无论怎样，芭乐果的芬芳，实在是特别悠长而且强劲的，它强劲到能够感染与它共同在场的其他事物，又悠长到尽管不常见却令人很难忘记，就像去年我们的那次台北之行。

今天，其实就是不久以前，在胖丫的娟子妈妈和老郭伯伯送来的水果里面看到了芭乐果，闻到了芭乐果芬芳的气息时，我的记忆立即回到了去年冬天在台北探寻芭乐果的时刻，然后脑子里又浮现出和文大的老师们在阳明山文大校园、台北街边的咖啡馆、餐厅、小吃摊，花莲理想大地，太鲁阁森林地质公园所经历的那些时光。在会议和参访完全结束之后，王彦俊先生又派他的老师们按照我们的愿望分小组陪同我们参观台北市区的文化景点、到书店买书。赖升宏老师就是陪我和跃力专门买书的。我们一起坐着台湾的捷运（地铁），坐着公交车，坐着出租车，在台北的街道上、台大的校园里，就那样既有目的，又没目的地走着、逛着、寻找着，每买到一批书，就直接在书店里打包，请书店代为邮寄。赖老师，我原先以为我们之间隔着教育背景和价值规范的差异，沟通起来要费去一定的周章，但事实上，文学史的共同性，其力量还是远远地存在于其他的力量之上的，这使得我们的行走和言谈，全都被那一天共同沐浴到的阳光照亮。那其实就是文学史的阳光，多美好啊！这时候，想起侯孝贤的芭乐果，也许那是尚未成熟的芭乐果，我在看电影的时候没有办法想象它芬芳的气息，但是，那种闪耀在绿色果子上的光芒，那种温柔而持久的闪耀，是多么吸引人啊！

2016年11月初稿

2016年12月定稿

第二辑

人生始发站

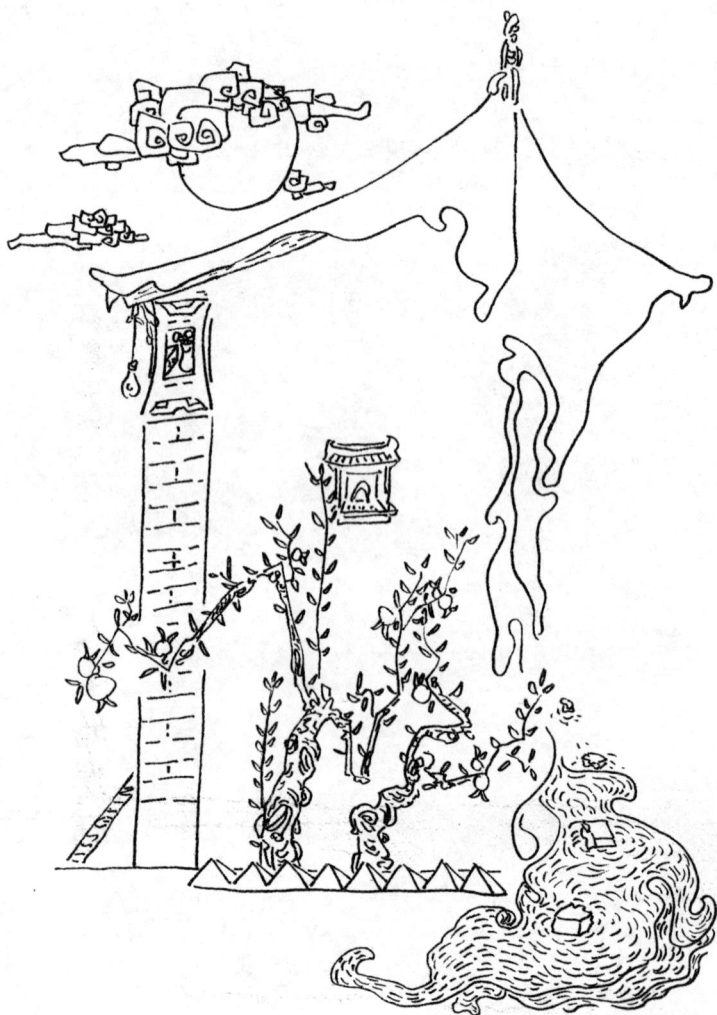

凝视着这安静的生活

/ 一 /

不知道是晚饭后喝了一杯咖啡的缘故，还是因为明天就要离开娘家回到自己的小家，或者竟然是因为今晚的月亮太亮，总之是失眠了。

起来一趟，到厅房里将下午看过一半的《于丹论语心得》看完了，时间才过去了半小时；又翻了一会儿汪曾祺的《随遇而安》，但也很快就看不动了。听着北边厢房里传出父亲和母亲甜美的鼾声、墙上的钟表毫不懈怠的走动声，脑子越发地清醒起来。

做点什么呢？上一趟厕所，在院子里走了走。夜晚的风清凉地吹拂着，奶奶住的南房门口长着的两棵石榴树，在那里静默着，结在枝头的果子也在静默着；小狗小白，它在月色下追着自己的尾巴跑圈儿；邻居的小孩，好像做了什么噩梦，突然间大哭起来……我的舌头和身体，都在滋生着一种甘甜的味道。也许正是这样的一种滋味让我失眠。

在人人都享受梦境的时刻，我却在享受着这失眠。真想到大门口那洒满月光、两边长着高高的玉米的洁白的大路上跑步。

这当然是不可能的。我也知道此刻的自己，无非就是想要写一点什么来赞美当下的旧病复发而已。回到厅房，看到木瓜的一个小本子在茶几上放着，爸爸的一支用来记电话号码的笔在电话机旁边放着。本子上还有空白的地方，笔也是能写的，于是就拿着这支笔，面对着那个可爱的小本子，在餐桌旁边坐了下来。如同一个久病成医的人一样，我知道，在深夜里毫不取舍、信马由缰地涂写，是治疗失眠的最好方法。

/ 二 /

很显然是受了这几年来国内极端火爆的房地产事业的影响，家乡这个小小县城的房地产市场，也可以用沸腾来形容了。中条山西侧的瑶台、春燕两峰脚下，是我们县刚刚兴起的温泉商品房板块，认识的人当中，已经有好几家在那里买房子了。姑姑很替爸爸着急，就撺掇他也在那里买房子。爸爸还没有表态，我心里先着急起来了——当然是完全相反的着急。

要睡觉的时候，妈妈一定要陪我睡，因为明天就要走了。自然是说了很多话。突然间就问她："姑姑支持你们到温泉买房子，你们愿意住在那里吗？"

"啊？干吗要住那里？"

这就是她的回答。我赶紧说："我也是这样想的。"

不敢跟她继续讨论了，害怕她突然改变主意。尽管我知道这是绝对不可能的。听了她的话，我只是在心里偷偷高兴而已。大概也正是由于这件事情，现在，坐在隐约能够闻见一些饭菜味的餐桌上写字，每过一会儿就要四处张望一下，发现这个房子，以及其中的每一样家

具，都在提示着这个家与父亲母亲、兄弟姐妹们以及爷
爷奶奶一起度过的时光。每一天都是鲜活的，甚至是火
热的，但是当它们变成历史的时候，却是如此沉静。古
人所谓"见春风，思浩荡；见秋风，思飞扬"。生活和
历史，真的就是这样让人浩荡又飞扬的啊。

　　房子是1984年盖的，门窗的式样和颜色都是那个
时候的流行样、流行色。立木那天，我和好朋友杨碾零
一起回我家吃饭，看到满院子都是请来帮忙盖房子、做
饭以及为庆贺立木而来的亲戚朋友。对于在农村成家立
业的人来说，盖房子是最重要的事情了；对于盖房子这
件事情来说，立木就是最重要的了。立木就是将房梁架
起来，将椽子和檩子都装上，这样，房子的主体就完工
了，相当于今天的楼房封顶。

　　盖好的房子是进深一丈八尺（一丈＝3.33米）的五
间。我清楚地记着，在那几年，村里人讨论房子总是
说："丈八的还是丈五的？"丈八的就说明该房子的
主家意识超前、准备充分，丈五的则说明这一家财力不
行。那时候，父母都是三十四五岁，当然要盖丈八的
啦！想想他们那个时候比我现在还年轻，养了好几个孩

子不说，房子也盖好了，真算得上是"成功人士"。

但是这两个"成功人士"所经受的辛劳，我已经是赶不上了。我一直毫不怀疑地觉得，我的生活之所以越过越没有兴致，而父亲和母亲越过越有兴致，原因恰在于我所经受的身体上的辛苦不如他们多。且不说父母为盖房子靠种菜积累资金这件事情有多辛苦，单是五间房所用的填高地基的土，也全部是他们用平车从村子外面的土场拉回来的；房子所用的大梁，有几根也是爸爸和他的山上的朋友从林场扛下山，再找车运出来的……想想有很多个夜晚，爸爸妈妈总等着我们睡着才去拉土或者干别的活。我和妹妹在家，半夜醒来对着黑暗发呆、惊吓到号哭的过往，都说明，这成功来得实在是太不容易了。

总之，在这幢盖好的豪华大宅里，最初的时候是没有一件像样的家具的：仅有的几件，都是父母结婚时置办的。尽管我们都觉得那几样家具很有意思，像妹妹小时候曾经在上面睡过觉的一把圈椅，我们捉迷藏的时候曾经钻过的有着一对大门环的红红的衣柜，以及长期作为我的学习桌的一张长条桌……一共四五件，但爸爸妈妈还是立志要将它们彻底换掉。第二年深秋的时候，又种了一年菜、卖了一年菜，父母大概是攒够了做家具的钱，要开始为新房子做家具了。因为家里突然来了两个河南木匠，就住在新房的一间厢房里。

那两个木匠是哥儿俩，哥哥叫东祥，是大工；弟弟叫永祥，是小工。他俩在家里整整住了一个冬天，直到春节前才回了老家。二十多年了，他们那个时候做的家具现在也都还在用着，就是一张双人床、一张单人床、写字台、高低柜、平柜，好像还有几个小板凳，是奶奶专门吩咐了，叫给我们姐妹几个一人做一样的。按说这几样家具，做完用不了一个冬天，可是爸爸和奶奶都认为这两个年轻人出门在外很不容易，他们总认为只有他们才会真心地对这两个年轻人好，所以即使这哥儿俩开始给别人家干活了，爸爸和奶奶也愿意他们住在我家，有不少时候还邀请他们一起吃饭。爸爸和奶奶要求我们叫他们"东祥叔叔""永祥叔叔"，好像是一家人一样。

我的这两个河南的木匠叔叔是我第一次见到的外地人，他们来自河南新乡。他们的一口河南话常常让妈妈感到开心。而我，也是第一次见到有人写信。初三了，我从来没有给任何人写过信，因为亲戚都住得很近，没有家人在外地。永祥叔叔趴在自己的木工箱子上写信，写完了以后问我："你有邮票吗？"我说："我哪里会有邮票呢？"他叫我拿我的铅笔盒给他看。打开以后，他说："小傻瓜，这不是邮票吗？"连我自己都很吃惊，我怎么会有邮票呢？但是在我的铅笔盒里，确实躺着一长溜儿邮票，都是面值一分钱的（**忘了是哪个地方的民居图案了**）。他拿出来说："我只要八张，八张就够了。"说完撕下八张邮票，在舌头上舔了舔，就粘在信封的口上了。粘完了，他好像是很突然地对我说："邮票就是钱，你知道不知道？"

这一切都让我感到茫然。邮票是从哪里来的？他为什么确定我有邮票？他为什么要跟我说"邮票就是钱"？后来有很多天，我都想这一定是他放进去的。难道没有可能吗？他是外地人，外地人是很神秘的，外地人会让一切都变得那么神秘。当然，更神秘的是，新乡是一个什么样的地方？他的信写给了谁？听奶奶说，他的媳妇快要生孩子了，弄得我一看到村子里的孕妇，就想，永祥叔叔的媳妇，也许就是这个样子的吧。

　　总之是这两个人以及他们住在我家的情景让我的少年时代的生活显得很特别。而现在回忆起来，更为感慨的则是另外的事情：爸爸和奶奶，怎么能对他们那么好？换作今天的我，能做到吗？连我自己都不能确信。记得他们离开我们家之后的几年里，总能断断续续地收到他们的问候信，而奶奶和爸爸以及全家人都会很关切地传着看。那一份感情，在今天，确实也是很难再有的呢。

　　冬天做好了家具，上漆却又得等到夏天，因为夏天容易晾干。初三的那个暑假，爸爸自己买了油漆，请了我们村在学校教美术的老师来家里给那些家具上漆。这位老师其实也是我们的邻居，是叔叔的同龄人，喜欢跟孩子在一起。他就像玩一样，一刷子一刷子地刷着，把所有的家具都刷成淡绿和深红两种颜色。末了觉得死板，要漆出一些花来，就看见他将一张报纸揉了，拿在手上，朝着刚刚刷上的油漆一下一下有节奏地粘上去，每粘一下，就出来一朵花。那个场面，在我看来，也堪称神奇！

　　总之，暑假快要过完的时候，妈妈在那张双人床上搭上了一顶蚊帐，我们姐妹三个人就成天汗津津、热腾腾地滚在那个蚊帐缠身的乱糟糟的床上。多好玩啊！玩的都是什么呢？想想家里空荡荡的，好像没有什么东西可以玩，却是那样开心。大概，新房子新家具的"新"和少年时代对万事万物的那股子热乎劲，就是最好玩的了吧。

那么多曾经令人揪心但现在令人神往的过去都是与这个房子被盖的过程、这些家具被制作的过程连在一起的，所以我最害怕的事情就是，爸爸和妈妈会像别人一样，都去买商品房，放弃这个老院子。

/ 三 /

这次暑假回家，也是因为赶着参加堂妹的婚礼——这是我们姐妹当中最小的一个了，是叔叔唯一的女儿，也是我们这个大家庭里面最后出嫁的姑娘。所以尽管仪式基本都是一样的，但是大家的心里感觉很隆重。大概在婚礼举行前的一个星期，姑姑就专门回了一趟家，跟妈妈商量怎样上礼的问题，顺便也把我们姐妹几个人的标准定下来了。

这是很有意思的事情。这也是我第一次体会到，按照一定的规矩办事情，也是很好玩的，所以有意思。妈妈给我们打电话说了她和姑姑商量好的标准，我们几个都嘻嘻哈哈很高兴地同意了。

但是我心里总觉得只给钱不对劲，想起小时候为参加表姐或者其他亲戚的婚礼，和妈妈上街准备礼物的那些经历。不同的亲戚有不同的礼物：给姨妈家的表姐，就要做一条被子，另外还有三件小一些的礼物，一共凑成四件，以及大馄饨馍六个；如果是爸爸或者妈妈的表亲或者堂亲的孩子结婚，只有两件，都是小一些的礼物，比如一对枕巾加一条裤子的面料，四个大馄饨馍，诸如此类，有着一个比较严格的规定。参加婚宴的时候，一家人穿得新新的，拿着那些花花绿绿的东西，提着盖了新毛巾的馍篮子，很有感觉。

我的堂妹结婚，对于爸爸和妈妈来说，就是很重要的事情了，可是再也没有人为准备什么礼物费心思了，大家都在用不同数额的钱来表达关系的亲疏远近。

给钱是很实用的，但是不好玩。

心里一边想着自己终于可以跟大家一样按照既定的方式办事情了，一边又在家里找了起来，希望能够找到一样还没有拆封，并且比较珍贵的东西送给堂妹。套用我以前的一个同事的话来说，就是"想要把这件事情办得更有形式感"，在形式中蕴含一些情意。

我找着找着就找到了一盒香水，是蔡老师上次来西安的时候从台南带给我的。他和他的太太已经送给我两盒香水了，但我都没有用过，一盒被妹妹拿走了，一盒还留在我这里。觉得这应该是个很好的礼物，就放在了行李里面，坐着火车回来了。

送人礼物，本来是一件很美好、很有意思的事情。可这事情微妙就微妙在，在大家都商量好了只给钱的情况下，自己单单地，除了给钱还要送一样礼物——这样的做法是不是还是很有意思的？这就是在堂妹试婚纱的那一瞬间我把香水给她时的心情：穿着婚纱的她很漂亮，我的一大套盒装的 Nina Ricci 香水也很漂亮；她很高兴，在场的大家都很高兴。但为什么我的心情是这样复杂？也是在这临别前的一个晚上，我忍不住就向妈妈讨教了：

"这么小的一件事情，为什么感到心情复杂？"

自从我告别自己的学生生涯，开始了真正的日常生活，我就发现母亲的学问比我深多了，她贯彻自己的生活理念的决心也比我坚定，行动能力也更强。所以，在学生时代从不向母亲袒露心扉的我，现在也常常向她讨教了，这次也是这样。让我惊讶的是，她居然也是矛盾的。她说："是呀，要是不送礼物，你心里觉得过不去；要是送了，你又会因为跟别人不一样，怕别的姐妹多心。""那怎么办呢？""没有办法，送就送了，心情复杂就复杂呗。不过送了当然比不送好啦！"

听得出来，面对习俗朝着无情义的方向的改变，喜欢做有情义的事情的母亲，她的心情，也是复杂的。

可见，心情复杂不仅仅是我自己的事情。就像孔子不能正确区分庄稼的种类被人嘲笑一样，就像他尽管欣赏那种"浴乎沂，风乎舞雩，咏而归"的生活，但最终还是只能选择一种理性的生活和思维方式一样，古往今来各种各样的人生都要经历无数这样的尴尬时刻；而最让人无奈的是，生活中的变化一旦开始，就只能朝着变化之后的方向继续，绝对不可能回到从前了，而我们的想要有形式、有情义的心思，还是这样顽固。就像母亲喜欢说的那句话一样："心里过不去"的这种感觉是永恒的。

/ 四 /

"心里过不去"，这句话出现时的情境，一般都是：想要做一件对别人好的事情；这件事情不做也没错，但是不做的话，心里就总会放不下，不如做了之后心里舒坦，哪怕做了之后自己似乎并没有得到什么实际的利益。或者，换句话说，做事情是凭着内心的法则，而不是外部的法则。或者，这个内心的法则，其实就是从外部法则中选择出来的最适合内心感受的法则。

我相信这样的法则存在于很多人的心里，但是对于我们家而言，这个法则当然是奶奶最清楚了。孔子的学生描述孔子，说是"乡人饮酒，杖者出，斯出矣"。说的是孔夫子如果参加乡人的饮酒聚会，离开的时候，总是要等到挂着拐杖的老年人都走过去了，他才会最后离开。看着这么古老的叙述，我的心里长久地感动着。因为这样的情景给了我们一种想象：一个人，他缓慢地走着，这并不是因为他行动不便，而是他认为只有缓慢地走，才是用心地走；他睁大眼睛看着周围的一切，这也并不是因为他过于容易对事物感到惊异，而是表明，他对所有他看到的，都有兴趣，都能理解，都给予关心——这一段描述让我想起了奶奶，感到她老人家就是这样的人。从我记事的时候，她就是这样；到现在，她已经八十多岁了，还是这个样子。她的行为，直接一点说，是常常让人感到"心里过不去"；抽象一点说，是她的身上显现着古老的"礼"的美好。

堂妹结婚的前一天，叔叔在家里宴请他的同事和堂妹的同事。快到中午的时候，奶奶对妈妈说："你看我要不要换一件衣服？"妈妈说："要啊！"说着就悄悄笑了。

奶奶去换衣服了，我们问妈妈为什么笑。她说："没有看出来奶奶穿的已经是件新衣服了吗？"我们都看不出来。老太太的衣服，差不多都是那样的颜色和式样，我们又不常在家，所以看不出来。过了一会儿，奶奶出来了，没有说话。我奇怪地问她："怎么没有换啊？"她还是不说话，好像是故意似的看着别处。但是妈妈大笑了起来，说："呀！看你奶奶！"原来，奶奶把一件比较鲜艳的衣服穿在里面，又将她刚才穿的那一件穿在外面了，仅仅在领子那里露出了一道边儿。"为什么呀？为什么呀？"我们一边笑着，一边帮着奶奶将外面那件脱了下来，她显得挺不好意思。多漂亮的衣服啊，可是她只愿意穿在里面！她不愿意让别人感觉到她在有意地打扮自己。她总愿意自己做一个谦虚的人——这是奶奶的"礼"的一种。

这件很小的事情让我想到童年时代跟奶奶多次"出访"亲友。奶奶的娘家，像她的婆家（我们家）一样，不仅是一个大家庭，而且是一个大家族。她在娘家光亲姐妹连她就有四个，而娘家妈是只比她的大姐年长四岁的后妈。小时候常常跟着奶奶回她的娘家，听五个老太太没完没了地说话，实在是很冗长。但我现在关心的是她们的亲密无间：四个已经成为奶奶的女儿，一个与这些女儿年龄相仿的妈妈，是什么让她们亲密无间？难道不是某种"礼"的作用吗？奶奶的娘家妈去世的时候九十四岁，她的几个已经八九十岁的女儿坚持为她戴孝送终。这种情景，也只有在经历过旧式家庭的人们那里，才有可能看到：奶奶以及她的个人历史，是一种将内心的善意和外部的"礼"的教诲自觉自愿地融合在一起的人生。

这样的人生不好吗？童年的时候，由于无数的"出访"，我很早就能清楚地区分各种各样的表亲和堂亲的称呼，绝不错乱；我也因此在吃饭的时候不大声地嚼东西，在做客的时候，最好只吃一碗饭，最多不超过两碗；无论在什么场合，只要见到比自己年长的亲戚或者同村人，必须按照合适的辈分称呼、问候；大人讲话的时候，绝不能插嘴等，诸如此类。接受了很多年的所谓"现代"的教育，我照样为童年时代跟奶奶一起度过的那些时间感到自豪。有一年到上海开会，黄会林老师一看到我，就说："看现在的女孩子，公共场合露着大脚丫，像什么话！"我这才注意到我穿的是露脚趾的凉鞋，T恤衫牛仔裤就更不用说了。黄老师多少年来都一直以着装讲究成为很多女生和女教师的楷模，但是直到那次她冲我那么说了，我才严肃地考虑了这个问题，并且跟她讨教了一番。黄老师的"忠告"大体是：公开场合，绝不穿露脚趾的鞋子，绝不穿露肩的衣服，也绝对要穿袜子。

我觉得这三个忠告很好，但我只实践了两样，没有实践的是穿袜子这件事情——这也是我在写到奶奶的时候，突然想起黄老师和她的忠告的原因：奶奶永远都穿袜子，黄老师说给我的话她同样跟我说过很多遍。

现在，在即将参加堂妹的婚宴这样重要的时刻，我尽管没有穿露脚趾的凉鞋，没有穿露肩的衣服，但还是没有穿袜子！并且决定了不穿袜子！觉得不穿袜子更美！这，大概就是在历史演进的过程中，人所不能不遗漏的东西之一吧。并不反对，但是也没有那种能够随时记起的"礼"的约束了。装束不严肃，在奶奶的时代，就是失礼、没有教养，现在，到底还有多少人能将这两件事情从袜子上联系起来呢？但奶奶就是这样做的，慢慢地走着，细心地看着，也安静地包容着，尽可能地保留着。

/ 五 /

我们那里结婚的风俗，是新娘子从结婚的那一天开始，必须每天都吃到馄饨。不是四川叫作龙抄手、全国各地都当作早饭吃的那种馄饨，而是像饺子一样，只不过要将饺子的两头捏在一起，中间留出一个小圆圈，整体上看起来也是圆的，以示美满。像春节、结婚这样的大节日，馄饨就是约定的饭食。一般来说是要给馄饨再配上一些熟面条，浇上臊子汁，叫作馄饨臊面，含义很隆重。这样的饭，一般是早饭，春节要吃到过"破五"，结婚要吃够十天。当然，这个臊子不同于陕西的岐山臊子面的臊子，而是以白菜丁、油炸豆腐丁、小肉丁作为主料，不用醋，咸的，汤少许。

这样，馄饨臊面作为早饭，堂妹在结婚那天吃了一顿，第二天回门在她妈（**我婶婶**）家吃了一顿，再加上每天的午饭和晚饭也都是大菜，她已经吃不动了。第二天回门后，我和妹夫送她回婆家。因为她第三天回门是要到我家，所以就求我，要奶奶和我妈"千万不要做馄饨臊面了"，她要吃馒头稀饭和素菜。我回家把这消息汇报了，妈和奶奶都笑，说："那怎么行？馄饨臊面是规矩！"我就将堂妹的话重复一遍，强调她已经吃不动了。妈妈说好吧，知道了，又看了会儿奥运节目，睡觉了。

但是第二天早上起来，我看见妈妈和奶奶在灶上已经热火朝天地忙开了：豆腐也炸好了，白菜丁和小肉丁也切好了，择好的韭菜正摊在高粱秆扎起的、像席子一样的东西上晾着，她们一个在和面，一个在准备早饭要炒的四个菜的材料——馄饨臊面要有四个炒碟，这也是规矩。不用问，一看，又是一顿典型的馄饨臊面。"哎呀，你们两个，怎么又做上了呢？"我又开始讲堂妹多么多么想念稀饭馒头，又开始批评她们多么多么古板守旧……问题的关键，在于奶奶不会发脾气。她如果说："那绝对不行！"我也就死心了。我这么说的时候，作为一个有"礼"的人，她仅仅是听着，然后问我妈："你说怎么办？"我妈说："我也没有主意了，又想让孩子吃得可口，又不想没有规矩。"这时候爸爸从地里回来了，脚上沾了一些泥巴，坐在那里用鞋刷子刷鞋，她们一起向爸爸发问："怎么办？"爸爸一向是个随和的人，但是这一次他很坚定，脱口而出："规矩就是规矩，不能随便改的。"跟奶奶和妈妈说话，自己会有意温和一些；跟爸爸说话，好像知道他的承受能力强，就可以厉害一点似的。所以，尽管他已经很坚定了，我还是对他说："爸爸，你要再让她吃馄饨臊面，她就会挨饿啦！"

......

假如我知道我说了这些话对奶奶、妈妈、爸爸造成了什么影响，我宁肯我没有说过。然而事已至此。我对爸爸讲了之后，爸爸说："那好吧，馒头稀饭。"他又转头对妈妈说："别犹豫了。"我想，爸爸之所以这样决定，仅仅是因为他给我面子，而不是认为我是正确的。但是奶奶，认为这样做是无"礼"的，生着闷气走了，到村口的健身器材那里散步去了；妈妈呢，好像一大早起来都在鼓着的做饭的劲儿，也被馒头稀饭弄得泄掉了。

好在快开饭的时候堂妹和堂妹夫来了，面对着饭桌大叫："太好了！太好了！终于可以吃一顿饱饭了！"妈妈这时候才露出了一些放松的笑容。堂妹和堂妹夫是

1984年、1985年出生的人，是完全新式的青年，甚至不知道在新婚的十天里，他们的饮食原本是被规定的。而奶奶一回来，看见妈妈，就像有了新发明一样，高兴地说："我有办法了！早上的馄饨没有吃，中午我们做包子，把包子包成馄饨的样子，不等于也是吃了馄饨了吗？"天哪，她在晨练的时候，敢情是一直在琢磨怎样弥补早饭没有馄饨的这个失误。也就是说，她一早晨都在"心里过不去"；而如果她最终没有想出这个弥补的方法，她大概一个月、一年、永远，心里都会过不去。我当然把自己喜欢批判的嘴巴闭得紧紧的了，而且对奶奶的智慧大加赞扬。奶奶说："都是你在那里胡搅和！"并狠狠地在我胳膊上拧了一把。看着奶奶因为她的新想法高兴的样子，我感到自己破坏这个小小的规矩是一个罪过，尽管这是堂妹要求我的。

奶奶的规矩难道仅仅是规矩吗？是她一定要用对规矩的尊敬来表达对自己的孙女最好的祝福。这个祝福，甚至不是她个人的，而是历史的，用我们这些有学问的人的话来说，她让这个规矩里面所隐含的整个的集体无意识，都来为她的孙女祝福了。

/ 六 /

堂妹回门那天中午，大家一边热烈地讨论刘翔退赛，一边热火朝天地吃着做成馄饨形状的包子的时候，姑父从侯马来接小表妹回家，也加入其中。因为他们要赶当天下午的火车，所以饭后不久就要先走一步。三点的时候弟弟用摩托车送姑父和表妹上车站，已经出门了，看见妈妈快步从家里跑出来，用蒸馒头垫屉子的纱布包了一笼包子，一定要姑父带给姑姑和家里的其他人尝尝。姑父推辞的时候，我和妹妹们也都说："这么热的天，两个小时后到家，早坏了。"但是妈妈很坚持，所以他们还是带上走了。摩托车在村口拐弯之后，奶奶说："你妈妈让带上是对的，那样会让你姑姑的婆婆感觉到，娘家人很在意他们。"奶奶的话听得我们直吐舌头。不知道妹妹们怎么理解，我的理解是：我们这一代人，太不懂得礼数里面的人情了。

……

就这样，假期里的每一天早上，首先听到来卖菜、卖水果以及收破烂的人的吆喝声，接着卖包子的人用她的电声喇叭喊："卖包子啦！素包子！肉包子！韭菜鸡蛋包子！"然后听到妈妈跑出去，小声对那些人说："小点声啊！孩子们还在睡觉！"但是我已经醒了，睡在另一间屋子里的木瓜、妞妞和刘丁也醒了，对面的窗户里传出他们几个人打闹的声音。我听到奶奶一边扫院子，一边督促爷爷洗脸、刮胡子、找袜子。奶奶也怕吵到还在睡觉的人，就故意压低声音说话，可是爷爷呢，平时大声跟他讲话，他都听不见，奶奶压低声音之后，他不断大声地问："啊？你说什么？"之后便是几个孩子抢着弹琴的声音，一个假日的白天，就开始了。在太阳快要落山的时候，到棉花地走一圈，看看有没有新开的棉花骨朵，到葱地走一圈，看看有没有长出玛芝草（马齿苋），可以拌了面蒸着吃，或者，干脆去春燕山或者瑶台山和孩子们来一次登山比赛！

真想有一架摄像机，拍下这缓慢流动但是意味深长的一切。真希望时光就这样停止，孩子们总是那样小；爷爷总是沉默着，坐在大门口嚼着零食，奶奶总是在帮妈妈做着什么；父亲和母亲总是这样饶有兴致地安排着他们的庄稼，安排着每一顿饭；院子里的椿树、泡桐树、石榴树，刚刚收回来的早熟的玉米棒子，旱地的芝麻、豆子，刚摘第一次、晒在阳光里的棉花，还有平房顶上那个简易的晒洗澡水用的大铁皮桶……所有这一切，都是这样简单，这样有用，这样有情意，这样安静。我知道，这简单安静的生活，是经历了怎样的曲折、怎样的冲突、怎样的坚持、怎样的忍耐以及怎样的期待，我爱这由于曲折、冲突、坚持、忍耐和期待而来的现在，我也知道，作为选择了在他乡生活的人，我是已经没有条件真正地拥有这样的生活了，所以我贪婪地凝视着、呼吸着，刻苦地在自己的心里铭记着。

2008年8月31日

住在乡村附近

/ 认识了大居安的春玲 /

住在陕师大新校区的家属区，就真正住在了乡村附近。走出学校的南门，在马路对面，就是大居安村。

原来是不知道大居安的。畅老师家的蔺师母介绍春玲来家里做卫生，说："是个本分的人。"这在我看来，是个很高的赞誉。师母是资深的妇女工作者，我相信她的阅历造就了她对一个陌生人的判断一定是准确于我的，所以春玲大姐就开始了在我家、李琼家、孔朝晖家以及吴进、聪敏、王玉等我们的熟人家里的劳动。这样，大居安，这样好的一个村子的名字，就被我们所知晓了。春玲成了我们认识的第一个学校附近村子里的人。

我们喜欢春玲，喜欢她刚刚开始为我们工作的初秋时节，从自家门口的菜地里拔来的尚且带着凉凉的露水的青葱和萝卜；喜欢她盛在盘子里、一个一个摆在一起的搅团，还有油泼辣子、浆水菜、苞谷糁子。我知道，她除了通过这些礼物，表达她宽厚、仁爱、乐于分享美好事物的情愫以外，还希望通过这些友好的往来，带动我们多介绍一些"客户"给她。我们也这么做了。见到别人谈论在家里搞卫生的事情，我们总是不遗余力地推介她。我喜欢她的这些带着一些目的性的礼物，而且很喜欢。喜欢的是这些物件的水润新鲜，更喜欢的是这里所表露的她的心迹——生活总是要朝着一个自己所愿意的方向去的。土地基本上被征完了，春玲和她的同村的人们眼下似乎也很乐意变成城里人，最少可以先与城里人保持基本一致的生活内容和节奏：上下班，按照小时来判断自己的收入，而不是下地、种地，靠收获的蔬菜或者粮食以及这些作物的价格来判断自己的收入。

她们希望自己的衣着和发型是时髦的。春节前的一次，她来的时候梳着一个漂亮的发髻，一看就是刚刚烫染过不久的头发。她让我和李琼猜她烫头发花了多少钱，我们没有猜对。她说："我就知道你们猜不到，因为你们总是会花很多冤枉钱。"她花了五十块钱，将头发染了、烫了，而且还剪了。我俩笑。我们不是笑她花的钱少，而是很惭愧原来在头发上花的钱确实是太多了。

因为她和她的女儿（正在咸阳上大学）一起来家里打扫卫生，我们甚至和儿子生了一回气。这一次也是春节前的某一天。我们请她来，擦窗户加上做卫生，差不多用了整整一天时间。晚饭的时候，她们走了。儿子刚刚期末考试完，和同学先是去打羽毛球、吃饭，然后到KTV去唱歌，回来的时候，就没有见到春玲和她的女儿。儿子说："大妈走了吗？"我说是啊。然后，不由得又加了一句："大妈她们两个人，两个人干了一天的活，二百块，你一个人，一天花一百块，正好是她们当中一个人的工钱。"儿子立即沉默不语。他的父亲认为：

吃饭的时候，不应该讨论这么严肃的话题。为此，我连他的父亲也一起批评了，并且认为这么审慎地对劳动者表示敬仰，这么不慷慨地反省自我，是很不应该的。为这件事情，三个人和好花了几天时间，儿子彻底忘掉这一次"怄气"，大概花了好几个月吧。尽管怄气是一件很不愉快的事情，尽管儿子有可能将这一次怄气完全忘记，但是，我自己是无法忘记的。这当然是源于自己的出身。

/ 在仁家寨暂时支配了一小块土地 /

去年的后半年，每次看到老胡和他家的嫂子，他们都会说："为什么不包一块地种着玩啊？离你们学校那么近。"他们那么说的时候，这个事情就只存在于语言中，好像不是真的，于是就那么任他们说了好多回。真喜欢老胡这样的人，他对于自己认为好的事情，就总是那么温柔敦厚地表明他的态度，提供他的建议。但我们一直不为所动。

一定是他再也无法忍受我们的迟钝了。总之是某一个星期天，他和他家的嫂子叫我们到他们的地里去拔菜，并且要在拔菜之前请我们吃大餐。这样，"到菜地去"，这件事情就没有再经历其他的中间过程，直接进入了实施阶段。

午饭在南门附近吃，吃完了再沿着长安路到韦曲，然后右拐到子午大道向南。这种菜园子，想象当中是十分遥远的，但是没有想到，一过潏（jué）河桥，他就将车子往里面拐了。眼前所见，是满地插着黄色的牌子，每块牌子上写有一个名字，想必是那些种菜的人为自己的园子取的名字了。老胡让我们猜哪一块是他们的，没有费多少劲，我们就停留在了"天水人家"的牌子跟前，因为可爱的老胡来自可爱的天水。

正是深秋时节，地里正葱翠地长着一些菠菜、白萝卜、胡萝卜、小青菜和生菜什么的。老胡一到地里，就蹲下，开始干活。我在旁边站着，并不愿意显露出自己原本是熟知这里生长着的各类蔬菜的习性的，就好像我是一个真正的城里人。拔着拔着，老胡说："你们干吗不到处走走，看还有没有空着的地块？"他这么一说，我们开始到处转悠，但似乎也并不一定会租上一块。等到我们看到有两块连着的地块正在那里空着，而老刘转身问走过来的菜园老板："这里没有人租吗？"老板回答说"没有"的时候，我的心突然间就鼓胀起来，好像立即要爆炸了似的。每一小块地是二十五平方米，两个连在一起，就是五十平方米。这一块空着的地，怎么看起来这么舒服啊！怎么要比别人的长满蔬菜的地还要吸引人呢？它只长了薄薄的一层草，看不出原来长过什么。它以一种我的一厢情愿的方式表达着一种原初性，好像就是在这里等我们似的。赶紧往后面看，看到并没有人来与我们抢这一小块的地，就要求老刘赶紧将这两块都租下来。老刘不愿意我时时都这样非理性，认为我不可能真的愿意"玩"这一块地，所以要胜文和我们各包一块，互相督促。但是胜文说他愿意出钱租这两块地，但未必来种菜，只要我在有所收获的时候，不忘送给他们尝尝就可以了。

这样，由好朋友出钱，我拥有了这五十平方米可种植的土地的支配权。

时间已经是十一月。在别人已经决定让自己和自己的地都休息的时候，我们开始了。感谢老胡、胜文、老刘和儿子，他们四个大大小小的男人，一人一把锹，不到二十分钟就把这一块原本长着一层薄薄的草儿的地翻完了。

翻完了地，到韦曲那个叫梅花弄堂的地方吃苞谷面；吃完苞谷面又回到地里整理了那新翻起来的一块地。负责整个菜园管护的老头儿帮我们撒上了香菜籽、菠菜籽、生菜籽和油麦菜籽，好像即使在天很冷的时候，这些可爱的菜籽也可以发芽似的。

/ 田野的春天比校园的春天来得更早 /

地里撒上了种子，就好比在年轻的时候给谁写了一封情书一样。怎么还不回信呢？以至于天天要看一下邮箱。我呢，则是过上三五天就要去看一看菜地。天越来越冷，那些种子在冰凉的土地里睡着不安稳的觉。它们不发芽。即使来看的次数再多，它们不发芽，你也没有办法。这样，渐渐地也就不去了。

春节的时候，婆婆、自己的父母姐妹，都在新家过年。某一天，大家都想要走远一点去散步的时候，我想起了我的菜地。三个老人和我们一起去，看到满园立着的牌子，都哈哈大笑。他们觉得这太好笑了！然后又问租金几多，知道了之后就又惊叹租金之贵。很快地，他们就开始数在这整个菜园子里，一共插了多少个牌子，这样就可以计算出那几个将自己的责任田开发成小菜园转租给城里人的聪明的村里人，到底一年能赚多少钱。计算出来的结果，是惊人的，因为我们租来的地，是不到一分地，一年两千块；而在我的老家，一亩地（一亩=666.67平方米）也才二百块钱。婆婆说，在她们那里，因为是旱地，就更便宜了，五十块。他们几个人先是惊叹这几个老板之"会想"，然后嘲笑我们傻，批评我们浪费钱，但最终，他们开始热心地帮助我们谋划，开春的时候，怎样想办法从老家带来一些菜秧子，指导我们将这一分地变成整个菜园子里最专业的一块。种了一辈子地的人，和土地的感情，哪里是昂贵的租金就可以隔断的？

由于那次和父母、婆婆一起去看菜地，菜地里还是什么都没有，所以，后来再去，就是很久很久以后了。多久呢？有太阳的时候走在户外，已经感觉不到冷了，甚至要把棉袄脱掉；过年时放在阳台上保存的食物，突然间就不再是冰凉的了，甚至有些东西开始变味了。阳光这样强烈了吗？更关键的是，到阳台上拿完东西之后，并不想赶紧跑回暖和的屋子里，而是想在阳台上多待一会儿——这时候，目光穿过楼群之间窄窄的缝隙，望见南山，其山形，似乎比冬天的时候圆润了一点点；而近处的大居安村在校园围墙外还保留着的那一块麦田，明显比前些时候绿了。哎呀老刘，多久没有去看菜地了啊？

这一去才知道，田野的春天，比校园的春天来得早很多啊！自己的那一块地，居然也是绿茵茵的一大片了！菠菜籽长出了菠菜，油麦菜的籽长出了油麦菜，青菜和香菜各自都长出了属于自己的叶子，散发着属于自己的香味。在自己没有任何作为的情况下，种子和土地还是给了我想要的。种子多好啊，土地多好啊！无言的，但是确信的。孟子说："可欲之谓善，有诸己之谓信。"种子和土地就是这样，既是善的，也是信的。

这种突然看见的盎然的丰收情景，让我不由得感觉到神奇。

/ 四川腔的技术指导 /

这一块菜地终于像是一块菜地了。长出了东西，就好比是自己的情书有了回音。这样，动不动就邀请朋友一起去拔菜，总会一人一兜子，高高兴兴地回来。这种情形持续了几个周末，就好像这样的生活会永远持续下去一样。

一种指向漫长与美好的情绪，促使我定睛观察我所租种的这一块地的几个老板。他们其实是仁家寨的几个年轻农民，借鉴网络上的QQ偷菜游戏，让它的模式变成了现实。不过，这里的菜是不能偷的，因为这几个年轻人会轮流值班，住在园子里搭建的活动房里面，看着这些菜。还有一个他们请来的老人，吃住也都在园子里的另外一个土坯房里，负责给前来种菜的人进行技术指导，发放菜籽，也负责在干旱的时候给大家浇地。这个老人过度的沉默和他偶尔讲话时的四川腔让我对他的身世也好奇起来。原来他的老伴儿去世了，女儿嫁到仁家寨村，自己也就来到了这里。这样一个身世的老人，似乎就是这样的一个菜园最需要的人，他似乎也是最适合住在这个菜园里的人。住在这里是孤单的，可是除了孤单，他又有什么呢？他沉默着坐在他的小房子门口，看或者不看这些来种菜的人；他沉默着拖着长长的塑料水管，递给那些特别喜欢浇水的人；走过我们的菜地，他说："辣椒苗的根部长出来的小杈子，也是要掐掉的。"他的四川腔不是《疯狂的石头》里面的四川官话，像是来自四川某一个村子的四川话，我似乎是听明白了，但又不是真明白。但我还没有勇气打破他用沉默给自己制造的氛围，只能看着他走过我的身边。回头给爸爸打个电话，问他："辣椒根部的分杈，要不要掐掉？"我一直认为，四川话有着天生的幽默感，但认识了这一位老人，我才知道了，在这样一个完全陌生的、十分孤单的语境中，这一种原本幽默的方言，也可以是不幽默的。

我喜欢这个老人。因为他以一种度过自己的老年生活的方式，给了我一个经历孤单的范本。在某一些时候，我会因为窥见了他在不经意间表露出的笑意而不由得自己也高兴起来；在另外一些时候，我因为要到他房子附近的水管旁提水，由此听到他的小房子里居然传出有人说话的声音，是长安话，孩子或者老太太的声音。这时候我甚至会激动，会感动——在貌似孤单、沉默的生活里，他有他的朋友和真正的生活，这多好啊！

写到这里的时候，我想起了我的父亲。从我上中学开始，由于地理和水的便利，我们那个地方的耕地基本上从粮田变成了菜地。爸爸具备初中文化水平，又是一个爱学习的人，所以我们家很快就成了一个有"专业"素养的蔬菜种植户。他和妈妈用卖菜的钱供我们兄弟姐妹五个人上完了所有的学。十多年前，他开始给一些蔬菜基地或者种子培育基地做技术指导，拿工资，最远的一次远至太原的郊县，离家约四百公里。他似乎很喜欢这种新的生活方式；但是离开家这么远，却是他自从"文革"之后的第一次。

我刚毕业参加工作的时候，和老刘一起到离太原不远的那个地方去看望过他。爸爸带了一些徒弟，全部是当地的年轻人。因为我们的到来，那些年轻人专门举办了一场"K歌会"，我们高高兴兴地住了一个晚上，第二天就走了。我一直没有细想在那一两年的时间里，爸爸其实就是生活在一些和自己的语言差异巨大的人群中。那些人如果讲普通话，他是没有问题的，可是一定有很多时候别人讲的是方言。他经历了多久才能听得懂那里的话？他是不是始终没有完全听懂那里人讲的话？贾樟柯电影里的方言，如果没有字幕，我并不能全听懂，但这些电影，我已经看了很多遍。听懂一种与差异很大的方言，是不太容易的。所以在这种情形下，经历孤独，就是必不可少的了。

/ 菜地被治理 /

大概是5月23日那天，小白她们在新校区领毕业体检表。正好我和海淑约好要去菜地，于是就三个人一起去了，一人骑了一辆车子。

晌午，初夏的阳光明晃晃的。是雨后，又不是周末，菜地里的一切看起来都潮湿湿、绿茵茵、安安静静的。没来得及拔走的香菜，居然在几天之内抽出了秆儿，开了花儿，引来了一些蜜蜂和蝴蝶；小青菜最下面的叶子也变黄了。我们三个人惊叫着，胡乱地拔着。偶然间抬起头，发现原来的木棚子不见了。自己还在心里解释说：可能要装修吧。直到她们两个人去找竹竿为豆角搭架子，看到一张贴在电线杆上的通知，才知道那个我们都很喜欢的木棚子，是被联合执法队给拆掉了。随后我们又知道了，那其实不是拆，是挖掘机驶过，能轧碎的轧碎，轧不碎的捣碎了。理由据说是：在耕地上乱搭乱建。

这个理由是不错的。但是面前的景象，其触目惊心的程度，却怎一个正确的理由了得？我总喜欢引用奥茨说过的一句话："每天的生活都是政治生活。"多精辟！但什么是政治生活？我想可能是那种任何事情都能摆到桌面上谈并且都必须摆到桌面上谈，通过讨论、谈判解决一切问题的生活，那才能叫作有政治生活。个人和社会团体以及其他机构，都能发自内心地认同通过谈判解决问题的生活方式，那才叫作有政治生活。现在，不谈，不讨论，开动机器，立即解决，留下满地的残片断木，这到底能解决什么问题呢？这时候，我才知道，今天几个老板都齐齐站在地头的树荫下，沉默不语，原来并不是正常的。利比亚正值战火纷飞，这个被指独裁的国家前途未卜，解决的方式并不是谈判而是西方武力的强势介入。我们呢，在距离自己的美满生活很近的地方，看到挖掘机威武驶过后的景观，美满的生活立即遭遇了另外一种意义的解读，有了一条突然附加的、令人愕然的脚注。

摆在面前最现实的问题是，水池子也被砸烂了，水管里的水也没有了。面对一个文本，就我们的职业而言，其解读的可能性在理论上讲是无限的。但是面对一块菜地，现在没有水，那结果就只有一个——这块菜地有可能变成靠天吃饭的小块地。

晚上，看到老刘，激动地说了白天的所见所想，他说："一定是菜园子还有其他问题。"他擅长站在我的观点的对面看待并分析问题。不过他居然断言菜地的水和电很快会恢复。我不知道他的依据是什么，只是在一周后我们再一次试探着去菜地时，发现喷灌设施虽然还没有恢复，但水管里有了水，可以提水浇地了，这时候才觉得多少有些释然了。

老板中的一个从我们的地头走过，我问他："菜园子被治理了，你灰心吗？还会坚持做吗？"他很坚决，说："我不灰心！"然后他用自己的语言叙述了那件事情发生的经过。老刘警告我要理性地听老板讲的"单边故事"，这很对。但是这无所谓。其实故事怎样讲的，对我而言根本不重要，重要的是我看到菜园子被治理过了一回，重要的还有菜园子的设施在渐渐恢复，而且，这个年轻人说他不灰心。

/ 乡村附近有乡村附近的生活内容 /

住在乡村附近，就会有乡村附近的生活内容。它让你想要接近与土地有关的一切事物的企图实现得如此便利：比城里的西安话更犀利的，是长安话；比城里保安的外地口音更多的，是校园里到处存在的大声聊天的本地口音。

端午节的前一天，走在校园的路上，突然想起小时候在村口的大路旁，端午常常看到有老太太去剪艾草。晚饭后，我、李琼和老刘就从家属区的南门，用报纸裹着一把剪刀出门了。学校围墙南边的麦子马上就要熟透，有收割机停在路边。仔细观察，发现这些收割机上面印的字就是"麦客"。这让我又不由得想起大概十年前，自己曾经买过一本题为《麦客》的画册，里面用一些照片和文字记录了甘肃、宁夏一带的人们，在自家的麦子成熟之前，总会到关中地区先帮这边的麦农收麦子，挣一些钱，然后再回到自己的家乡去收割。这些麦客在历史上存在了那么多年，如今大大小小的地块，如果有可能使用收割机，人们基本上就不会使用镰刀了。所以，作为事实人群存在的麦客，消失了；而作为一个名词留在收割机上的麦客，则成了一个将漫长而艰辛的复杂劳动一言以蔽之的简单标记。

我们经过多次比较、辨认，认定了一种植物就是艾草。一人剪了一大把，回来了。我们将这些艾草挂在门上，插在家里的瓶子里，立即就有了端午佳节的感觉。这些感觉让我想起了在我们的童年时代，主要是十二岁之前，奶奶每年都要给我们做的香串儿——用一些五颜六色的小布头，缝成十二生肖的样子或者是圆圈，里面塞上香料，穿在一根用红丝线拧成的红绳子上。在家里那些小动物造型或者铃铛造型的银饰还没有被我们搞得找不见之前，奶奶也会把这些东西在这些彩色的香包之间间隔着穿一些，将做好的香串儿系在手腕上、脚腕上，走路的时候、甩手的时候，都会有银铃铛的声音伴随。这些银饰很容易被弄丢，弄丢之后很难找回来，并且这些都是在"破四旧"的年代里被奶奶冒险藏起来的旧东西。一是新时代没有人生产和售卖这种东西；二是在我的童年时代，全社会都在过着一种朴素而贫困的生活，确实没有财力购置这些不能改善吃喝的东西——所以，当后来再也没有一个银饰留下，奶奶在做香串儿的时候，这些可爱的、永不再来的东西就只存在于她的语言中，这些东西的被遗失也就成了她数落我们的最好理由："都是些洋昏头！那么好的东西，到了你们手上，就长不了！"也许真像奶奶说的那样，那些东西是她的奶奶在她的童年时代给她做香串儿用的，现在，它们在我们的手上被遗失了。

　　二妹是唯一留在奶奶和父母身边工作的姊妹，端午的时候，我们问奶奶有没有给二妹的女儿做香串儿，妹妹说没有，因为奶奶说那个东西早不时兴了，别的孩子不戴，就自己的孩子戴，戴上了，显得太落伍。唉，多惊人啊，时代改变的并不仅仅是在城里谋生存的我们，连一直生活在乡村的八十五岁老太太的思想世界，也给改变了。

　　今天，端午过后刚好两周，我插在门上的艾草已经完全干枯了。在楼道上打扫卫生的保洁员敲门，问我还要不要那东西，不要的话她就给扔了。我看到地上掉了一些艾叶，估计她是害怕这干枯的艾叶老要往下掉，影响卫生，就赶紧摘了下来。她很惊讶地问："要那做什么？"我说想要点着，看看能不能熏走蚊子。她立即表示不解，说："你也不嫌麻乱，电蚊香片就很好嘛！"这位大姐，可能也是大居安的人，或者，是刚刚拆迁的茅坡村的人。

/ 我的与菜地密切相关的出身 /

我出生在山西省夏县一个距离县城一公里的村子里。大概从1980年开始——那是我小学高年级和初中时期，这个村子和县城周边许多其他的村子都渐渐成了专门的蔬菜种植村。从这个时候开始，一直到读研究生，中学时期的每个周末和假期、大学时期的每个假期，我基本上是在菜地或者卖菜中度过的。比起卖菜时所感受到的复杂的"唯利是图"的心态，我还是更喜欢在菜地劳动的感受。和妈妈在长着幼苗的地里锄地，她告诉我，每锄一段，就要在前面给自己找到一个小的目标，比如一个小石头、小瓦块或者地上长着的一棵什么草，锄到了，再找一个，这样，就不会觉得前面太长。

还有和爸爸在地里"绑黄瓜"，就是把在雨水太多的夏季里长得太快的黄瓜蔓子用泡过的玉米棒子皮撕出来的条条捆绑在竹架子上。太阳那么晒，中学的班主任正在让大家报名参加去西安的旅游，爸爸说："现在去，又花钱，又浪费时间。等你考上大学了，去哪儿都可以。"他说的"浪费时间"是在说，原本我还可以趁着星期天帮家里干活，黄瓜蔓子长得那么快，都耷拉下来了，如果不赶紧绑起来，长大的黄瓜就会将蔓子拉断，或者一阵狂风也可以将它们吹断。正是大忙的时候，跑出去旅行，可不是浪费时间？他说"考上大学了，去哪儿都可以"，并不是在说我考上大学之后他就允许我去任何地方，而是在说，那时候我就有能力去任何地方了。当然还有二十块钱的旅费，这也是某种意义上的浪费。尽管后来，在自己的噘嘴、沉默不语等消极争取的攻势下，父母答应让我参加班里的集体旅游到了西安，但是从现在所留下的照片来看，那次旅行并不愉快：嘴角长着水泡，表情一点笑意都没有，多半是心里还在惦记着在太阳地里的父母和黄瓜蔓子。

当然还有啊，和妹妹一起在地里整理韭菜秧子。爸爸在育好的韭菜秧子地里用锨将秧子连根剜起来，我和妹妹负责将连在这些韭菜上面的土块抖掉，然后一苗一苗地分开，摆放、捆绑整齐，等待栽种。正是高考之后的暑假，又有明亮的太阳当头，两个人戴着的草帽遮住了头，可是遮不住穿着背心的身体。爸爸建议我们到地头的桐树下面去弄，我坚持在爸爸附近的太阳地里。

那时候的感受是：阳光多好！太阳地里的劳动和流汗多好！十年之后，博士毕业之前，突然有一天开始对夏日阳光过敏，于是再也没有机会裸露着皮肤在阳光下行走。想起无数次的锄地、拔草；海柿（西红柿）地里的拔芽、蘸花、抹药；绑海柿、绑黄瓜、栽韭菜；冒雨、暴晒、泥泞地里卖菜路上的推车；当然还有清晨露水打湿的裤腿、晚上浇地时高高悬挂在天上的光芒浩荡的月亮。想起父母妹妹，想起差不多二十年前和妹妹一起在那块名为"动力井"的责任田里劳动的情景，再一次体会到一个诗人的话："只有过去的日子，是幸福的。"

现在，走在学校与大居安村之间的马路上，一边是学校的家属区、教学区以及图书馆，一边是面临着巨变的村庄和农田。我无比清晰地感觉到自己正走在一个由两种不同的世界交汇而成的交叉地带。这个交叉地带曾经有过宽广的融合，但是现在，只有马路将它们连接起来。两边的人们并不真正融合，两边的生活经验也并不真正融合，知识分子和农村劳动者之间，大体上处在一种相互观望的状态中。那么，我的经验，我的在仁家寨支配一小块农田的经验，它其实仅仅是一种象征，象征着来自乡村的那一群人的一种特殊的、与土地和乡村紧密相关的、童年和青少年时代的记忆，这个记忆成为连接今天的城市和乡村、知识界和劳动者的纽带。从感受上讲，它是美好的，同时是令人感伤的；从经验上讲，它是"日常生活健康化"的，但它同时又是极为脆弱，并且是容易被摧毁的。

2011年6月23日

和奶奶有关的记忆

/ 一 /

听说，像我现在这么大的时候，我的奶奶已经有我了。也就是说，那时的奶奶已经是奶奶了。

其实她还很年轻，是个年轻的奶奶。不过那个时代的人，结婚生孩子都早，谁比谁晚那么一两年，就已经是天大的事情。所以，在我童年的记忆里，同龄小伙伴的爸爸妈妈们年龄差不多，同龄小伙伴的爷爷奶奶，年龄也都是差不多的。

然而，从我现在对自己各方面的体会而言，四十多岁的奶奶，还是非常非常年轻啊！但是如果拿我与奶奶相比，奶奶又确实不年轻：四十多岁的时候，她已经经历了好比是好几个人的人生一样复杂的事情，并且一直在一种复杂的家庭关系中生活、运筹——奶奶的丈夫、我父亲的父亲、我从来没有见过的爷爷三十六岁的时候因为食道癌在西安医学院的二附院去世了；大家庭分家，奶奶带着曾祖母和爸爸、叔叔另立门户；奶奶再婚，我父亲和叔叔有了帮助他们重建家庭的成年男性，我也就有了我自己能够认识的爷爷；爸爸的婚事；等等等等，全部要由这个已经历尽艰辛的女性思考运筹、承担责任。高中毕业的暑假，我在家里看闲书、写日记，爸爸总说，你一定要写一写你的奶奶！我没有写，也没有办法写。一个十八岁的女孩，能够懂得奶奶什么呢？但是现在，情况似乎不同了。我已经长到了我认识奶奶的时候奶奶的那个年龄，我的人生经验终于和奶奶重合。最关键的是，我有时候在镜子里瞥一眼自己，就好像看到的不是我，而是奶奶；我有时候要对某一个人或者某一件事情发表某种评论，就会想起，类似的话奶奶

以前已经说过了。我似乎进入了奶奶已经经历过的某条
人生轨道里：在她去世几年以后，我以我自己的人生经
验，在某种情境和意义中，与奶奶会合了。在这样的情
境中，不是我一定要写一些奶奶的什么，而是奶奶在我
的生命中再一次地活了过来——当我想要写一点自己的
什么的时候，我难以避免地，就要写到奶奶。而当我难
以避免地要写到奶奶的时候，我知道，我人生当中那最
有意义的部分，是奶奶留给我的。所以，写奶奶好像就
是在写我自己。她好像从未留给过我任何东西，但我延
续了她的体态、语言和行为方式，她实际上留给了我她
所能留给我的一切。

于是，在爸爸叮嘱我写奶奶的三十年后，我决定尝
试着写一写我记忆中的那些与奶奶有关的事。让我感到
很奇怪的是，对于一直很喜欢详细叙述、铺陈和白描的
我来说，关于奶奶的那些话，却很难像我习惯的那样，
以散文的方式写出来。这些句子在我的脑海里，是一
行一行的。这些句子可以是诗吗？这我倒不能确认。我
能够确认的是，不知道从什么时候开始，我已经认识到
了，与奶奶有关的一切，并不是我和她这两个有祖孙关

系的个体之间的事；与奶奶有关的一切，是一个人生开始于旧时代的妇女和一个人生开始于新时代的妇女之间的分离与融合。这种分离与融合是随时随地的，是深刻的，是遥远又切近的，是诗意的。所以，尽管我不能确信自己脑海中的句子是不是诗，但我依然愿意使用这些在我的心里盘旋不去的句子，来记录奶奶的人生带给我的诗意的经验。

/ 二 /

最先冒出来的经验，居然看起来像是一些创伤经验。没关系的，创伤经验未必让人得病。创伤，也许是让人记住爱的最有效的方式。

所谓的创伤经验，其实很具体，就是有一次和奶奶在大侯村她的姐姐家住了一段时间之后回家的事情。关于那件事情的关键词，是秋收后的连阴雨、徒步、没有雨鞋。而关于那件事情，涌现在我脑子里的句子，是这样的：

在没有雨鞋穿的年代里

总是有那么多的连阴雨

我和奶奶在大侯村她的姐姐家

住了半个月

天终于晴了

我们要回家了

从奶奶的姐姐家

走到大侯村的村口

鞋已经湿了

奶奶掏出她的手绢

垫在我的一只鞋里

从大侯村口到杨社西村口

是柏油路

路面干爽

可鞋底很湿

当然只有脚底板

才知道鞋底有多湿

然后就是从杨社西村

到我们裴社西村

又是一段泥泞的路

和奶奶拉着手

拣不太泥的地方走着

路边绵延着被雨水浸泡着的黄豆叶子

踩一脚

挤出很多水来

回到家

奶奶抱我到炕上

脱掉鞋

盖上小被子

奶奶说了很多表扬我的话

但她肯定知道

我更想要的是一双小雨鞋

    而与那件事情相关的，则是回家以后，奶奶为了让我吃到一片盐腌过的熟猪肉，切肉的时候，切到了自己

的手指头，再加上徒步劳累和脚底受凉，犯低血糖而晕
倒的另一件可以称之为事故的事件：

就是那次雨后归来

奶奶告诉我一个秘密

说她的盐罐子里

腌着一块煮熟的肉

她要切一片给我吃

我坐在小被子里

等着奶奶从她的盐罐子里找到那一块肉

她找到了

我明明是在看着奶奶切那块肉

但她突然哎哟一声

放下了刀

奶奶晕倒了

我光着脚

跑过院子

跑到巷子里

大声喊

我的奶奶晕倒了

我的奶奶晕倒了

来了一些人

望江妈、青翠奶奶，还有中华的妈

最后来的是云霞的爸爸根才

他是我们村卫生所的卫生员

他打开自己的医疗箱

给奶奶包扎

然后从暖壶里倒开水

没有开水

找白糖

没有白糖

他很生气

中华妈到她家端了一碗开水给奶奶

奶奶喝了

然后奶奶醒了

大家都走了

奶奶躺在炕上

我继续坐在我的小被子里

我看到案板上的那一块肉

以及，旁边一小摊血

是奶奶切破的手指流出来的血

我不再想吃那个奶奶的秘密了

我看到我和奶奶脱在炕沿下的鞋

都是湿的

奶奶是个小脚

鞋也那么小

唉！这件事情一直在我的脑袋里存着，年龄越大，越觉得自己欠奶奶很多。而让我感到更加奇怪的是，在我的童年时代，我的家，可以说是一个大家庭，别的人呢？爸爸、妈妈、叔叔、姑姑、爷爷，为什么他们在我的记忆中的形象，远不如奶奶真切、有温度？与奶奶留在我心目中诗意的形象和气质相比，难道其他人都是不懂奶奶的？

/ 三 /

提到小时候的大家庭，难免要想起童年时期和爷爷奶奶、爸爸妈妈，以及曾祖母、叔叔、姑姑一起住在老院子时的情景。那时候的院子，总是泥泞的。院子当中，从大门到奶奶住的正房，总是依次摆着一溜儿半截砖，大人就在上面走，图的是能够走直线出门，快。小孩子如果走在那些砖上面，那就专门是为了好玩的。因为他们原本没有什么着急的事情。在屋檐下的台阶上走，避开雨水或者泥泞，才是雨天或雨后最好的选择。

然后，就是家里有一棵榆树和一棵不怎么结苹果的苹果树。苹果树早早就被砍掉了，而榆树，则是家里一部分鸡的栖息之所。每天晚上，奶奶都会叫我和她一起将鸡赶回鸡窝。但是，总有那么几只不听话的鸡，会选择睡在树上。那时候，奶奶会说："不管它们了！让黄鼠狼把它们吃掉！"然后我们也提着尿盆，回屋睡觉。而在晚上睡觉的时候，夜里起来，总会糊里糊涂地把头磕到那个"板儿"上。板儿，就是装在炕正面墙上的一个可以放小箱子的宽而且厚的木板。小孩子个头正好跟它的高度差不多，睡在"板儿"下面，猛然起来，总会磕着头。那时候，奶奶总会使劲拍打那个"板儿"，说："坏蛋，把我娃磕着了！明天就把它锯掉！"当然，第二天、第三天、第若干天都不会锯它的，直到我长大，再也不跟奶奶睡，也再也不习惯和奶奶睡。后来我们家先搬出老院子，叔叔又和村子里另外一家人置换了宅基地，老院子、奶奶炕上的"板儿"，就永远停留在我跟它一样高的年代里了。这就是有那么一段时间里每天发生的事情，好像人的一辈子，都要跟奶奶、这些鸡、尿盆，还有炕上的"板儿"一起度过。其实中间也发生了其他的一些事情，戏剧化的程度远远高于我上面写到的几样事物，但是，那些戏剧化的事情，是需要认真回忆才能想起来的，而奶奶以及跟她有关的鸡，则代表着她生命中带给我的生动：那个粗瓷尿盆，是静谧的夜的标志；而那个"板儿"，则是我最早记住的痛感、无奈感和奶奶每天晚上用完全同样的话语安慰我的无限的耐心——因为我总是被它磕着。

然而，除了家人、家务事带给奶奶的欢乐（当然更有烦恼）外，有一种经历的存在，我相信在奶奶那里，是没有什么欢乐的。那件事情被我最早发现：奶奶除了是我的奶奶，是家里一切事务的中枢，她还是一个要参加"社会性劳动"的人——就是说，我发现在我的家庭以外，还有别的人和事，会带给奶奶伤害、压力和烦恼。这件事，就是有一天生产队队长到家里来批评奶奶没有把棉芽打净的事情：

再

记得

有那么一天

中午时分

院子里飘着一团一团的

柴火的味道

好像有阳光

但又好像落着些雨

跟每一天的中午都很像

奶奶的手里拿着一把豇豆

豇豆长长的

软软的

奶奶歪着头

检查着豆角上的虫眼

这时候有人从门口大步走进来

脚步声咚咚的

是生产队队长

他最喜欢训小孩

他的手里握着一把棉芽

大声说

你看看，你看看！

我懂他的话

他是在说

奶奶没有把棉芽打净

他真的是好凶啊

这一个瞬间

奶奶的面容在我的眼里

是模糊的

我更难忘的

是那个大声吵闹训斥的生产队队长

他的形象在我人生的很多个情境里出现

让我知道

不管你处在什么时代

不管你是什么身份

总有那么一些人

会毁掉你的一个静谧的午后

毁掉你眼里的世界

并且

毁掉你心里的一个神话

我喜欢奶奶

喜欢奶奶煮豇豆

因为

在她为大家调一盘蒜泥豇豆之前

她总会先捞出一根最长的

放在我的手上

/ 四 /

在我能够听懂一些大人的故事以后，经常听到我母亲讲，奶奶是怎样踏破铁鞋到母亲的娘家——韩社西村去，亲自当媒人，把我父亲的亲事搞定的。也就是说，我爸和我妈结婚，是我奶奶一趟一趟跑成的。我妈经常说："跟你爸结婚，我根本不愿意！可是你舅家爷爷愿意，我根本没有办法。"总之，是我奶奶主意正、能力强，而我的舅家爷爷，对奶奶这个人以及她的一切又很欣赏，所以这门亲事就那样成了。具体分析一下，为什么奶奶一定要这么做？主要是我妈家成分好（贫农），我妈又能干（外祖母死得早，她十一岁就会蒸馍、做饭、做鞋、做衣服），远近有名。而我爸的家庭，成分不好，是个上中农，家里还用过长工，长期在新社会抬不起头，所以要通过婚姻来调整家里的政治成分。在中学念历史上那些和亲事件的时候，我总会想起奶奶在儿女的婚姻大事上所表现出的"政治敏锐"。也许，这一点在那个年代是一种普遍愿望，因而成了普遍选择。

这些事情我在我妈那里听过很多遍，她主要是以一种特别自豪的语气讲出来的，好像结婚前曾将自己的对象折磨得很惨，是她老人家特别愿意渲染的少女时代的骄傲一样。比如我妈就曾经讲过很多遍，我爸去给她娘家送棉花（订婚后的礼节性拜访），而她，竟然把棉花包袱扔出去，还把人推出去！"可是你们不是已经订婚了吗？为什么还要那么厉害？"妈妈不可能理解我们的心情：那时候您推出去的对象，现在是我爸啊！在女儿面前将她的爹讲得很窝囊，伤害的是女儿的心啊！可是我妈好像想不到这一点，在很多年里她总喜欢讲他们的婚恋故事中的这一个特别能够突出她自身的彪悍特征的细节，而我的爸，则很腼腆地笑，对我妈说："如果我也像你这么不讲理，你的女儿不会这么有出息。"

这就是我的父母之间的差异。很多年之后，我才领悟到，事实上更具有对比价值的，是妈妈和奶奶这两代妇女之间的差异。我的妈妈出生在一个木匠家里，她的母亲死得早，她从小担当伺候老爹和三个弟弟的日常起居的重任；而我的奶奶，出生在一个有很多田地的地主家里，所嫁入的家庭（我爷爷家），是裴社西村唯一有能力供养读书子弟的农商并重的家庭。爷爷奶奶结婚的时候，爷爷在陕西富平县做县百货公司的经理，逢年过节，能够给全家老小（**没有分过家的、有三四十口人的大家庭**）带回让每个人都合意的礼物，而我爸，又是他这一代子弟中的长子长孙，是我所有叔叔姑姑和堂叔堂姑的大哥，是在非常高的关注度和宠爱中长大的。所以，这两个人的婚姻，要磨合的东西，该有多多啊！

我的父亲和母亲都出生于1950年，1970年结婚，1971年生下了我。从历史发展的年代性看，时代确认的是我的母亲及其家庭出身所携带的价值观和行为方式，而我的父亲，则是不断受到我母亲的"帮助"和"影响"的。而这一切，全部都是我的奶奶，在分析了时代精神走向之后，所做出的选择。

无所谓这种选择的对与错，因为拥有实实在在的人生才是最重要的。所以我感谢我奶奶，硬是让我的父母成了亲，有了现在这个独一无二的我。曾经，母亲的个人故事很吸引我，因为在生产队劳动的时候，她曾经挑过二百斤（1斤=0.5千克）重的玉米（**我爸说我妈年轻的时候很"二百五"**）；因为她结婚前就是入党积极分子（**后来因为家务活太多没有时间开会所以耽误了**）；

因为她和任何人吵架的时候都气场超足，气势上从不输给别人。但后来，我又常常对奶奶特别舒缓的行为方式感到着迷：她为什么从来不主动跟任何人吵架？她为什么总是对自己的头发是否整齐、衣着是否得体、说话的语气和态度是否伤人那么在意？

想到这里，我不由得想起来，小时候，跟着奶奶一起回她的娘家（我老舅家）。奶奶的妈是她们四姐妹的继母，仅比奶奶的大姐大四岁，但是她们姐妹四人，互相之间说话，永远都那么尊敬地叫她们的继母"咱妈妈"。她们五个老太太，在炕上盘腿坐着，围了一圈，说啊说啊，喁喁哝哝，怎么会有那么多话呢？换成今天，我能够和我周围的哪一个或者哪几个人（除了需要陪伴的胖丫），从太阳初升说到夕阳西下？而且中间还有两顿谨守餐桌礼仪的早餐和午餐。

到老舅家去

小脚的奶奶

臂弯里挎着她的馍篮子

白白的大馍上

盖着崭新的方帕

我

穿着借来的新衣

走进有三重门的奶奶的娘家

无数棵石榴树

枝叶繁茂

奶奶和她的妈妈姐姐们

五个穿着黑衣

头上包着浅蓝色帕儿的老太太

盘腿坐着

说了一天的话

我只有

到处地

走来走去

两餐饭的情景，在当时看来，也确实熬人。因为奶奶规定了一种必须参照的餐桌礼仪：你最好吃离你近的盘子里面的东西，不要把手伸得很长，去够离你远的盘子里面的东西；吃馒头的时候，不要拿一整个的馒头吃，要掰一半儿，或者一小半儿，一定要吃完；夹完一筷子菜，嘴巴里嚼东西的时候，筷子要并拢，放在碗上或者盘子上，不能一边嚼东西，一边手里拿着筷子，更不能用筷子在盘子里翻来翻去，甚至吃自己碗里的东西时，也不能用筷子在碗里翻来翻去。唉，好辛苦！而且，在那样的餐桌上，老舅家的人，也就是主人们，总是要为我们夹菜，并且互相之间还要让来让去，说很多客气话。我妈经常说，她最不喜欢到我爸的舅家走亲戚了，"律套儿"太多！当时，我也是这样想的。可是今天，想想奶奶和她的娘家人，他们一直持续很久的优雅多情的生活礼仪，是多么可爱啊！

/ 五 /

2013年6月25日，农历五月十八日，上午九点二十八和二十九分，我的胖胖和我的丫丫在陕西省妇幼保健院的产科病房出生。同一天的凌晨五点，奶奶在山西夏县裴社西村我叔叔家去世，享年八十五岁。

在奶奶去世前一年，她被县医院检查出来胆囊肿瘤。县医院的大夫问爸爸和叔叔："你们怎么决定？毕竟这么大年纪的人了。"然后爸爸打电话给我，复述了县医院的大夫的话。"毕竟这么大年纪的人了"，这是什么意思呢？我不愿意深究。但我没有别的选择，也没有别的想法能够占据我的心。在朋友的帮助下，我们在西安交通大学第二附属医院（恰好是五十年前，她年仅三十六岁的丈夫、我父亲的父亲做手术的地方）为奶奶做了微创的引流术。一年的时间里，每次见到奶奶，她都说，是西安的刘大夫救了她。

我的从未谋面的亲爷爷虽然工作的地方是富平，但是在他生病之前，家里都没有人到过富平。爷爷接受医治的地方在西安，在交大二附院，奶奶曾经到医院陪护过。爷爷去世后，先是葬在三兆公墓，五年后由十七岁的我父亲和我奶奶火车、轮船、火车这样辗转着迁回山西夏县——那时候没有风陵渡黄河大桥，南同蒲铁路通到风陵渡就终止了，需要搭船过河再继续坐火车到西安。所以，奶奶和爸爸对西安很有感情。他们能够讲起的和爷爷有关的事情，都是在西安发生的。而我，冥冥之中居然将自己栖居的窝，搭建在了西安。而且，在初到西安的十年里面，我就住在西五路南侧的皇城西路，和后来更名为交大二附院的西安医科大学第二附属医院之间，只有一道人行天桥的距离——奶奶在这里做手术，奶奶年轻时那年轻的丈夫，也曾经在这里做手术。多么令人伤感，但这，又是多么温暖！是谁安排了这一切？

从奶奶手术后到去世前，我越来越频繁地听家里人说奶奶情况不好。在最后的时刻里，我常常给奶奶打电话，让她一定要等到孩子出生，见见孩子。她每次都在电话另一头笑，说："好啊。"但是，实际的情况是，她在胖丫到来前四个小时离开了。不过，我并没有遗憾。我想，这也许是奶奶为自己、为一切做出的最好安排吧。

2017年6月26日初稿

2017年12月10日定稿

还乡日记

在人生的一些阶段中，我对自己的出生地，是满怀深情的，以至于在我的学生眼里，山西夏县，是一个神秘的所在。但是在另外的一些阶段，我对自己的出生地，又常常是失望的，因为它并不总能够回应我对"仁、义、礼、智、信"这些个基本道理的提问。不过这些深情、这些失望，都不令人惊奇。因为即便有再多失望，每个人，都只能有一个出生地。这种唯一，就让"故乡"这个词，对任何人来说，都有了无可替代的意义。

在一次又一次的还乡之路上，我再次认识了自己，认识了亲人，认识了那些年少时一起成长的我们、你们和他们。我们、你们和他们，在不同的情形中，以不同的答案，回答了我对各种不同命题的发问。在这些发问和回答里，我，一次又一次地获得了经验、思考以及书写的动力。

/ 山河形胜 /

1

飞驰的列车
将行者的目光
拍击在
黄河岸边的
崖壁上
然后
进入
隧道

2

跨越黄河

一次又一次地

跨越黄河

而后

折返

回乡的路

出发的路

来来回回

反反复复

同时

那些年少时的梦想

与季节一起

不可阻挡地

进入

深秋

3

田野瘦了

可是人

却胖了

是谁

喂养了这些

肥胖的人

——

田野无语

因为它

总是这样

枯萎

繁盛

然后又枯萎

然后

仍可以

一次又一次地

繁盛

2018年10月10日

/ 嫘祖，她是谁？/

自从心底有了"返乡"的冲动，西阴就成了第一个我必须到达的地方。首先想到："小时候的同学当中，谁是西阴人？"在记忆当中，没有搜索出结果。然后请建军同学帮忙查县志，他又发来别人写的关于西阴的文字。创义兄为了陪同我出行，连考古的专业书籍都看了。带着小木，我们一起去了西阴遗址、东下冯遗址、崔家河遗址、禹王城遗址。这些史前遗存，全都只是以一个"全国文物重点保护单位"的"碑"的样子存在着，周围都是农田。这些地方，离县城有一定的距离，那些在县城附近蠢蠢欲动的拆迁热潮，似乎并未波及这些地方。我喜欢这样的存在，喜欢它们周围的农田、农人自然安详地活着。金秋的田地和村庄，延续的是嫘祖、大禹这些人最初的愿望，那就是，让他们的后人，温暖地活，愉快地活，安详地活。

1

首先

嫘祖是léi祖

不是luó祖

然后

我问自己

嫘祖

她是谁

听说她是

地球上最早的养蚕人

家就住在

山西夏县

西阴村

西阴—裴社西

在全球化的时代里

如果乘坐高铁

就只是一瞬

但我与西阴

却有四十余年

未曾遇见的距离

董建军

任创义

还有我的小外甥女

我们一起

在金色的阳光里

到达了西阴

2

嫘祖故里

田地安详

年迈的村人

坐在年迈的椅子里

面前

是作为景观存在的

桑林

蚕

作为化石

只是

被记录在

李济先生的

考古报告里

秋田

棉花朵朵

工厂

冒出浓烟

——

桑蚕

棉线

化纤

西阴人的肌肤

遇见了

织物的

历史

3

然而我

关于桑

关于蚕

所知甚少

认为它在江南

认为它需要雨水

认为它

需要桃花和稻田

4

然而这时候

又

想起奶奶

想起奶奶的

夜谈

说

曾经

为了养活家人

养了很多蚕

说

夜半起身

添加桑叶

听到蚕

吃桑叶

沙沙沙

因而高兴

因而失眠

2018年10月28日

/ 到水头去 /

董建军、任创义，我们决定到下晁村文峰家里去吃午饭，剑波和忠贵从不同的方向赶来一起吃午餐。

文峰曾经在水头镇的街上开饭馆，后来因为父亲年迈，遂关门回家，侍奉老人，兼卖白馍。见到文峰的老爸，我赞美我的同学孝顺，老人家说："还行。"文峰家的院子里晒着柿子饼，屋檐下摞着高高的馍屉子，圆圆的大白馍，一个挨着一个；葡萄藤上面没摘的葡萄，自然地变成了葡萄干。为什么不摘呢？这是我的问题。可是我很快就自己有了答案：文峰的日子就是这样缓缓流动的、顺势而为的。吃多少，摘多少，吃不了的，就留在树上了。

文峰曾经是我们学生时代快乐的歌王，现在，他将歌唱的快乐，融进了每天的生活里。

然后我们去了宇达（山西宇达青铜文化艺术股份有限公司）。

以前，我以为宇达仅是我回家路上的一个地标，没有想到它是家乡文化生产的一个地标：从主营各种关公铜像到与全国知名的雕塑家合作，完成对那些艺术家的艺术构想的铸造，宇达走在了一条从售卖地域文化符号到艺术工艺生产的道路上。这让我惊异！铸造一些关公像，卖给全国各地打算信奉江湖义气的人，这是一种很简单便捷的、利用传统文化获得的生财之道。但是能够走出去，和当代最重要的雕塑家合作，完成那些艺术家的天才构想，这表明了宇达是自觉承载起传递当代体验这一责任的。于是，宇达的庭院，也得以成了一个雕塑艺术的博物馆。嫘祖的蚕丝，连接了世界与中国；宇达，好像也在用它的铸造，连接着世界与中国。这个中国很具体，这个中国也很现代。它的具体位置，就在从水头去往夏县县城的路上，它只处理青铜这一种材料；它的现代，就在于我的同学张忠贵，他是一个供职于宇达的人。在宇达所铸造的各种雕塑作品中，在他们自己的原创作品中，有些造型，居然来自美国电影《疯狂动物城》。

其实关于水头，我还有更多其他的记忆，比如我同年同月生的好友张俊玲、我高中的同桌晋淑惠。曾经多次到俊玲家去，熟悉她的爸妈、奶奶、弟弟妹妹。在北京上学的时候，淑惠在天津，不知道她用了多长时间，居然亲手给我织了一件藏青色的高领毛衣！夏县县城没有火车站，所以我每次乘坐火车前往临汾、太原或者北京，多半都要在水头乘车。大概是这个原因，水头，长期都代表着夏县的经济发达地区，也代表着夏县人向北、向东、向远方的一个主要出发点。

然而，水头，是什么水的头？应该是涑水。但水头到底是不是涑水河的源头？这个我还真不知道。不过对于童年时期生活半径特别小的人来说，水头因为和远方相连，本身就是遥远的存在了。

不只是我的生活半径小。在我的家庭前辈中，奶奶因为到过西安陪护爷爷住院，并且和爷爷的陕西同事交流过，被村里人称作"见过世面"的人；爸爸陪奶奶到西安搬运爷爷的骨殖，还作为红卫兵到过西安，也是出过门的人；妈妈和我，在我七岁的时候，到北京去看望过当兵的小舅舅，是到过北京的人；我的第二个爷爷，上过朝鲜战场，所以他几乎天天早起跑步，甚至高喊口令，在村里人看来，甚至有些异类，当然是远行过的人。

还有我的叔叔。叔叔高中毕业后不久就开始在药厂工作，年轻的时候差旅的范围很广，也参加过一些在外地、在大城市举办的业务培训，爸爸曾经让我往南京、成都写过信，并且说："写信，想说啥就说啥，不像当面说话，有些话，不好意思说。"其实那时候我也就十一二岁，不知道爸爸想说而不好意思说的是什么话。可能是思念吧！我学英语用的红灯牌录音机，是叔叔从上海买的，他还给我买了《唐诗三百首》。今天想来，我的人生中最重要的两门课程——中国语言和外国语言，它们最初的习得都与我的叔叔有关。叔叔把录音机和《唐诗三百首》从外地带给我，而我，借助这两本书，开始了从夏县裴社西村到远方的旅程。

然后，我的姑姑，在太原上学，在临汾、侯马工作，总之，都有着很丰富的夏县裴社西之外的生活经验。

只有我的老奶奶，就是我的曾祖母——她从河堰底下村嫁到裴社西（**相距约两公里**），她八十五年的人生，全部在这两个村子中度过。她去过县城，因为县城就在这两个村子中间；坐过小推车，坐过爸爸的自行车后座，但绝对没有坐过任何形式的汽车，没有见过火车。大概从上高中的时候开始，我偶尔会听到爸爸和妈妈说，哪天一定带你姥姥（姥姥在夏县话里是老奶奶、曾祖母的意思）去一下水头，看一看火车。他们讲起这个话题的时候，面带笑意，好像这是一个很好玩的事情——作为一个夏县人，大家都知道，一个人，一辈子连水头都没有去过，连火车都没有见过，是一件很不可思议的事情。然而，实际上，这件不可思议的事情，就那么一直持续着，直到1991年，老奶奶去世的时候。之后爸爸再没有说过什么，倒是妈妈偶尔会说："你爸这辈子最后悔的事情，就是没有带你姥姥到水头去看一下火车。"在这样的语境下，尽管我多次到达水头，但是在我的心里，存在着一个属于老奶奶的水头，那，就代表着一个与远方相关的、从未抵达过的、特别神秘的地方。

2018年10月28日

第三辑

在光影与书卷中穿越田野和乡村

穿越麦地

/ 一 /

最近几年来，每到六一前后，我都会问婆婆："老家有人打电话吗？有人叫您回去收麦子吗？"有的时候有，有的时候没有。即使是在有电话打来的情形下，她也是有的时候回去，有的时候并不回去。婆婆在城里住的时间一长，越来越习惯城市生活，不像前几年刚来的时候那样思乡了。

不知道这是好事还是坏事。按说，我的婆婆是很善感的。孩子小的时候送全托，她常常会站在阳台上垂泪；有的时候我们批评孩子，孩子自己并不难过，她也会垂泪。婆婆是洪洞人，说话的音量很大，这让我在好几年里面都难以适应。但是有一天早晨，我刚起床，听到有人摁门铃，开门时看到她一手拎着沉重的菜篮子，一手握着一把月季花，喘着气站在门口。那时候，我不由得叫了出来："哎呀！您怎么买了花？"她说："你喜欢嘛。"婆婆矮矮胖胖的，脸上满是褶子，除了认得出孙子穿到幼儿园的衣服上绣着的名字，其他的字一概不认识。但是她那天的举动让我不再敏感于她说话音量的大。我知道了她是一个非常善感的人、聪明的人、像我一样爱美的人。她买花的举动，她在家里养着各种各样的花草的耐心，让我感到，毕竟我是在乡村中成长起来的乡村的女儿，毕竟她也是乡村中成长起来的乡村的母亲，所以我领受她的善意和爱意，要比体会达洛卫夫人在花店里的感慨，更亲切一些。①

最初几年，一到收麦子的时候，她就常常显得有些坐不住了，要走。大概她总觉得在老家的儿女们忙着收割的时候，她如此闲适地坐在城里，是不应该的。有的时候我会说她："您这么大年纪了，回去能做什么呀？"倒不是不想让她走，而是感觉她确实没有必要回去。但她往往还是走了。十天半月以后再回来，她的脸被晒黑了，头发也不如在西安的时候平顺了，同时，因为老家洗澡不方便，以及来的时候路上的颠簸，身上总会带着一些气息，一些典型的来自老家的气息。尤其是她带来的一些黄黄的杏儿——是从二姐婆家的树上摘

---

① 伍尔夫在《达洛卫夫人》的开篇写道："达洛卫夫人说她自己去买花。多好的清晨啊——空气那么清新，仿佛为了让海滩上的孩子们享受似的。"到了花店，作品写道："这儿是鲜花的世界：翠雀、香豌豆、一束束丁香，还有香石竹，一大堆香石竹，更有玫瑰、三尾莺……"伍尔夫不断地重复写到一些花的名字，写到主人公在鲜花丛中的感觉，写到那些因为鲜花想到的生活中琐碎的事情。因为她喜欢花，喜欢美。我曾注意到她的文艺沙龙的英文名字是Bloomsbury，心里疑惑，她知道"葬花"二字在中国读者的心中，是美好但令人感伤的字眼吗？不过始终相信她所表达的爱，是广博的："她深信自己属于家乡的树木与房屋，尽管那些屋子又丑又乱；她也属于那些素昧平生的人们；她像一片薄雾，散布在最熟悉的人们中间，他们把她高高举起，宛如树木托起云雾一般，她曾见过那样的景象。然而，她的生活，她自身，却远远地伸展。"

的，或者是大哥家的嫂子炸的麻团，或者是一种可以败火的、从屋后的野地里摘来的草药（**按照他们那里的方言，好像叫作金角**）——所有这些东西，总让我想起夏日的田野：正在收割的或者收割以后的。

我也常常想要跟她一起回去看看收麦子，但因为她一走，孩子就全部归我了，没有办法离开，如果她不走，我又不可能一个人回婆家去。所以，我就一直没有机会回去看看收麦子。我父母的家也在农村，但早在我上小学的时候家里就不种麦子，改种蔬菜了。那么我对于麦子的印象，我对于麦子的印象……

/ 二 /

今年，婆婆还是说家里没有人给她打电话。这让我感到遗憾。不过我知道，即使有人让她回去，我也是回不去的。常常是这样，不论什么样的情形，总不能让我如愿的。

/ 三 /

6月8日前后的几天，西安的空气中弥漫着郊区焚烧麦草时的烟雾。报纸上说："今天西安够呛。"

我能够闻到那烧麦草的味道，可是我没有觉得呛。这麦草的味道让我的心里升起了遥远的忧伤，也升起了遥远的盼望。

金黄的烈日、金黄的麦子、金黄的乡村，真真切切地在自己的生活中消失了。

在这忧伤和盼望中，我在单位的班车上问同事怀平："你家里有麦子吗？"他说了有，但是他确定地说，不能带我去，因为他自己都没有时间回去。再后来有一天，遇到了一位姓汪的先生，说起了小时候的事情，我也问他："家里有麦子吗？"他说有啊。"那能不能在周末的时候带我和我儿子去看看呢？"他说可以啊。8日是周五，他那么答应一下，我就想，周六或者周日，他也许会打电话给我。当然后来没有等到。

/ 四 /

我知道儿子对我的想法是没有兴趣的。即使汪先生打电话给我，我要带他去看收麦子，也是必须要强迫的。在强迫的过程中，就会生气。想影响儿子接近自然、接近乡村的企图，总会让我感到乏力。有一天我和他去城墙公园，看到在晨曦中唱歌唱戏的人们、火红的石榴花、叶子刚刚完全肥大起来的核桃树，鼻子里充满着浓郁的女贞树的花香……我总是说："哎呀，多美呀！"而他，则往往默不作声。其实，是挺忧伤的，因为他的小朋友元元没有和他一起来。我总是希望他爱自然，而他，则总是疑惑："这有什么意思啊？"在他更小的时候，带他回老家，站在老家的孩子堆里，他的行动总是迟缓，对于那些微小的捕捉虫子或者摘野果的兴趣，他总是难以体会，兴奋不起来。所以我知道，要他爱自然，必然是要强迫的，我又不愿意强迫他。但我的愿望是那样夜以继日地延续着。走吧！走吧！关中的麦子收了，再到北方去啊！往更北的北方走啊！我给老樊打了一个电话，知道了可以住在她的家里，就到火车站买票去了。

/ 五 /

K1676次火车是从西安开往包头的绿皮的旧式火车，没有空调。已经很久没有坐过这样的火车了。不过，奇怪的是，我觉得坐在这样的火车上，比坐在空调特快车上更接近乡村和夏收。有一些时候，在西安火车站乘坐到北京或者上海的火车，在即将启动的特快空调车上，从窗户望出去，会看到西安开往库尔勒的火车，就是这样的绿皮车。库尔勒，多远啊，盛产一种香梨的地方。这列火车会路过很多地方。那些地方，也是一些遥远又炎热、古老而甜蜜的地方：天水、兰州、武威、哈密、吐鲁番……古代的战旗飘扬在遥远的西部戈壁上。甜蜜的哈密瓜、甜蜜的葡萄、甜蜜的歌声……

但是包头好像就没有这样多的、令人畅想的事物。

爬到上铺，头顶的电扇呼呼地吹着。没有畅想，就应该念书，应该在文字中畅想。拿起《鲁迅全集》第三卷，读到《魏晋风度及文章与药及酒之关系》，字里行间流淌着的是一个教师的侃侃而谈和从容不迫。总觉得作者是心里装着对时局险恶的警惕和明了，但是面带微笑讲出那长长的一篇演讲的。以前上大学的时候也看过这篇文章，可是一边读，一边就觉得自己是没有能力明白他的意思的。现在重读，看到了其中对清流和通脱的讨论，以及这两种价值观念形成的历史原因，知道了包括观念在内的世界上的任何事物的形成，都是可以解释的。并且这个解释和解释的过程，是很有意思的。当我把自己和自己的一些朋友的处世方式相比较的时候，很惊讶地发现，我的好朋友，多数是属于清流的，所以我经常仰慕她们。而我，大概是过于偏向通脱，所以她们常常生我的气。女人，应该要偏向清流吧？要不然，就不体面了。大概我的朋友们会失望，并且惊讶，因为体面从来不是我追求的目标。想明白了这一点，我心里突然放松了，因为清流和通脱，是两类人的区别，不是个别人之间的区别，如果因为我的行为让她们感到惊讶甚至疑惑，真希望她们能够包涵。就这样看着，想着，突然就知道了为什么现代文学专业的朋友们都那么聪明，因为他们的阅读对象是这样聪明。

　　一年来，由于一些事情，感到自己的思维是紊乱的，文字是迟钝的。以前很少有的，但是现在比较经常做的事情，就是发呆。不久前的一次发呆，是在自己的书房里面。坐在椅子上，看着靠墙站着的数个书架以及排排站着的书——很多，很整齐，但是很寂寞。问自己，为了这些书，花了多少时间？花了多少金钱？在将那些或大或小的书打成包，从北京托运回来、从外地的书店邮寄回来、从西安的书店或者书摊上拎回来，并且沉重的袋子将手指头勒得发紫的时候，那些时候，心里涌动的是怎样的激情？想要通古今的激情？想要贯中西的激情？想要让自己永远敏锐、永远年轻、永远艺术的激情？可是现在，激情到哪里去了？长期以来，那些书就那样静默地在书架上站着、躺着，越来越多，八年了。想到这里的时候我很惆怅，总应该对那些消耗在书店和书摊上的金钱、时间和热情，主要是对那些自己喜欢的作家有一个交代吧？总应该知道，被关在书籍的门扉里面的，都是一些什么样的世界吧？那么就从鲁迅开始吧，就从这一套长达十五卷的文集开始吧。挑选一套厚厚的书，就像是进行一场永无止境的恋情，一次绵长的缱绻。将一本厚厚的、布面装帧的书放在宽大的书包里，谁都不知道里面有一本看似枯燥的书，只有自己知道它的意义，来自遗忘之后的留存，来自坚硬外壳里面的柔软，来自时光的褶皱，来自在最严酷的时刻都从未放弃的，寻找快乐、体会快乐的能力。于是常常会在最会意的时刻，将那一条丝线的带子夹在正在看着的那一页，把目光投向车窗外一闪而逝的田野。

在《树上的男爵》的最后，卡尔维诺写道："我写这本书时，时常搁笔，走到窗前……"

/ 六 /

中午十二点左右上的火车，到五六点的时候到达临汾一带。纬度比西安靠北了一些，渐渐就能够看到小块的、尚未被收割的麦田。有些麦田是在杨树林里面的，纵横交错着的杨树将麦田分成一些小块，想要将收割机开进这些小块的麦田里是不可能的。也许正是因此，它们还没有被割掉。这让我感到愉快，就好比是看到了被别人忽视的美景，发现了别人未曾发现的爱情。收割机对麦田的爱，是时尚普遍的爱；镰刀对麦田的爱，也是爱，却是一种古典老套的爱，令人缅怀其形式的爱。就像今天的麦子可能会思念古代的镰刀，我惊喜于这留存于杨树林中的小块的麦田。

在铁路两侧的坡地上，有的时候会有一些羊群出现。我喜欢羊群的迟缓。羊群总是专注于一种似乎无目的的目的，这也让我喜欢。尽管它们的身上总是脏脏的。在我所见过的羊群中，从来没有洁白的羊群，那脏脏的羊毛让我觉得世界终究是日常的。这也许是因为我从来没有到过真正的牧区和草原。也有一些河流出现，但河流的脏却是我不能忍受的。那些河流其实无法被称为脏，而是触目惊心的污染。而我，不仅仅是不能忍受，更是难过。河流是黏稠的，颜色是各种各样的。灰黑色是常见的颜色，甚至有一条河流的颜色是赤金或者明黄色的，而河道两旁的植被，则像是病入膏肓的癌症患者。不敢去想象到底是制造什么工业产品的工厂的排污将河流变成了这样的颜色。

　　我上大学先是在临汾，后来到北京。十年的大学生活，每一个假期从家到学校或者从学校到家，都会走同一条铁路线：南同蒲线，之后是京原线；或者反过来，京原线，南同蒲线。在那么多次的往来中，尤其是暑假回家，白天的时候眼睛看着窗外，虽然也常常思绪飞扬，但是，每一次，似乎总是只有火车走到闻喜、东镇和水头一带的时候，自己的眼睛才能够放出光芒。离家越来越近了，田野才更像田野，甚至可以说，自己认为，只有这一带的田野，才是真正的田野。但是，这一次的旅行中，当火车行至运城、水头一带的时候，自己的内心，居然没有任何反应。怎么一晃就到临汾了呢？这是为什么呢？难道自己真的已经变成了一个西安人或者陕西人了吗？难道关中道上的庄稼地真的将自己少年时代记忆中的故乡原野遮蔽了吗？这都有可能。

　　故乡的田野也许还是原来的田野，但是看待故乡田野的心情，却终究变得冷漠了；而直到这个时候，我才真正理解了，为什么鲁迅在《故乡》的开头是那样写，而不是写他归心似箭或者热泪长流。①

/ 七 /

晚上十点半的时候，到了太原车站，老樊和我们的另外一个高中同学到车站来接我。2001年之后就没有到过太原了，睁大了眼睛希望发现一些叫人惊喜的夜景，结果很吃力。

第二天上午，在老樊的先生孟主任的办公室，目睹了孟先生作为教育系主任工作的繁忙。

晚上给学生们讲一堂有关电影的课，提到贾樟柯的名字，只有一两位同学有轻微的反应，很吃惊。尤其是，当我说看电影首先要抱着娱乐的态度看，之后再去寻求深意的时候，有一个男生很激愤地站了起来，说："你错了，应该首先看深刻的思想。"当我试图向他陈

---

① 《故乡》的第二个自然段："时候既然是深冬；渐近故乡时，天气又阴晦了，冷风吹进船舱中，呜呜的响，从篷隙向外一望，苍黄的天底下，远近横着几个萧索的荒村，没有一些活气。我的心禁不住悲凉起来了。"

述我的观点和理由的时候，他走了。学生们价值观念的单一令我担忧，而他不打算听取任何不同意见的决绝，更让我担心。假如一个人认为真理只握在自己的手上，下一步，就是崇拜专制了。

第三天，中午和老樊以及另外两个儿时的同学惠玲、冯毅喝茶、吃饭，才感到了历史的恍然和成长的安慰。老是都老了，但可喜的是每个人都在进步，同时也都在渐渐地松弛下来，很耐心地过着自己的生活，很耐心地做着自己的工作。尤其是惠玲，她是我的邻村人。我刚上小学，就知道了她的名字，知道她是他们村小学的尖子生，心里总想应该像她一样做个尖子生。后来上高中，走小路去上学，总要穿过他们村的菜地，就总会遇见她的父亲，他总要问我一些学校的事情。而有一些时候他没有注意到我，我就会注意他，发现他常常嘴里哼着蒲剧的调子，很享受地做着自己的农活。想起来，那么多年已经过去了，她的父亲，好吗？她说：好的。

下午三点的时候，他们送我到太原至北京的长途大巴车站。刚一上车，车就开了。刚上太旧高速不久，下雨了，而且下得很大。两旁的山峦和田野都静静地享受着久旱之后的甘霖。大巴车上的雨刮器也在一下一下庄严地刮着，似乎是在对这来到北方的雨水做着官方的、鼓励性的评价。密而大的雨点在车窗上果断有力地划出斜斜的雨线，这雨线就划在了心上。想起前天在车上想到的对故乡的冷漠，在这雨中，冷漠的暗火似乎在渐渐地被浇熄，好像雨后的心，会像被洗过的蓝天一样。再想想二十年后才又一次见到的儿时的好友，对于故乡，自己又为什么要那样苛刻呢？难道只有自己的眼光是批判的吗？突然又想要祝愿故乡，在这一场雨之后，在很多场雨之后，能够越来越接近仁义的境地、平和宁静的境地、宁静致远的境地、天地澄明的境地、潇洒通脱的境地……一切的美好、一切的景致、一切的善，能够重回这里。

/ 八 /

天快黑的时候，大巴车开到了京石高速上。到了河北省境内，雨完全停了。也许实际的情况是：这里根本就没有下过雨。窗外是真正的冀中平原，大片未被收割的麦田静穆地伸展在这平原上。在一些地方，巨大的收割机在暮色中缓缓地行驶着。因为汽车的车窗完全隔住了收割机的声音，所以它的体形更显得有接近伟大的气质。几辆小型货运汽车停在离收割机不远的地方，等着将收好的麦子装车。这是我第一次看到正在用收割机收割的麦田！虽然没有镰刀时代的火热，但是毕竟也还是麦田！看来令人感动的是麦田本身，而不在于用什么工具收割。就好比爱情，令人感动的也只有爱情本身，而不在于使用什么方式表达。一切的事物，意义就在于它本身。还有，收割机的收割，毕竟让乡村人从劳动的辛苦中暂时逃离，我除了为乡村的劳动者卸去了一些重担感到开心，还有什么可遗憾的呢？自己心里记着的那些田园牧歌式的情调，比起他们的生存状况的改进，又有什么要紧呢？

总之是终于看到了正在收割的麦田。

晚间到了妹妹的住处。午夜里和妹妹、小段三个人到北大南门的上海城隍庙去吃夜宵，正在准备期末考试的学生在这里一人占了一张餐桌自习。毕竟是北大的学生，连学习的架势都是诱人的，自己也想要抱了书和他们一起学习；也毕竟是在北大门口做生意的，即使是号称上海城隍庙的通宵餐馆，也不能沿袭上海人的清晰的利益规则，得容许学生们无偿地这样使用他们的餐桌。而次日，早早地在清新的空气中醒来，站在阔大的水房里洗漱，窗外蓝天如洗，树木葱茏，布谷鸟悦耳的声音从不知何处的浓荫里传来。

生活中的一切，是多么好啊！

/ 九 /

从北京回来的路上，遇到了一个二十世纪九十年代初"毕业于甘农"（他是这样自我介绍的，应该是甘肃农业大学）的草坪专业的兰州人。他问我："你到北京干什么呢？"我不知道说什么好，就说出差。

"那你是做什么的呢？"

"老师。"

"你们当老师的也出差吗？"他长着一双特别和善

的眼睛，但是问这个话的时候，他的语气好像带有一些尖锐、犀利和不满。他说他的老师就是这样常年跑来跑去，本科生不管，研究生不管，只管跑项目赚钱。之后他说："就像你这样的。"

是啊，当老师，不好好教书，为什么要出差呢？虽然我并没有因为出差赚到了钱，但当老师的总出差一定是不好的。更何况，我又不能告诉他，我主要是想看看车窗外正在收割的麦田。然而，当老师，看麦田，就是应该的吗？

不过，写到这件事情的时候，我感到反思我自己倒还不是最主要的，主要是这个旅途中遇到的人和那段简短的闲谈让我注意到，大学教育的"骨质疏松症"已经引起了其他行业从业者的反感和担忧。我希望我将来能做得好一些。

/ 十 /

在老樊家的时候，她的九岁的儿子壮壮让我欣赏他的画作。我很喜欢，想讨要几张挂在自己的家里。突然想到这样可以让他开心，于是提出要买他的画，挑了三张。我问他："你愿意五块一张卖我两张，然后再送我一张呢，还是愿意十块钱三张卖给我？"他就立即跑开了，过了一会儿又进来了。问他想好了没有，他嘻嘻地笑着，说："我愿意多卖一些钱。""那么两种卖法哪一种卖得多呢？"他还是嘻嘻地笑着，说是一样的。再跟他谈："五块钱一张我买三张，不送，怎样？"他立即说："这个好。"然后开始在画上写落款。

卖出了学画的生涯中最早的三幅画，他很高兴，来来回回、进进出出跑了很多趟，以至于提出要和我们（我和老樊）一起睡。因为我们要聊天，就给他做了很多思想工作，他才和爸爸睡了。

2001至2004年期间，老樊在陕师大读教育学的研究生也将孩子带到学校的幼儿园来上学。那时候，壮壮看起来是个很任性的孩子，想不出他将来是个什么样的小学生，但是我喜欢他身上的孩子气。这一次看见他，我还是喜欢他的孩子气，但更高兴的是，看到他在渐渐地成长为一个宽厚仁爱的孩子。这个高兴，跟我终于看到丰收的麦田一起，跟我终于不为收割机开进麦田感到遗憾一样，让这一次远行成了一件意义丰富的实践，成为一次还愿。

2007年6月18—21、22日

看电影和一个人的别裁史

/ 童年时代半径不超过两公里的露天观影经验 /

一个七八岁的、沉默寡言、有点圆胖、赛跑总输的女孩，家里有曾祖母、爷爷奶奶、爸爸妈妈、叔叔姑姑，当然身边还有铁杆好友青翠、云霞等人随时出现并赠予欢乐。在这个孩子的眼里，距离裴社西村[①]不到一

[①] 我们那里有四个社西村，互相之间有几十米的空间区隔，以韩、杨、丁、裴四个姓氏命名四个村子。所以这四个自然村不叫韩庄、杨庄、丁庄和裴家庄，而是韩社西、杨社西、丁社西和裴社西。直到今天我还没有弄清楚，社西是什么意思呢？在什么社的西边呢？好在这么个名字比某家庄听起来古老且神秘一些。

公里的董村，已经是相当遥远的地方了。最早的和爸爸看电影的记忆就是在董村，坐在自行车的前梁上，土路上的坑坑洼洼和自行车的梁子弄得人屁股生痛。还可以坐在自行车的前梁上，所以年龄应该没有超过七岁，是1976年下半年或者以后的事情。"文革"刚刚结束，有一些原来一拍出来就被禁止上映的电影在那个时候获准放映，出现在了银幕上。看的时候是站在爸爸的车座上，爸爸呢，则是跨坐在车后座上，两只大手将我固定住。

那天在董村看的电影是《大浪淘沙》（1965，伊琳导演）。为什么自己居然知道名字，是因为回家的路上突然问了爸爸电影叫什么，几年以后开始识字，遇到了这个词汇，确定自己那时候看的就是这样的一个电影。影片大部分篇幅都在讲一个爸爸的三个儿子是怎样在革命的洪流中选择了不同的人生道路，曲折严肃的故事弄得当时理解力低下的我昏昏欲睡，只是能感觉到我的爸爸看得全神贯注，以至于无声无息，根本不知道他的女儿我站在车座上已经很困很困了。电影的最后一个镜头是故事中的老爸爸上吊自杀。他踢翻凳子，人立即悬空。那一瞬间，我的瞌睡全没有了：将脖子吊在一个绳子圈里，人就会死掉吗？随即感到十分忧伤：老爸爸的几个儿子，进步和倒退的都有，可是这些跟他们的爸爸有什么关系呢？他为什么要死掉呢？因为前面看得昏昏沉沉，我并不能理解这里的因果关系，唯一清晰的认识是：一个绳子做成的套圈和踢翻的凳子拼接在一起的画面，是我童年认知中最恐怖的画面之一。

再有一次就是在县体育场看《早春二月》（1963，谢铁骊导演），是露天电影，但要收票。现在，那个体育场早就荡然无存了。它存在的时候其实就是个空场子，有一个主席台。由于我开始上小学之后，已经是"学好数理化，走遍天下都不怕"的时代了，所以一个人选择学文科，已经是无能的表现，更不用说学体育了。从小学到中学，除了跑操，基本上没有什么体育活动，所以不知道县体育场是用来做什么的。倒是爸爸好像在二十世纪五十年代他的童年和二十世纪六十年代前几年他的少年时代，在体育场有过比较愉快的经历，因为在我对体育场为何物这个问题表示无知的时候，他很惊讶，说："打比赛啊！开运动会啊！"爸爸在青少年时代是乒乓球和篮球爱好者，曾多次来这个地方参加比赛。不过现在想来，相信他熟悉的这个地方，除举办比赛以外，还是群众集会的重要场所。他们那个年代，群众集会该是多么频繁啊，所以他肯定没少到这个地方来。总之，等到我认识了体育场，这一类的"公共空间"已经临近消失，所以在我看来，体育场就是附带一个主席台的闲置着的土场子而已。

就是在这个土场子上，几个小学一二年级的孩子，被几个稍微大一点的孩子带着来看电影，需要先花一会儿工夫从村子里走到县城（有了时间概念之后，知道那大概是半小时）。正是暑假，炎炎夏日，天黑得特别晚。电影快要开演时，天还那么亮。快点天黑啊！因为我们都要假装是某一个观众的孩子，轻轻地抓着他们的衣角或者自行车后座混进场地，即使不抓着他们，跟他们之间的距离也得保持在让别人以为我们和他们有关系的范围内。这事情最好不要让那个"被父母"的陌生人知道，因为假定他（她）是个坏脾气的人，一定会把我们的小黑手扒拉开，瞪我们一眼，或者呵斥我们一顿，这样，检票的人就识破了我们的把戏，认准我们那五麻六道的脏脸蛋，再也不会让我们进去了。

我们那天是统统成功地进去了。我呢，若即若离地抓着一个衣着很干净的年轻女人的车后座（她的车子好漂亮，我呢，也全然没有考虑那个人的年龄，是否已经成熟到有像我那么大的一个孩子——大概八岁）。太阳已经落下去，天却还没有完全黑，满地都是西瓜皮（不过不是我们吃的）①，鼻孔里闻到的是热气蒸腾着各种

---

① 也许不是满地的西瓜皮，也许只是我们看到了一些西瓜皮。但是由于我们身无分文，瞒着大人偷偷到这里混电影看，我们口干舌燥，浑身是汗，看着西瓜皮，一定会觉得满地都是西瓜皮。想想，那个时候，哪里有那么多人可以又花钱买票看电影，又大吃西瓜啊！哎哟，想起来，我们那个时候有一些小孩子热衷于在街上的瓜摊旁边扫瓜子，拿回家去，用水冲洗，晒干，就可以嗑着吃了，这是二十世纪七十年代后期贫困年代的美味之一。我很羡慕那些经常去扫瓜子的小伙伴，有一天就跟着去了，胳膊上挂了个小篮子，手上拿一把家里扫地用的笤帚。篮子好像是曾祖母房间里的一个放她的针头线脑的黑漆藤条篮，笤帚不像别的小伙伴的那样是把秃头的笤帚——唉，在我心里，那样的笤帚才是扫瓜子的专用笤帚。而我的笤帚，那么大，那么笨重。两样东西拿到西关路口（那时叫丁社西村，就是姓丁的人们居住的社西村）的时候已经累得够呛，好在那里就有一个瓜摊。我跟着他们，蹲在吃西瓜的人的不远处，希望从他们的嘴里多吐出一些瓜子。正在那里痴痴地等着，突然听到妈妈叫我的声音，回头一看，她将她的自行车停在我的跟前，圆瞪着眼睛，一把将我扯离了地面，屁股上少不了也挨了几下。妈妈说了些什么我记不得了，我现在能够记得的是：我的手里端端地捧着月亮形状的一牙西瓜，妈妈把我放在她前面的车梁上，我的扫西瓜子的工具被她夹在车座后面。我一边回头张望着我的依旧守候在那里的小伙伴，一边渐行渐远地被妈妈载回家了。妈妈买给我的一牙西瓜好漂亮，好像是专门为了让我记住那个情景而不是让我吃的。另外，从那以后有很长时间，我都对没有扫到西瓜子备感遗憾：既然我们家并不能常常吃到西瓜，让我攒起很多可以嗑的西瓜子，为什么我不可以是扫瓜子的孩子们当中的一员？而且，提着小篮子，拿着小笤帚，东走走，西走走，像电影里面演的旧社会的流浪儿，这多好玩啊！但是那天妈妈的表情，让我彻底断绝了这个念想。我们后来跑去假装是别人的孩子混进电影场，我也从来不告诉父母。因为这对我来说虽然也是件非常好玩的事情，但对父母来说，大概很不好玩。贫困是贫困，但是不能扫瓜子，不能假装是别人的孩子，这是没得商量的事情。唉，那个时代的西瓜子好大，扁扁的，四周像画框一样还勾了一道黑边；今天的西瓜子都那么小，或者干脆就是瘪的，这不得不说是个进化的遗憾。

各样的东西所散发出来的酸酸咸咸、干燥又臭烘烘的味道。这时候，银幕上出现了江南的河、黑乎乎的船，桨声欸乃，画面极美。在这个如此美的画面里，一个圆脸的穿红衣服的孩子，手上举着一个红红的橘子，问："我可以吃吗？"那一刻真可以说是销魂一刻。一个和我的年龄差不多的孩子，她在银幕上活动着，手里拿着一个橘子！她与我多么不同！我从来没有吃过橘子，甚至在自己的生活中还从来没有见过橘子，但是我知道那个女孩手里拿着的，是一个橘子。啊！橘子，橘子，这样的尤物，我可以吃吗？它们比起西瓜、西瓜皮、西瓜子，都像是另外一个世界里的东西，太不可思议了。

看《早春二月》，除了那个橘子和手拿橘子的红衣女孩子的圆脸，还有电影中的人们经常走过的高高的拱桥，我对其他事情一概没有记忆。后来，有机会到绍兴去，看到一道叫作太平桥的桥，像电影里面显现的那样拱着，觉得那就应该是《早春二月》里面的桥。那个叫采莲的孩子手上拿的橘子在我看来太光芒四射了，以至于成年后重看《早春二月》的时候，对人们公认的帅男孙道临和美女谢芳的配戏，一点感觉都没有。不过除了橘子，能够在这个电影中看到上官云珠的表演，则是后来才发觉的一件极有吸引力的事情。

我们经常去看电影的地方还有玻璃厂。因为是工厂里给工人放的，免费的，所以几家人一起去。其实就是父母和他们的好朋友带着孩子们一起去。①几家孩子们当中的老大是同岁，老二老三也基本是同岁，所以，父母和自己的同龄人在一起，每一个孩子也基本上是和自己的同龄人在一起。这时候我也还是上小学一二年级的样子，三妹还不会走路，要有人抱着。由于每家最多只有一辆自行车，甚至有些家庭并没有自行车，为了同行，大家一起走着去。回来的时候，太累了，大孩子

① 玻璃厂也是我的甜蜜记忆之一。工厂给工人放免费电影，周围的农民就拖儿带女喜气洋洋地前来观看，工农群众亲密无间的关系就体现在电影放映场中。但这还不是记忆中最闪亮的。最闪亮的是：每年到了夏收和秋收的时候，工厂，主要是玻璃厂就会派工人前来帮助生产队收割。在金黄的麦地或者堆满了玉米棒子的秋日的田野上，玻璃厂来的人每人一顶崭新的草帽，一件印着"夏县玻璃厂"字样的雪白汗衫，还有搪瓷茶缸，这些元素融入农村的土地生活，让本来只是站在那里玩耍看热闹的我感动不已。读书识字之后有几年，看到书上对于工农关系的描述，就是这个互相帮助其乐融融的样子，尽管在这个关系的深层，可能埋藏着高加林、孙少平等人的心理失衡，可是我恰恰不是那个年龄层的人，也恰恰对农村的记忆不是贫瘠而是丰收，不是自卑而是自信，所以在我看来，那些工农无间的场景，就是中国社会革命之理想的显现。

不想走，走不动，小孩子早已睡着，父母轮换着抱，也早已累坏了，同时还要应付老大和老二喊累的声音。因此，常常是高高兴兴地去，困得晕头转向、气呼呼地回来，并且在到家的那一刻，总是听父母说："以后再也不去看电影了！"这些话听到了多次，说明他们并没有真的不去。什么时候真的不去了？还是家里有了电视机之后，那才是真的不去了。打麦场、大队部、小队部、马房，这些经常彻夜亮着电灯，引来了聊天的大人、勤奋的蚊虫，当然也引来了游戏的孩子们的地方，渐渐地彻底消失了。原来的乡村、大队小队都有自己的队部，就是一间房，经常是门开着，也没有什么牌子，但大家都知道那是公共的地方。课本上写着"人民当家做主"，所以从来不觉得它们跟权力有什么瓜葛。现在，偶尔路过一些村子，挂着"某某村村民委员会"的牌子，我觉得那些个牌子，首先说明这里是一个权力的所在，而不是一个公共的空间。也许这是一个误读，但误读中包含着日常生活的经验。

说到乡村的公共空间，我真的十分怀念童年时代的生产队的马房。谢晋把张贤亮的小说《灵与肉》拍成了电影《牧马人》，里面的许灵钧对自己的牧马生涯多少感到不爽——他是个读《资本论》的人，怎能就去放马呢？尽管小说的作者和电影导演都极力渲染人民和土地是怎样真正改造并养育了这个来自上海的知识青年，使得他将自己的心灵全然交给了劳动者和大地，但是当他被平反之后，拿着国家发的五百块钱补贴痛哭失声的时候，多少还是感觉到了身份错位的辛酸。许灵钧的辛酸强调了他这个上海知青和真正出身于乡村的知识青年之间对待乡村的感情和态度的本质差别。想想，要是我，我去帮生产队放了马，成天备受大叔大娘和村里人的爱护，吃他们的热面条，生产队还要给我发五百块钱，我得多高兴！他为什么哭呢？显然，他认为，他是上海人，放马委屈了他。而我呢？我永远觉得自己是裴社西村的人，叫我放马、放牛、种菜，哪样都觉得是应该的，是正常的。更何况马房里面的事情，是那么好玩！

　　一大排的马啊，牛啊，驴子、骡子，它们被一些木栅栏隔开，静默地站在圈栏中。看着这些庞大的牲畜在饲养员的吆喝声中、在给它们倒草料的脚步声中，摇着大尾巴，瞪着大眼睛，任那些小蝇子在它们的身边飞来飞去。最好玩的是，它们总是那样缓慢地嚼动着自己的大嘴巴，即使在没有喂草料的时候也是如此！经常地，站在那里看这些庞大的牲畜嚼动嘴巴，就可以度过半天的时间。而饲养员也是那么好！说饲养员，实际上不是我心里想的称呼，我心里想的是"平山的爹"，但这个称呼也不准确，因为平山是我爸爸的同龄人，对于"平山的爹"，当然我们这些孩子想都不想，叫的就是"爷爷"。愿他安息！这个马房的爷爷今天已经不在了。多可怕，三十多年过去了！那时候是爷爷，现在当然还是爷爷；马房消失了，可这个跟我非亲非故的爷爷，永远地留在了我的记忆和情感世界中。他从不发脾气，每日轧草、起圈，看那些到马房来玩的年轻人打牌，有的时候牲口生些小病，他还可以想办法喂药、处理小伤口。他的身上弥漫着一个马房的爷爷应该有的全部的柔情。那时候，他应该还不到五十岁。而我呢，由于经常到马房消磨时光，认识了很多种牲口爱吃的草，知道大人交来的各种草料，哪一种记的工分最多：莎草五斤一分，板板草六斤一分，爬地龙七斤一分，那种开狗尾巴花的草，八斤才顶一分。多好玩！在我有了这个知识之后，再在田间地头看到这些草，心里直接想到的就是它们在马房爷爷眼里的等级。这个知识体系，随着马房的消失，当然也消失了。唉，关于马房，如果不是今天写到乡村的公共空间时偶然提到，我大概没有机会写它曾经带给我多好的童年生活。所以，要说我回忆当中最不愿意想到的场景，其中有一个就是，1979年，村里决定实行土地包产到户，生产队召开全体社员大会，抓阄决定哪一头牲畜归哪家、哪一种牲畜用的农具归哪家——一个昨天还在有机运作的生产体系，顿时消失了。马房呢，当然先是空置，然后就是有人到那里偷走一些砖瓦木料，慢慢地，作为一个物质存在的马房，就完全地、永远地消失了。

/ "红高粱"是怎样不再作为粮食存在的 /

想起1981、1982年，好像那几年结婚的人特别多。一到快放寒假，三天两头要参加村里人或者本家的堂叔、堂姑们的婚礼。村子里总有几个时髦的人，他们先有了录音机，所以，参加婚礼有两件事记忆深刻。一件事情是，如果是女方出嫁，那么宾客都总被放在一辆大卡车里面，站在寒风凛凛的车上，和许多人挤在一起，眼睛所见到的，往往是被大雪覆盖的麦田——不论是那时还是现在。想起这个场景，总是那么满足，因为我们的课文里说，大雪就是给麦子盖上了一层厚厚的棉被，这个说法得到了爸爸的完全认可。另一件事情是，如果是男方娶亲，那么院子里除了支着好几口做饭炒菜的大锅和几张大案板之外，总有录音机在不断地放着当时的流行歌曲。现在的人回忆那几年，好像总喜欢说邓丽君的靡靡之音在刚刚改革开放的中国大陆如何有扩散能力，但是在中国乡村，邓丽君的歌并没有像人们所描述的那样被广为传唱，也许那是城里年轻人的最爱——倒是李谷一、郑绪岚、蒋大为这些歌唱祖国河山、农村变革及其美好前景的歌手的嘹亮歌声，让人倾倒。就是在那些冬天的结婚日，就是在那些堆满锅碗瓢盆、人来人往的乡村院落，它们让一代人心里滋长了对祖国未来的期望和对时代的赞美。

这些歌声和这种喜庆的生活场景映衬着新时期电影

的最初繁荣和我的观影经验的大改变。童年时代，是老片重放；现在，中国社会走上了新轨道，有了新感情，也有了描述这种新生活的电影故事和语言。所以，在我的少年时代，上学的场景变了，不再是裴社西村口一至三年级的小学校了，而是升级到了"大队学校"，就是四个社西村联办的从小学四年级到初中的学校。看电影的环境也改变了，除了露天电影，学校开始有了包场电影：《小花》《少林寺》《被爱情遗忘的角落》《喜盈门》《月亮湾的笑声》……可以说那个时代的新电影，都被我们看到了。而且，我自己已经是一个小学高年级的学生了，能很有把握地用那些电影里面的信息来印证和解释自己的生活。还有一个很重要的发现：那时候大一点的孩子总爱说"电影插曲、电影插曲"，什么是电影插曲？我不能理解。但是看了《小花》（1979，张铮导演），知道了。看《小花》之前，我们班一名很会唱歌的同学天天都在高唱《妹妹找哥泪花流》，原来电影插曲就是在电影里面唱过的歌啊！这个知识让许多我已经熟悉的歌曲在电影中重新获得了和故事产生关联的含义，这多有意思啊！《少林寺》《小花》《泪痕》，里面的故事都是哀伤、惆怅甚至是残酷的，可是歌声却是柔美、深情甚至是柔情蜜意的，这让你在同一部电影中，得到了另外一种或几种相当复杂而奇妙的感受。

这期间看《少林寺》（1982，张鑫炎导演），是用学校包场的票，和父母一起去看的。我明明觉得他们看得挺高兴，可是出场的时候，爸爸却十分严肃地说："太'武打'了，对你们不好。"后来，看到自己的同学常常在课间十分钟突然向左或者向右侧身跃起，一脚蹬到大树或者教室的墙上，弄得校园和路边的大树脱皮、教室墙面乌黑，就想起爸爸的评论，总算体会到了其中的一些道理。这一次和父母一起看学校包场的电影，是一种令人怀念的经验。

另外一次和父母一起看电影，就是好几年以后了——这中间自己又换了一所学校，从我们的"大队学校"考到县中学了。这几年除了用功学习外，好像没有什么别的事情更值得去做，所以长期不看电影。但是1988年，学校突然发出通知，要包场看电影，可以给家里人买票，包场的电影是《红高粱》（1987，张艺谋导演）。这一次，完全是另外的一种经验。这一次的经验特别到了一种直到现在都让我不自在的程度。

　　我拿着给爸爸和妈妈买的票，和同学一起从学校出发到电影院去。爸爸和妈妈呢，从家里去。我们约好在电影院门口见面。是个大热天，我在人群当中张望到了爸爸和妈妈，他们每个人的头上戴着一顶草帽，妈妈的脸红红的，淌着汗滴，好像是从菜地刚刚劳动回来。见面后，我看到妈妈的手上拎着一个由手绢四角拎起来做成的小包，里面是两个大西红柿。妈妈说："渴了吧？"把西红柿递给我——就是这么个瞬间！这大概是我第一次感觉到，自己曾经以为那样自然的乡村生活经验，在这样一个县城的电影院门口是不适用的。应该说，不是自己的乡村生活经验不适用了，而是自己的经验复杂了，加进了城里人的眼光。假如是在菜地里，妈妈戴着草帽递给我一个西红柿，那是再自然不过的事情。可是现在，旁边是来来往往的自己的同学和老师，爸爸妈妈一人一顶草帽，妈妈递给我一个西红柿，这让那时的我感到相当别扭。但这还不是最别扭的感受，因为经过深刻的自我反省和生活带给我的教训，这个别扭在今天早已酿造成为甜蜜。

　　真正让我别扭的是：电影开始了，画面上的巩俐梳妆打扮要出嫁了，可她的身份不是由生活环境交代的，而是由一种听起来事不关己的画外音交代的。我是可以听清楚的，可是爸爸妈妈清楚吗？这个姑娘嫁的人叫李大麻子，可别说见到一张长麻子的脸，就是连个叫麻子的人都没有见到。新娘在结婚的路上被土匪打劫，被其中一个土匪捏了一下脚，然后就跟那个土匪好上了？这个土匪不讲理，想跟新娘一起过，就一起过了？最要命的是：当姜文抱着巩俐在高粱地里狂奔，然后再踩倒一片高粱秆，将巩俐平放在踩倒的高粱秆构成的圆圈的中心地带的时候，唢呐之声大振。作为一个十七岁的高中女生，已经在小说和诗歌中学会联想男女之间的让人羞惭的秘密了，可偏偏是和刚刚从菜地劳动回来骑了二十分钟自行车来到电影院的父母一起看这样的故事，这种情形，实在是需要自觉屏蔽自己所体会到的那些身体的诱惑。坐在父母的身边，这种诱惑让我尴尬，让我感到罪过。怎么，电影难道不是教给人高尚的情操和正确的世界观的吗？为什么它把这两个重要的目标都忽略不计，转而来引诱观众的欲望和身体？这是那时候的我不仅心生疑惑而且对父母感到抱歉的。因为不仅是父母在我身边让我别扭，而且我确信，由于我在身边，父母也别扭。

走出电影院的时候，爸爸和妈妈不约而同地说："这是个啥电影啊！"他们怀念几年前的《喜盈门》《月亮湾的笑声》《咱们的牛百岁》那样的电影，后来我才知道，《李双双》《抓壮丁》是他们青少年时代的最爱；而即使像《人到中年》这样看似并不契合他们的生活经验的电影，由于感情的真挚，也是他们常常会回忆起来的好电影。遇到《红高粱》，这实在是个意外。

那次和父母看《红高粱》的经验，彻底结束了我和一种情感纯洁的电影相关联的少年时代。让人惊讶的是，我的每一次思想上的变化，总是伴随着我们这个国家和社会的更深刻、更广泛的思想变革。从那以后，中国电影即使在使用农村生活场景的时候，我也很难从中找到我所熟悉的情感和生活——生活在变，银幕在变，我也在变。"红高粱"这种本来是作为粮食存在的事物，从现在开始，也不再是粮食的代名词了。

/ 看电影成为生活的标记 /

在电影中认识自己和自己的生活，似乎已经构成一个相当完整的个人的历史了。而且，离开夏县和裴社西村之前的事情，这个说说，那个说说，这样说说，那样说说，说来说去的总是那么没完没了，这无疑还是因为跟童年和少年时代相关的事情总是那么有意思，以至于总觉得自己的家乡是有趣的，自己的青少年时代是比别人的有趣的。所以，上大学之后看电影的经验，虽然次数越来越多，看的范围也越来越广，以至于看电影在某种程度上成为自己生活和工作的一部分，但是，我基本上不再把看电影当作认识自己和认识生活的渠道了。所以，下面的文字可以说是一笔流水账，平铺直叙中看看能不能想起一些好玩的事情。

在临汾上学的时候，临汾的鼓楼影院一度在回顾新时期电影经典，看了《牧马人》；山西师大的礼堂每周末都有电影，一毛钱一张票，看了很多，记住的只有《一个死者对生者的访问》《北京，你早》。《北京，你早》（1990，张暖忻导演）是迄今为止我最爱的新时期电影之一（**另一个是《人生》**），在山西师大礼堂看的那次，居然是唯一一次看到这部电影的胶片放映。1990年之前看电影，让人怀念的是票价之便宜、电影都喜欢做艺术探索、地方影院和新电影上映能够保持同步。

1991年，我转学到北师大，最初没有什么朋友，周末的时候也会到北太平庄影院去逛，那时候《开国大典》等重大革命历史题材电影在影院热映，所以也进去看了一些，票价五毛，觉得多看几次电影也不是什么经济负担。后来，本科毕业之前，北师大筹办第一届大学生电影节，加上我的同学田卉群正准备读黄会林老师的研究生，所以我们这些人可以说是近水楼台，比别人多看了几场，以至于后来每年都期待大学生电影节而不是去影院买票——殊不知，电影票的价钱，就是在这几年当中不知不觉地涨上去的。再后来，1994年，开始和饶老师合作准备撰写《新时期电影文化思潮》，也就开始利用小西天中国电影资料馆的资源，私下里好像就觉得不应该再花钱进电影院了。所以，北京八年，是真正让我将看电影培养成工作方式的八年。

1999年，到西安工作，老刘的朋友韩龙是他们部队的电影放映员，他们正在筹划新的放映机制——要把原来的录像带都升级为VCD，通知我去挑他们马上就要废弃不用的录像带子。我挑了满满一编织袋。那时候，尽管我自己也已经开始看VCD，知道在将来VCD一定会取代录像带，但还是很珍惜那些带子。直到现在，它们还与我的录像机一起被珍藏在我的父母送给我的唯一一件家具——一个桐木大箱子里。录像带——它们将影像缠绕在磁带上面，如果放在书架上，很像是一些书摆在一起。磁带在机器里面流畅地沙沙走过，这种情况与胶片放映类似，这在某种程度上模拟了电影和生活相一致的时间感。

录像带、VCD和DVD，这是我使用过的三种在家庭中看电影的放映方式。现在有很多人喜欢在网上看片子，这本来是一种省钱又便利的方法，可我的思想一贯落伍，总认为一个事物，就应该有一个可以看得见的载体。网络这个载体这么虚拟，它让本来就多为虚构的电影故事更加不真实。所以直到现在，我还基本上没有在网上看过电影。不过，不喜欢在网络上看电影大概还有一个重要原因，那就是，假如不把网络和大的电视机连在一起，电脑的屏幕总是太小了吧。本来用电视播放电影就已经非常"非电影"了，屏幕再小一些，就更将就了。要知道，好的艺术的目的就是让人学会尽量不将就，这是我经过长期琢磨得出来的理念。所以，问题还是在于不愿意将就。

离开北京，到了西安之后，再没有饶老师和电影资料馆的资源可以享用，除了在家里看碟，我也重新开始在影院买票看电影了。最初西安还没有保利院线，也没有万达，所以就只能在钟楼影院看那些大路货，这时候才惊呼电影票的价钱实在是不菲。这真叫人不爽。曾经专门到西影厂去，试图感受浓郁的电影摄制氛围，结果除了一个寂静而大的厂区，什么也没有看到。资源的短缺让我明白了为什么毕业的时候，我的那些同学都一定要想办法留在北京工作。后来西影厂改组为西部电影集团，在陕西电视台开办了电影频道，西影厂的厂标也能在一些电影上出现。但是稍微知道一些今天的电影资金运作方式的人，都知道挂上这样的一个厂标并不代表这个厂有自己的可供总结的艺术理念。所以，在北京的时候对西安的电影资源如何丰富的想象，直到现在都还没有被证实。不过，西安这样的一个有着自身鲜明的文化特征的城市，在过快发展的时代里感到一些犹疑和迟滞，甚至是某种程度的失语，反而是个令人欣慰的正常或自然的现象呢。

回到和看电影有关的事情。自从离开北京和资料馆的免费电影，之后最好玩的看电影经验就是在纽约的那一年了。感谢那里的所有电影不超过十二美元的票价，在差不多一年里面，很多个周末或者平日的午后，我都是在影院度过的。每天，在街边的报箱里拿一份《纽约晨报》（*am New York*）或者《村声》杂志（*The Village Voice*），翻到后面的电影排片表，看看曼哈顿全岛的各个影院在放什么，然后就搭乘公交车或者地铁去一趟。有那么几个月，即使我三天两头去逛影院，也还没有重复去过同一家影院。商业院线和艺术院线的双重繁荣会让你觉得这里大概有数不清的影院，这也让你领会到什么才是一个真正的电影大国：那些喜欢流行电影和艺术电影的观众都有足够多样的选择。同时，对我而言，电影院是个目的地，找到电影院、看到一部新电影的过程成了熟悉曼哈顿地理、街景、商铺、饭店、书店、旅游景点等各种城市设施的过程。后来，知道对自己的工作最有用的地方是MOMA（现代艺术博物馆）的电影院、林肯艺术中心的电影院和哥大图书馆的音像部，那么痴迷的电影院之旅才算稍微停歇了一些。

从金秋十月到达纽约，到第二年的八月底回国，四季当中步行穿过一个个街区和一条条马路，或者是坐公交纵贯曼哈顿岛的南北。或者，哪怕就是乘坐地铁，脑袋里若有若无地记着电影中的情节，目睹街边的那些公园、花朵、植物、来往的人们，虽说我只是一个过客，可是大多数时候还算是一个惬意的过客。那些时光的影子，甚至已经跟西安的环城公园、北京的学院南路一样，深深地印在脑海里了。

/ 在光影中度过流年，在流年中降解光影 /

伍迪·艾伦（Woody Allen）有许多电影都在讲电影和人生的关系，其中《开罗紫玫瑰》就特别契合我今天的感受。

　　《开罗紫玫瑰》讲的是美国经济大萧条时代的一个美国妇女，她是餐厅的服务员，工作辛苦，收入微薄，丈夫又是一个酒鬼。让这位妇女感到最幸福的事情，就是下班侍候家人吃完晚饭后到电影院看电影；即使一部电影已经被她看过很多遍，她依然需要在影片中找到精神寄托。有一天，银幕上的一位帅绅士就注意到了这个超级影迷，他离开正在扮演的角色，不惜将其他的角色都晾在那里，自己走下银幕与这位影迷约会。他们两个人像所有爱幻想的情侣所幻想的那样，走出影院，在街边漫步、谈天，到高级餐厅用餐。可第一件要命的事情是，当绅士在用完餐点之后要慷慨付账时，他从衣兜里掏出来的钱，是道具钱，在现实世界里不能花——一对来自不同世界的情侣拉着手逃离餐厅。如果银幕上的牵手狂奔总能让观众多少有浪漫的想象的话，那么第二件要命的事情是：这个绅士除了银幕，没有别的归宿，他必须再回到银幕上去；而这位影迷女士，除了她的那个动辄呵斥她并且总问她要酒钱的丈夫，也没有别的归宿，她也必须回她的那个现实生活中狭小逼仄的家。《开罗紫玫瑰》在一种现实和虚构难以调和的矛盾与感伤中结束。故事结束的时候，那个影迷依然是一个影迷，但她与以前已经不同：她现在不再将电影当作生活，而是减轻生活重压的一个渠道。

《开罗紫玫瑰》应该是很多影迷的故事的结晶，所以它应该会启示更多的新影迷重新审视电影和人生的关系。

从一种非常有限的意义上讲，我已经是一个和电影有关的从业人员：给学生讲一两门电影主题的课，有需要的时候在学术期刊上发表发表和电影有关的文章。但如果是为了上课和写论文做准备，我花在看电影上面的时间就太多了，多到了备课和论文写作基本用不完的程度。看电影成了我度过时光的几种主要方式之一。有的时候，觉得看电影让自己的人生成了别人的人生的容器，自己的情感和思想，像一块石头，印上了别的时代或者别的人物落下来的一片片树叶的纹路和痕迹。这些纹路和痕迹叠加在一起，使得本来很简单的生命经验，被这些驳杂的印迹变得驳杂了。

然而驳杂就不好吗？诗人穆旦感慨过，作为艺术家的心灵，自有丰富和丰富的痛苦。那么反过来说，因为遍尝了各种故事中的痛苦，这痛苦也就可以变成丰富和诗意的生发点。这样一想，觉得看电影让自己用一种人生换得了无数种人生。

可是在这黑白的或者彩色的光影中度过自己的流年的时候，时常也发现，当自己从那些没有重量的光影中抬起头来，向窗外眺望的时候，远山或者楼宇的存在，它们有更大的形体，有更沉重的质量，也更能使自己的心灵停歇。一排排书架立在书房的墙边，立在图书馆和书店；一棵棵大树长在我的目光所能看到的地方或者看不到的地方；荒山或者丰腴的山，绵延在自己的阅历和知识中。这些存在，常常让光影中的世界显得单薄，现实的生活更复杂，与我的人生有更直接的关系。书中的世界从古到今，以一种静默的方式存在着。这种静默，你不介入它，它就不会介入你，它和人的关系似乎是松散的。然而它的含义，在纸上，在一页页翻开的过程中，在需要习得阅读能力和思想能力的条件下，却又是以一种坚实的方式存在于这个世界上的。但是电影呢？说的话，录下来了，走过的地方，拍下来了；无论从哪个角度拍，一旦剪辑结束，就不可能再更改了。电影缺乏世界本身和书那样松散又坚实的品质。电影依靠激发人的欲望吸引观众，这同时也有引诱观众的嫌疑。也许这正是我觉得书本的方式更自由、更民主、更值得信赖的原因。所以，说到光影与流年的关系，到底是在光影中度过流年，还是在流年中降解光影？想到生活本身的质量太沉重，其刀锋太犀利，它与人的关系是一种不可搁置、不可放弃，当然也不容忽视的关系——这样，无论如何，光影怎能敌得过流年呢？

2011年3月

在迁了新址的万邦书店买到了
一本《穿林而过》

最近一些年，逛书店的次数确实比以前少多了。究其原因，是居住的地方没有一个像样的书店；再者，就是人所共知的原因，网络购书极大地加速了实体书店的衰落。原来在那里消磨了大量时间和金钱，也为我们带来大量快乐的书店时光，真的是，在很短的时间里，就离我们太远了。

网络购书的好处是显而易见的：折扣低，没有搬运之苦，可以送货上门。然而，我们一般来说在网上买的都是什么书呢？写论文需要用的书、自己突然想起来要看的书、朋友推荐的书，然后，就没有了。这种买书的经验，其目的性都特别明确，缺少的是那种你本来是随便逛逛，没想到会碰到一本自己喜欢的书的"邂逅"的惊奇和美好。这种感觉其实每过一段时间就会冒出来一次，然后随着时间的流逝，就淡下去了。但是促使我一定要将这种经验写下来的，则是最近和小白一起去了一次迁址后的万邦书店。

以前万邦在小寨东路的时候，我也去得少。但是感觉上很熟，因为在那里办过活动，也因为小白自己常常去光顾，带回来一些魏总和小曹的信息。小曹我见过几次，魏总我从来没有见过，但听来听去，似乎成了熟悉的人。有一段时间，总是要找一些难找的书，连网上都找不到，就问小曹："你能帮我不？"过上一小段时间，他就打电话来，说找到了。每当我从万邦取回他打包好的书的时候，觉得万邦和万邦的小曹真的很神；还有，就是像朱艳坤那样的，总是对"策划一套书"兴致勃勃的年轻人；还有，就是那次搞活动时的主持人，她是万邦的店员，但她显然不仅仅是卖书的，而更像是书籍的守护天使：那种清澈的眼神、从容的匀速感、小心守护时代的列车不要跑出轨道的铁路员工的责任心，似乎都在这个姑娘身上体现着。这，基本上就是我所理解的万邦精神。

然后，去年的时候，小白很忧心地对我说，万邦搬家了，搬到韦曲了。也许是房租的原因。但我觉得没有什么不好，因为韦曲离大学城近，一定有不少我的同事，可以享受这种近所带来的好处。但这也并不意味着我会常常去光顾。不去光顾的原因，跟第一段里面写的还是一样的：写论文要用的书、自己突然想起来要看的书，以及朋友介绍的书，基本上是可以在网上买到的。我也想着，万邦不论怎么搬，总会在的，它总是不会彻底消失的。我这样想的时候，其实根本不了解实体书店在这些年中所遭遇的冰雪灾害一样的打击及其严重性，只是一厢情愿地认为它应该在那里。

再然后，就是前两天，小白提出要到万邦去，问我愿不愿意一起去，顺便处理一下我原来放在那里代卖的书的事情。随便去逛逛我是愿意的，不过那样的话，时间就不准确了。但是到书店去看看自己放进去的书到底卖了多少本，这件事情，则好比是我一天走了两万步，要看看今天点赞的朋友有几个一样，这就是要立即执行的事，就是再划拉一下手机屏幕的事。所以，我当下就答应了，要去就去。

等两个人上了车，我才发现，自从万邦搬了家，小白也从未去过，她只知道大概的地方。我们把车子停在长安南路和韦曲南街交叉口的红绿灯那里，她打电话给魏总的太太问路，我则在百度地图上搜索万邦书店韦曲店的地址：一个在西安人的读书生活中曾经占据过重要地位的书店，似乎突然难以寻找了。这种身处滚滚红尘的感觉，特别打击人的存在感：万邦书店作为一个书店，它的感受怎样？在小白的电话中，我不断听到"菜市场、菜市场"，再仔细阅读我在百度上的查询所得，发现上面写的，果然是"城南综合批发市场商业街六号楼二楼"。嗯，好啊，一个大书店，待在综合批发市场里面，直接地说，就是在一个菜市场里面——这，是一种什么样的存在？

我们走进批发市场，一直走，看到卖菜、卖鱼、卖鸡的，就是看不见"万邦"二字。于是又打电话，对面说："就在门口啊！"于是就又走出去。我啥也没看见。还是小白眼睛尖，看到了墙上的一个黑色牌子，小小的字：万邦书店。我的天！这得多自信，才会写这么小的门牌呢！玻璃门是需要摁铃的，正好有人出来，我们就进去了。

进来了，一切就都不一样了。我是说，一切就都与菜市场不一样了。一摞摞一排排的书，垒着、摆着，整整齐齐，顺着楼梯蜿蜒而上。到达二楼，好几组粗布的沙发带着茶几，安静地待着，虽然没有读者，但它们依然气度非凡。书架一直往深处往宽阔处延伸去了。正是午饭时间，大多数店员去吃饭了，只有吧台的那位大姐和做布艺书包的年轻姑娘在店里。小白和那位吧台的大姐看起来很熟，热情地打着招呼。我啥话也说不出口，因为我觉得万邦迁址，不能算是乔迁之喜，而是无奈退守。在战斗中，自己支持的一方无奈退守，自己的心情，很自然是那种"无语"地"在一起"的心情。不过这种心情不影响我耐心对比小白和那位吧台大姐两个人的热情之间的差异：小白的热情，是实在的，是我俩一路热聊着，又看过了菜市场的全貌后所携带的热情；

而那位大姐的热情，是那种长期在书店安静等待、忠诚看护的笃定。比如，她先说："大家都去吃饭了，没有人招呼你们啊，你们自己随便看看吧！"好像对我们不够热情，可是后来，她又追到书架跟前给我们介绍图书摆放的规律。又比如，她先是说："哎呀，我一早上忙的，都没有顾上吃饭。"好像在抱怨自己的工作太辛苦，可是很快，她又继续忙着为我们烧水沏茶，把本来买给自己吃的江米条放在白白的小瓷碟里面，让我们就着茶水吃，而自己的午饭，还是没有开始。又再比如，我们后来离开的时候，她一定要陪着我们走下楼梯，并且顺带介绍那些摆放在楼梯上的书的特点和折扣，邀请我们闲来到楼梯上淘书，并且说："下次时间充裕点，我烧茶给你们慢慢喝，慢慢看。"这种调子，让我恍然走进了一片梨花林，遇到了彭荆风的《驿路梨花》里面的人物。这位大姐，她，给我的印象太深了。很有可能她在万邦的读者群里面很有名气，因为小白当着她的面说，她是了解万邦所有书的人。这种评价被她认真地否定了。不过，否定在我这里不说明什么，认真才是我关注的重点。这让我想到了我同样不知道名字的那个在

2010年冬天为我主持了那次图书推广活动的姑娘。她们是有名字的，但我不知道她们的名字。我不以不知道她们的名字为遗憾，因为我想，她们的气质，既有天赋的成分，也有万邦的养育，代表的是我所认知的千万个像万邦这样的实体书店的精神。

就是那天，我和小白在书架与书架之间闲逛着，掉进了久违的书的海洋和迷宫中。也许只有像万邦书店的书库这样的地方，才能给我模拟一个地处西安的书的海洋。这种书的海洋的景观，以前在北京的时候常常会看到（不知道今天怎样了）。博尔赫斯说图书馆像是迷宫，但我觉得不是。图书馆的书放得有条有理，只要有编号，就能立即找到。而书店的书库，虽然也有条理，但那个条理是属于理书的员工的，普通读者一旦进入，一时半会儿摸不着东西南北，会眩晕。这种眩晕感，就是实体书店与网购的差别：网购时是可以检索的，是不会令人目眩的；但书店的书库，无法检索，会令人目眩，这种眩晕感，正是实体书店的魅力，它彰显着"物"本身在大量堆积的过程中所积攒出的难以解析的力量。

实体书店的魅力当然更在于它是会给人提供奇遇和

邂逅的场域。就好比这一次，我和小白在书架间兜兜转转，持续闲聊，看到了一本名为《穿林而过：四月到四月的英国树林》的书。看到了，就拿在手上，然后看别的书的时候，心好像已被占领了。"没有其他爱"，这是我最近听到的一句来自年轻人的话，意思是，一旦遇到了真爱，其他任何人都进不到你的心里了。可以说，在这样的一个时间点上，《穿林而过：四月到四月的英国树林》就是这样的一本书。好像我只要看一眼书名，就已经没法不关心它了一样：穿林而过，多么好玩的事情！何况还有它的副标题——四月到四月的……太任性了，似乎四月本身有多漫长似的。我懂得，并非四月有多漫长，而是春天的树林，有太多可以流连、可以写进文字的人、事、物了。小白对于我手里紧紧捏着这本书的态度有疑问，我的回答是："我现在就是喜欢看这种在真实的地理空间里走来走去，又隐含着某种故事性的书。在空间里行走已然很美，故事会让行走和空间更值得玩味。"她哦了一声，不知道她到底是咋想的。

　　研究了一下封底所选出的几段文字，其中最后一段是："对于那个永恒的问题：'我们去哪儿？'它们已经给出了答案：去树林走走。"我的天神，一句简单的对话，囊括的却是永远正确的选择。对我而言，这简直就是赤裸裸的诱惑，既是来自树林的诱惑，又是来自这一本书的诱惑。树林本身作为一种诱惑，已然大矣，而作者传达这种诱惑的调子，更是充满着知心人才有的柔情和蜜意。

在译者前言里看到，《穿林而过》的作者在英国家喻户晓。H. E.贝茨？看来，又邂逅了一位新作者。书林之大，总会碰到不认识的人。就好比，山林广阔，总会看到叫不上名字的花草树木。还未来得及了解作者的详情，就在从办公室回家的路上，选择先把车放在办公楼前，手里拿着这一本书，一边看，一边慢慢走着回家。又在突然冒出来的、需要进一次城的出行中，选择不开车，而是坐公交，目的就是，快一点把这一个完全"初遇"的作者和他的作品看完。最终感觉到书的篇幅太短了，才一百多页，一次慢慢悠悠的散步，一次摇摇晃晃的公交，就读完了。读完了，怅然若失，因为旅途还有返程，但是没书可以看了。无聊之余翻一翻自己在有些地方折起来的页码，感觉要是能够将它们抄下来，也是好玩的。书里写到作者有一次偶然在树林里看到狐狸的幼崽：

突然，池塘附近的安静被打破了！眼前闪过一个又一个棕色、近乎浅黄褐色的东西。第一个蹿过的时候，我还以为是只兔子。第二个也有些像兔子。但是待到观察到第三个、第四个、第五个之后，我终于断定：它们是狐狸的幼崽……只见许多金褐色的猫咪一样的小狐狸在池塘边调皮地上蹿下跳，一会儿跑进报春花丛中，一会儿又跑回来，相互地扑来抱去……真是世界上最可爱的生物……最后只怪我自己打扰了这一切。我不知满足，慢慢朝它们靠近……小狐狸立即产生了警觉，有些惊慌失措。它们停顿了一秒，抬起脑袋看向我。下一秒，它们就如金色的小球一般，滚进了黑漆漆的狐狸洞，不见了踪影。在那之后，我再也未能有幸见过小狐狸。

唉，对于真正美的东西，谁会满足于只见一次啊！但我们呢？连这一次的"邂逅"都不可能有。书里还写到作者采蘑菇的经验：

　　如果你非买蘑菇不可，就算买了，也定会失去大半的乐趣：不是享用的乐趣，也不是烹调的乐趣，而是采摘蘑菇的乐趣。毋庸置疑，这乐趣无可媲美……一切都说不准。采蘑菇完全是一件可遇不可求之事。

　　是啊，一种乐趣，它之所以是无可媲美的，正在于它完全是可遇不可求的。漫无目的地在一个真正的书店里走来走去，买到一本让自己爱不释手的书，结识一个已经不在人世但对我而言完全崭新的作者，这种乐趣，难道不正是贝茨所讲的那种，在林中行走，见到毛茸茸的狐狸幼崽，或者采到像白色绸缎一样新鲜的蘑菇的可遇不可求的乐趣吗？这种乐趣，如果不是在实体书店，那样的迷宫一样的书林，怎么会有可能呢？

　　写到这里，很难说服自己从这种对"可遇不可求"的向往中撤离出来。不由得想起来，小时候，曾经和大人一起，在别人已经收获过的红薯地里拾红薯，用那铁锹，似乎漫无目的地在地里翻动着；可同时，又无时无刻不在使用自己的观察力和判断力。等到终于在地垄的边缘发现一株蔓子已经被割走，却没有被人挖走的红薯

苗的根，并且一锹下去果然挖出一窝完整的红薯时，那
种欣快感，简直是一辈子都不能忘记的。而这，也正是
那种可遇不可求的欣快感。或者，就像去年秋天一样，
本来是和三五好友一起进山徒步，看到很多人背着大袋
子，或者提着小袋子，在山间的栗子树下寻寻觅觅。怎
么，难道栗子就是这样捡的吗？这么多人已经在捡了，
我还能捡到吗？正这么想着，就在路边小小的山泉流经
的白白的沙土上，看到几颗刚刚从树上的栗子壳里爆出
并掉落的栗子，闪着含蓄又新颖的光，在那里静静地等
待着我。我的天，原来大自然的恩赐，就是这样从天而
降的啊！

　　于是我更加相信，那些最吸引我们的、可以称之为
美好的东西，总是这样安静地、可遇不可求地出现在我
们的眼前，和我们的心里。山间的四季、似乎已然衰落
的实体书店、越来越平淡的人生，由于它们总是安静的、
不给我们什么明确的提示的，却总是蕴含着无限的可能，
所以，它们都是这样散发着它们的永恒魅力的。

2017年3月22日

第四辑

抵达一种文学观念

从田野走向文字的路程

/ 一 /

多年以后，当自己在阅读卡尔维诺《树上的男爵》，并且看到其中对于树的繁茂无边所给予的由衷赞叹时，才知道，这种描写，并不仅仅是一种想象力的展示，也不仅仅是一种记忆的复现，而是一种面向未来的乌托邦式的呼唤。这种呼唤的感觉，在今天的我看来，更加明显。因为，当我们在欧美世界的城市当中或周边看到大片的树林和自然美景的时候，中国的城市和乡村，距离这样的繁茂无边的树的世界，还有些远。这个与树争夺空间的时代，到底什么时候会是它的尽头？显然，楼丛的蔓延不停止，这种时代就不会结束。

然而，我们都曾经有过与树为友的童年，曾经有过在树上阅读的童年，它离开我们，并未很远。

生于20世纪70年代，记忆由马房、大队部、小队部、打麦场以及柿树巷等空间构成。柿树巷，并不是一个巷子，而是一个柿树园。柿树巷是我们那个村子的人对我们村的柿树园的称呼。在柿子还没有成熟或者成熟的柿子已经被收获完毕的时候，柿树园是没有人看管的。这样，从初春时节这些树发芽，柿树下面各种野花竞相开放，到柿子树自己开花，结出青涩的小果，都是我们可以在这里自由玩耍的时光。我们结伴在树下捡拾那些掉落的柿子，拿回家放在窗台上，等待这些未熟的果子"变熟"；或者是在柿子快要成熟、村子里最可怕的老太太已经作为看柿人入住了柿树巷的时候，我们挑衅般地在园子里走来走去，找来找去，常常招来那个可怕的老太太的厉声臭骂。

老太太其实就是我们的小伙伴良萍的奶奶。良萍的妈生了七个女儿，越生越让她的奶奶不爽，以至于到老六、老七的时候，村子里的产妇最典型的饭食——红枣稀饭都没有影子了：老太太生气了，不伺候月子了。记得良萍的妈生她的某个妹妹的时候，我妈带我去看她妈，两个因为生了太多女儿但没有儿子的妈妈相对哭泣。这个经验让我知道了，有弟弟是多么重要的事情。所以后来妈妈生弟弟，我打心眼里感到开心，因为妈妈似乎完成了自己的人生目标，她高兴了，我也就解放了。总之，良萍的奶奶，这个据说本来就很"厉害"的老太太，她因为最终只有孙女没有孙子而更加"厉害"了，村里就让这个老太太管我们的柿子园。柿子园的柿树枝叶繁茂，每一棵树以及它们所结的果子的味道早已被我们所了解。甚至有那么几年的时间，年龄相仿的一茬小伙伴，分别都在园子里找到了一棵属于自己的树，然后，别人如果要上这一棵树，就要得到它的主人的首肯。柿子园只在某一段特定的时刻属于我们，所以这种占有和分配其实是一种童年游戏，而那种请求和首肯，当然也是游戏中最有意思的一部分，因为我们在那里模拟了权力和仪式。

　　总之，我还是要说，柿子园枝叶繁茂，树木的数量和种类繁多。我们先是在树下玩耍、睡觉、下红薯窖，长大到可以爬树，我们就把扑克牌拿到树上去，两个人各坐一个树杈，茶饭不思地玩，不管那一副牌是如何残缺不全。再后来，在柿树叶子变黄变红的某一个新学期开学之初，看到某个伙伴的上了初中的姐姐在翻看英文教材：一面红旗，"a red flag"，配有一面黑白印刷的五星红旗飘扬的图画。从那个时候起，开始有了强烈的冲动，什么时候可以上初中？什么时候可以看那种只用拼音字母写成的东西？嘴巴蠢蠢欲动——可是很清楚自己是不会念那个"flag"的。强烈的冲动和无能为力相结合，构成了一种面向美好的未来的绝望感。

/ 二 /

　　"书读百遍，其义自见。"这是我的小学老师裴三管先生最早告诉我的话。我父亲和他有同样的观点。后来，这个观点在不同的场合总是会再次听到，才晓得了，原来这是一句俗语。再后来，我们的英语老师宝天民先生告诉我们说，任何阅读材料，只要大声地、用心地朗读五六遍，你自然就可以背过。学习英语，重点不在于你是否掌握了语法规则，而在于你是否有一种像对待母语一样的对待语言的感觉，在于你是否能够学会用这一种语言思维。在这种理论的指导下，宝老师教我们英语三年，对于语法主要是简单说明规则，更多时候，我们的教室里都是琅琅的读书声。让我感觉神奇的是，朗读五六遍之后，一篇英语课文，真的背过了。

对于十一二岁的小孩子来说，背过就是一种成绩。而当这种背过也可以让自己的考试成绩很突出的时候，背就成了一种学习的"神器"——今天，当我重新回想起宝老师教给我们的"背"的法则的时候，我领悟到：这种"背"之所以令人神往，是因为它的对象是一篇完整的文章，甚至是一篇妙文。"背"本身就是一种语言实践，是一种思维的训练，是语言感觉的培养。它首先培养了我对英语这一种外语的感情。

宝老师应该已经去世了。他教我们的时候，是1984年，他四十九岁。宝天民老师，他生于北京一个信仰基督教的家庭，"反右"运动中刚好是上大学的年龄。
不能报考北京的学校，就报考了山西大学英语系。毕业
后在山西永济成家，太太的名字是党圣心，是永济中学
的老师。老师怎么从永济到了夏县，我们不得而知，我
们知道的是，他是夏县教师进修学校的老师，被夏县中
学特聘为我们班级的英语老师。宝老师一口纯正的北京
话，对我们夹带着夏县方言发音的普通话忍无可忍。
他一方面叫我们"你们这些小土包子"，另一方面又
说："你们这些娃娃呀，只要愿意努力，前途真可以无
量。"老师给我们这些初中生灌输英语专业的大学生使
用的听力教材Step by Step（《英语听力入门》），又
给我们每个人翻录整套"美国之音"的英语教学节目
《中级美国英语》，要求我们背诵《新概念英语》中的
课文。可以说，直到现在，我的英语水平也没有超过高
中一年级宝老师离开我们那时候的水平，甚至可以说，
有了相当程度的退步，因为我已经很久不背诵任何东西
了。我在大学期间学习古代汉语的时候，任课老师要求
我们背诵王力《古代汉语》里的二十三篇指定文献，我
用了一周时间完成，那时心里感念的是宝老师的训练和

指导。

/ 三 /

由于宝老师的要求，也由于我上中学的那个年代，总有一些因为喜欢走路时背诵单词而被传颂的学习榜样，所以，背诵成了一种时尚。然而，到底背什么，这却是一个问题，也是我们把自己和别人区分开来的一个标志。只把单词当单词来背，是被宝老师唾弃的一种学习方法，而我们也能够很轻易地体会到背诵成篇文章的乐趣，所以当然也唾弃那种"词汇学习"法。但是，作为一个以刻苦学习为人间正道的时代的青少年，即便是在走路，也总应该背点啥呀。既然英语老师已经把课堂变成了背诵堂，在二十世纪八十年代中后期的小县城，能够找到的可背诵的英语材料全都被我们穷尽了。为了在路上有可背的，我决定把语文教材上所有的课文都背过。

从初中二年级到高中毕业，一共五年的时间，只要是步行回家，怀里必然要抱一本可背之书，疾疾行走。从表面上看，这个人并没有在念念有词，可是，脑子里却不断地、努力地找寻着不久前在教室里先行熟读过的那篇文章的踪迹，思维好像山间的一股水流，在找寻着能够将自己连续起来的沟谷。

这事情说起来好像有点神经质，但实际上，直到现在，我都依然很怀念那些年在回家路上寂然独行的岁月和情形。我说情形，是因为那个过程是很有画面感的：经过的道路是丁社西村菜地间的一条生产路，那条路的两旁除了冬天萧索肃穆，一年里其他的三个季节，都是各种蔬菜竞相成长的好时节。我所走过的路上，有的时候堆着一些刚从地里采摘出来的黄瓜、西红柿、圆白菜、茄子、青椒、冬瓜、大白菜，等等；有的时候则堆着一些被拔掉的黄瓜蔓、西红柿蔓、茄子苗或者冬瓜蔓；有的时候，尤其是夏天，那些烂掉的青椒、从一棵棵圆白菜上面清理下来的老白菜叶子、从西红柿蔓子上面掉下来的被太阳晒白了的西红柿，它们也被堆在路上，散发着浓重的因过度成熟而腐烂的味道。太阳，一年四季的太阳，它的亮度、温度和颜色，也都有所不同，并且在与各种蔬菜的姿态交织的过程中，显出不同的脾气和性格。这一切的变化和恒常，都是那么迷人——还有我自己，那个从十三四岁长到十八岁的女孩子，她现在好像是另外一个人，在另外一个时空里行走。她所生活的时空，是那样实在，她思想世界里的时空，也是那样实在，但两种时空，又是那么不同。还有那种姿态，那种在一切皆无定数的状态中，焦虑和惬意相交织的魅力，都是多么有意思啊。

……

语文教材里面的篇章，对于一个时刻准备好找东西来背的人来说，实在是太少了。那个时候，我能够认识叔叔此前给我买来的繁体字版《唐诗三百首》里面大部分的字了，于是它便陪了我一段时间。由于我经常帮父母到集市上去卖菜，手上会截留一些他们留意不到的小钱，所以亦可以常常到新华书店里面去逛，买到了《外国诗歌名篇选读》以及这一套丛书中的其他三本：小说选、散文选和戏剧选。而那本诗歌选，也在路上陪伴了我一段时间。

很难用确切的语言描述在那样的年龄、那样的环

境、那样的时代里心里默念萨福的《失去的友人》时的
感受。一个十八岁的高中女生，有几个亲密的女伴，也
有几个经常在一起谈论文学的男同学，一两个具有文艺
青年气质的语文老师，还有经常参加劳动的田间生活，
它们共同汇集成了一种又美好又忧伤的气氛——还没有
离开过家乡，却已经被一种很久以后将会到来的乡愁所
侵袭。然后，眼前的生活和友情就会以一种夸张的方式
显现某种诗意：

　　阿狄司，我们亲爱的安娜多丽雅，

　　　　远在沙第司都下，

　　然而她心里仍旧把我们记挂。

　　想起那些日子——你在她眼睛里，

　　　　多么的圣洁美丽，

　　你的歌声是任何歌唱不能比。

　　她现在置身里第亚女儿中间，

　　　　照耀着玉貌花颜，

就像白天飞逝后，月出天边。

用她粉红的纤指使群星隐退，

　　　并将她无边的清辉

铺上苦咸的海潮和繁花的原野。

　　同时在盛开的玫瑰花朵上，

　　　在生长香豆花的地方，

在开放木樨的地下，洒下露珠香。

然而，阿狄司，不论她走到哪里，

　　　她总是会想起你，

为了你一颗心变得沉重低回。

"回来吧！"她叫。连我们也听得见。

　　　这由于夜神的耳朵尖，

从海外给我们传来了那一声呼唤。

　　这就是那一本《外国诗歌名篇选读》里面收录的第一首诗，书的主编是周红兴，诗的翻译者是周煦良。

整首诗，它从一句多情的呼唤开始，爱的柔肠像是一条回环往复的飘带，引逗并铺陈着丰饶的情感和景物。这首诗，它几乎可以说是一种理想文本的代表，在任何一个我打算写作、朗读的时刻，都会完完整整地在心头浮现，成为一种永恒的底色。而由于这首诗的召唤所涵盖的广阔的空间、所穿透的邈远的时间，让正在经历的生活本身，也成为一种怀想和抒情的对象，以至于让火热的生活本身，在它刚刚发生的那一刻起，就具备了令人不舍的诗意。

2015年7月初稿
2017年12月定稿

在客厅写作

/ 缘　起 /

开始念博士以后，有比较多的机会可以到老师家里去。那个时候，童老师已经搬到北师大的红楼去住，这些只有三层高的小楼隐藏在许多以核桃树为主的大树下。夏天，就有许多鸟鸣声、蝉鸣声从这些树叶间传出来。

从进门到老师家的客厅要经过一个比较宽敞的过道，过道靠墙的地方支了一张方桌子，桌子上铺着好像是格子花纹的桌布，常常会看到师母就在那一张桌子上伏案写东西。

那个时候并不知道师母的职业是什么，其实直到现在，也并不确切地知道。有关她的信息，知道的一件事情是，在我们读硕士的时候，她到美国去看望在那里读书的儿子，回来以后出版了一本书，叫作《中国女教授在美国》。那时候好像市面上在流行着另外的一个女作家写的另外一本书，叫作《曼哈顿的中国女人》，相信师母的书名是受到了这一本书的启发。我读硕士的时候，老师还没有搬到红楼，我的导师也还不是童老师。所以，不知道师母的长篇是不是在门厅写出来的。现在想知道的是，我看到她在客厅写作的时候，她在写什么呢？

不过这不重要。对我来说，重要的是师母在哪里写作这件事情。当我们进门，她常常会站起来，把我们迎进更靠里面的客厅，端上茶，端上放在盘子里的削好的水果，然后就走了。我想，也许她又回到她的书桌那里去了。

记得有一次，我在说话的时候突然意识到师母也许在外面写东西，所以放低了声音。童老师说："没有关系，她不怕干扰。"接着老师又若有所思地说："不知道她为什么喜欢在那里写东西。"

是啊，师母（她的名字叫作曾恬）她为什么喜欢在门厅那里写东西呢？

念过一点文学史的人都知道，勃朗特姐妹都是在客厅开始她们的写作的。她们假装是在给某个人写信，实际上是在写自己的小说。她们也许就是以这样的方式完成了自己的代表作。

然而，有意思的是，写信和写小说有什么不同呢？写信为什么可以成为写小说的幌子呢？对于一个在客厅里写作的女性，写信为什么比写小说更能让她感觉到安全呢？或者，换一句话说，写小说为什么就必须偷偷摸摸，而写信就可以光明正大呢？这个原因，各人大概有不同的理解。对于伍尔夫来说，这是因为那个时代的作家，没有"一间自己的房子"，所以只能在客厅写作。这个理由是可以理解的，但不能解释的是为什么三姐妹可以在客厅写信，而不能在客厅写小说。

读书时代的集体宿舍的生活，可以模拟那种在客厅写作的经验。那时候我开始偷偷地写东西，但是认为自习室、图书馆的阅览室是最理想的场所，很少在宿舍里写。遇到那些图书馆不开馆，自习室又占不到座位，但是脑袋里突然有了不可遏制的想法不吐不快的时候，才会在宿舍里写东西。而每当这样的时候，总会有同宿舍的某位走过来，探头问："写什么呢？"在这样的时候，就不愿意让她知道自己实际上是在写一篇打算投稿的散文，于是摆出一副看起来比较坦然的表情，告诉她："写信。"也是因此，在那个时候写的文章，多数是没有标题的，而往往是以信的方式写一个抬头，说："某某，你好！"

大概可以这样理解写信和写文章之间的区别：写信，是写给一个现实存在的人，描述的是一些可以经验的事，讨论的是一些可以理解的思想，表达的是一些可以言说的情绪。所采取的，则是一种愿意被人目睹的、可以合作的态度。所以，写信是可以被身边的人知道的事。但是写文章则不是这样的。文章写给谁？文章中所写的事情，是否真的是一种可经验的经验？所写到的思想，是否是一种可以被理解的情感？写作的人，是花费了一些语言来描述自己的情绪的，但是这些情绪，却未必是一种可描述的情绪。总的来说，当一个人开始在家庭成员的众目睽睽之下，在同宿舍人的众目睽睽之下，在熟悉的人的众目睽睽之下开始写作的时候，这个写作的人，就变成了一个冷漠的人，因为她无视那些在她身边的与她关系密切的人的存在，却把自己的语言交给了一些不知道是谁的人，她甚至把自己的语言交给了乌有：她让周围的人感觉到自己是一个神秘的、拒绝让别人了解的人。也许，某种程度上，她就把那些很爱她的人伤害了。所以，并不是写小说这件事情不能让身边的人知道，而是写小说所带来的"冷漠"和"伤害"是作者不愿意让人感觉到的。

由于读书时代有太多在自习室和图书馆写作的经验，所以直到现在为止，我还是喜欢这两个地方。也由于住集体宿舍的时候很害怕写作这件事情伤害了那些与自己有关的人，所以，特别希望自己有一间房子。在有了自己的房子之后，可以有一个书房，正像伍尔夫所说的那样。

/ 在书房——这间自己的房子 /

伍尔夫的《一间自己的房子》是写给女读者和女作者的鼓动信。凡是听了这一次讲话和看了这一篇文章的女性，将会立即觉察到自己的身体、性别和思想的觉醒。

凡是沉睡的东西，只要还没有死，总会有醒来的一天。女性意识的觉醒，就是它沉睡多年的必然结果。

但是醒来就会有醒来的痛苦。醒来感觉到痛苦之后，还是要接受另一个层面的幸福感的召唤。痛苦中看到幸福的召唤，但是又不能立即经验幸福的无奈，是清醒者所经验的更深刻的痛苦。

所以，问题变成了，女作家，有了自己的房间之后，怎样？

伍尔夫一定是有自己的书房的，她甚至有一个相当有感召力的文化艺术沙龙。这个书房应该是让她自由地不受干扰地写出了不少文字的。但是这间"自己的房子"也许并不能真的将她完全解放。因为假如一个人在活着的时候能够感受到彻底的解放，她不应该再去寻求另外一个世界的解放。

2000年，美国人拍摄了一部名为《时时刻刻》（*The Hours*）的电影，其中想象并模拟了伍尔夫自杀时的情景：她穿着宽大的睡袍，走进水流湍急的河，她弯腰捡起一些石块，将它们放在睡袍的大口袋里，为的是等一会儿可以确保自己能沉下去。这到底是为什么呢？在电影里，我们看到，在她的日常生活中，每当她要出门，她那很爱她的丈夫就问："你到哪里去？什么时候回来？"或者是，她刚点着一支烟要往书房走，她的丈夫就对她说："晚上某某某要来吃饭，希望你以家庭主妇的身份和我一起陪他们。"她是有一间自己的房子，可是这间房子被非自己的更大的东西包围着。

去年（2007年）去世的台湾电影导演杨德昌，曾经拍过一部电影，叫作《恐怖分子》。这里面说到一个丈夫和·个妻子，丈夫很爱他的妻子，而妻子是一个作家。或者说，她原本不是一个作家，她突然决定要当一个作家了。从此她就将自己的生活空间挪到了书房，并且生硬地宣布，不准丈夫进入她的书房。很显然，那个习惯了一个家常的太太的丈夫，对于突然出现的这个将自己封闭起来的女作家很不适应，感觉到不能了解她的痛苦，甚至害怕。所谓"恐怖分子"，在某种意义上说的就是：当女人开始关起门写作的时候，对于与她有着至亲关系的男人来说，她就是一个恐怖分子。

女人自己并不认为自己恐怖。不仅不恐怖，并且她感觉到内疚。对女人写作感到恐怖是男人的感觉。这个感觉看似值得同情，但实质上是一种"霸王条款"。因为男人写作，女人从不认为恐怖。为什么女人一写作，男人就感到恐怖？怪事，不是吗？

曾在《杜拉斯文集》其中一卷的扉页上看到了杜拉斯的一张照片，是从书房的书桌旁回过头来看镜头的照片，表情有些懵懂，但是足够让那些认为女人不应该写作的男人感到恐怖。因为在这个女作家的眼睛里，闪烁的是一个女人对文字世界的兴趣远大于现实世界的立场。由于女人的现实世界基本上是由男人构成的，所以，似乎也可以这么说：杜拉斯的眼神里闪烁的意思是：虚构的文字比现实的男人好。这当然是"恐怖"的眼神，是在书房写作的女作家的眼神。

有的人比较温和。2000年的时候，市面上突然很流行波伏娃的书。不是《第二性》，而是《越洋情书》，还有几本其他的。在这些书中，我知道了她在二十世纪六十年代的时候，爱上了一个美国的小作家。波伏娃给这个人写了很多情书。这个不重要，重要的是，波伏娃说自己基本上是在一些酒店式公寓里生活的（**自己不做家务**），并且每天一起床，就到咖啡馆去吃饭、写东西了。跟她一起的一些作家和文人，也差不多是这样。这显然就是一种温和的态度：来到一个基本上与自己不相干的地方，心灵的窗户无所谓上不上锁，餐厅的服务生也不会被你的"目中无人"的写作伤害，写吧，写吧！

相信我们也能找到这样的场所，如果仅仅是为了写东西的话。

但我总是比较贪婪，认为女作家除了写东西，还应该拥有更丰富、更直接的生活，而在咖啡厅，事实上是没有生活的。咖啡厅是我们能够在生活中开辟出来的一个临时的隐身之处，对于那些既想写作，又想生活的人来说，这还并不是一个理想的写作场所。事实上，这不是一个女人理想的"在"的场所。

/ 来到客厅，貌似温和的恐怖分子 /

去年冬天，有一次到聪敏家，由于还差几天才到11月15日，还没有到供暖的日子，所以家里的温度相当低。看到她在客厅的一张小圆桌旁边坐着，桌上摊着几本备课用的厚厚的电影史的书，手提电脑打开着。坐的是一把藤椅，身上穿着厚毛衣，外加同样毛茸茸的披肩。好惬意！总之是一个正在享受写作的写作者的样子。在客厅写作！

又有一个星期天，暖气已经来了，在自己的家里。这一天，天气阴沉，书房似乎更阴沉。吃完了早饭，把餐桌擦了好几遍，将台灯挪到了餐桌上，将电脑也拿到了餐桌上。打开电脑，新建一个文档，但是写什么呢？在这样的一个暖融融的冬日的阴天的早晨？难道不是吗？在这样窗外越是寒冷，点着白炽灯的家里越是让人感到温暖的时候？儿子在他的房间里准备着下午的期中考试，过一会儿就跑出来吃一点零食，要不就喝一杯水。我呢，偶尔将眼睛抬起来看一下，看到卧室里收拾得很整齐的床铺露出一点点床角：平整的但是松软的床铺比乱糟糟的床铺更让人感到温暖。要不然就是会注意到饰物台上各种材质、造型和颜色的猪（因为我和儿子都属猪，并且今年是猪年，所以家里有很多猪造型的摆设）。背后就是我们两个人不断要进出的厨房。总之，似乎在客厅里，更能够感到自己和家有着切实的联系，和生活有着切实的联系。而如果在书房，似乎思想的空间仅仅是属于语言的，是属于历史的，是属于他人的，是公共的。对女人而言，与家相关的感觉，才是私人的感觉。是这样的吗？只有这样的感觉才是适合女人写作的吗？这就是女人喜欢在客厅写作的原因吗？

但又不仅仅如此。因为我们将工作台搬到客厅或者与客厅连在一起的餐厅，这是一个公然的举动，这个举动对家庭中的其他人造成了"妨碍"。

在不多的几次在客厅和餐厅写作的经验中，丈夫几次要求我迁回书房。同时，不允许我将客厅搞成黑乎乎的看片室。他说："有书房不用，到处都让你搞得乱糟糟的！"是啊，又不是没有自己的房间，但是为什么不能够满足于仅仅在自己的房间里写作呢？要凭自己的意愿决定家里的气氛，这是一个很容易起冲突的决定。互相地对抗着，互相地退让着，尽管在这个时候知道了爱情是坚固的，但同时也更知道了，斗争是残酷的。

聪敏很年轻，还没有成家。那天看见她如同鱼在水中一样，那样自然地将客厅搞成了敞亮的工作室，我想，也许时代真的前进了，也许时代的发展所造就出来的新女性，是下了决心要男人适应这在思考的、在客厅写作的女性了。

/ 在与双亲一起远行的路上 /

2007年1月，小妹在云南完婚。正值寒假，我陪着父母去参加她的婚礼。这是我第一次陪着父母一起远行。像往常一样，我在随身携带的包里面放了一本正在看的书和一个可以写字的本子。但是也像往常一样，并不认为自己真的就能写下些什么。

母亲是一个很有好奇心的人，尽管她和父亲都是第一次坐飞机，但是她所表现出的紧张和兴奋要远远多于父亲。我能够感觉到她在这紧张和兴奋中所体验到的快乐和幸福，就像每次我在考场上所体验到的那些感觉一样。在咸阳机场的候机厅，她昂着头，向四周张望。再过一会儿，她就邀请父亲："我们一起到旁边看看吧？"我"警告"他们不要走丢，她说："不会走出你的视线。"表现出对自己很放心的样子，散着步走了。

坐在候机厅宽大的椅子上，享受着由于父母的幸福所感受到的幸福，突然地就想要拿起笔来写点什么。但是又不好意思，感觉如果这样的话，就不是全心全意地陪父母了，就是不孝。但是想写几个字的冲动是那样强烈，于是手就不由自主地伸向了那个笔记本和笔，就好比瘾君子犯了毒瘾一样。我知道，重要的并不是写了些什么，而是是否实践了写的动作。总之是行云流水了一番，等到他们回来了，还没有收手。这种情景让我感到很害羞，因为我似乎还没有当着父母的面写过东西。但是母亲就那么随意地瞟了我一眼，在与我隔了一个座位的地方，和父亲坐下了。他们俩说着话。

母亲的"一瞟"让我的心花安静地怒放！这一瞟并不是所有人都能想象或者是能够模拟的。这是专门给我和我那个时候的心情的一个信号和指令，那个意思是：

"想写东西吗？写啊，我在你身边，你安心写吧。"注意到她的那个眼神，我心里想到了很多词汇或者情景，像是马儿悠闲地在草原上踱步啊，或者鸭子在水里缓缓地游动并且突然将它们的脖子轻快地甩一甩啊，或者是阳光普照春天繁花似锦的田野啊，等等，诸如此类的。在那一次旅行中，在那一瞟之后，在咸阳机场候机厅，在云南大学宾馆的房间里，在云南大学宾馆一楼临街的餐厅里，在昆明动物园的长凳子上，在从昆明去保山的长途大巴上，在保山市的一家旅店里，在昆明机场，在我们一起所度过的那些时间和空间里……只要自己想到了，就会拿出本子和笔来，写几个字。

不知道是受了什么东西的影响，从很小的时候起就想要做一个游历四方的人，在旅行中学习，在旅行中工作和生活。但是，很少有哪次旅行能够像这一次和父母的云南之旅这样好，这样安静，这样安全，这样妥帖。我明白这是什么原因，那就是，我终于能够将自己在旅行中的状态，直接让父母看见；我也能够将自己在旅行中被激发的活力，直接让他们体会到；我终于能够让他们放心，我并不是像他们所担心的那样不快乐，我也有了机会让他们知道，即使我生活的有些部分出了问题，但还有些部分，是没有问题的。这个没有问题的部分，也可以让我感受到幸福，并且我可以将从这个部分得来的幸福感同他们分享。

还有，在那些日子里，在这些旅途中写作的过程中，我能够感觉到，母亲所表达出的这一种态度，并非全然是天然的，这里面有一种她自觉行动和有意为之的仪式感和庄严感。这种仪式感和庄严感在我自己的身上也存在着。在长期的学生生涯和阅读过程中，在长期的文学青年的态度和学习写作的过程中，在我的生活中，已经很少有什么东西能够比自己的文字更能够让我珍惜的了。这样的生活给了我幸福，也带给了我同样多的痛苦，因为自己的生活关联着很多人，而他们并不都喜欢这种文字的人生。父母的唯一性和至高无上就在这个地方，文字并不是他们的生活；但是，仅仅由于文字是他们的孩子的生活，这样的生活对他们而言，就变得同样值得珍惜。其实还不只如此：在我的文字中，他们看到了我那很少与他们讨论的内心，这个内心其实他们早已了解，他们只是在我的文字里确认一下他们对我的"果

然正确"的了解而已。也许他们所了解的这个文字当中
的"我",改变了他们原本对我的认识和对他们自己的
认识。当我听妹妹告诉我,父母不仅认真看我发表的散
文,看我散落在家里的学生时代的日记本,而且还看我
的学术文章和著作的时候,我明白,这完全是一种表达
无条件的爱的方式,是典型的爱屋及乌。

现在想起来,我们去昆明动物园的时候,已经是
黄昏了。本来是在马路上随便溜达的,突然看到了动物
园后门非常雄伟的多级台阶,就一定要进去。父母也只
好和我一起进去。动物们基本上回窝了,只有孔雀园里
面的几只孔雀还在那里享受夕阳和绿地。冬天春城的动
物园,空气相当清新,园里的工人正在修剪桉树,我们
拣了一些桉树枝,打算把桉叶摘下来带给西安的朋友。
我和父母坐在面对孔雀的长凳子上,父亲抽着烟,翻看
着刚刚买来的一份当地的报纸;母亲则在将桉叶摘到
一个袋子里;而我,则把我的本子放在腿上,居然什
么也不愿意写。因为,那个黄昏,太好了,好到了只
想记在心里的程度。伯格曼常常说:"我真想记住这
一刻……"

但是我更清楚地知道，这样的情景是不可多得的。我有这样的父母本身就让我感到幸甚至哉，但我同样不能常常经验这样的时刻：在老家的时候不能够，因为那时候父母都被一系列的堪称是没完没了的事情缠绕，他们没有足够的闲心陪我写东西；在我的小家也不行，因为这时候的我就像父母在老家一样，也被同样多的事情缠绕，既没有足够多的时间写东西，也没有足够多的时间陪他们。所以只有在这样的远行途中，我们都仅仅带着自己出门了，我们都很自由、很解放、很轻松，同时，很艺术，父母以他们的方式，我以我的方式。这种旅行在外的自由，正映衬了现实生活中行动处处小心、言语句句斟酌的常态，遑论在书房关门写作，更不能想象在客厅写作。

想想师母在她家的门厅写作的情景，她真的是我认识的女作家里面最幸福的一个。因为跟她在一起的家人，时时刻刻都会认可、欣赏她在"公然"写作这件事情。所以再想想伍尔夫为妇女所设计的那间"自己的房子"，我并不认为这就是妇女写作自由的最终解决，因为一间随时可以上锁的房间，就像是一颗剑拔弩张随时准备对敌的心，并不是自由的，反而是紧张的。妇女写作的自由，要求她身边的人、她所赖以生活的那个环境应该毫不怀疑地认为，她的写作、她的人生、她的写作的人生，不仅是合法的，是应当尊重的，而且是值得欣赏的。可不可以期待一些类似的事情发生？女性什么时候才能够享受来自男人的家政服务，就像女性一直以来为男性所做的那样？女性作家什么时候才能迎来绿袖添香或者黑袖、蓝袖的添香，就像男人一直以来所享受的那样？或者，即使没有这一系列的服务和欣赏，那么，哪怕是女性的写作不再被男人和周围关系密切的人当作危险，当作冒犯，当作自私，当作恐怖？到那个时候，女性写作，才真正自由了，哪怕并没有一间自己的房子。

那其实是我梦想的写作地点，在自己家的客厅写作，爱一切，与一切有关。不逃避，不敌对，不惊慌，不隐瞒。

2008年2月14日初稿

2008年2月24日定稿

庆炳吾师

/ 一 /

1993年9月，北师大新入学的文艺学专业的硕士生和博士生在主楼八层的中文系会议室召开师生见面会。在会议开始之前，门是开着的，大多数同学和老师已经入座了。突然间，进来了一个四十岁左右的妇女，她大声地说话，质问在场的人，有没有见到一个叫某某某的人。倒不是我故意隐去这个人的名字，而是她要找的人，我们都不认识，只是惊讶于她的气愤。童老师问我们："怎么回事？她要找的人在不在这里？"大家当然面面相觑。这时候，办公室的袁金良老师路过门口，童老师就请袁老师帮忙，请他帮着找到这个妇女想要找到的人。袁老师一看那个人，说："哎呀，怎么又是你呀！"就把那个人带出去了。袁老师很快又转回身，对我们说："没事，这个人精神好像有问题，来过好几次了。"——几乎是一瞬间，最多就是几分钟的事情，可是这一个瞬间，可以说深深地印在了我的脑海里。我从来没有想过为什么会对这个瞬间感兴趣，但今天想想，难道不是因为那是我第一次见到童老师吗？一件洁白的衬衣穿在他的身上。

啊，衬衣，洁白的衬衣。几年后，当我在《师大周报》上读到童老师发表的《上课的感觉》时，才知道，每一次上课，每一次在公开场合跟学生见面，童老师的衬衣都是刚刚清洗熨烫过的。我才将那一次初见和童老师的着装理念联系起来。那件洁白的衬衣像一道锋利的月光，穿透了二十多年的岁月。这一道月光太锋利了，以至于我认为，童老师的这个样子，是不可比拟的。每当我意识到自己在着装上过于随意的这个缺陷的时候，我都会用童老师的不可比拟来安慰自己，寻找退路。因为我认为，老师就是老师，有他在，我永远都可以沉溺在学生身份里，随意任性。读硕士期间我的导师是李壮鹰老师，李老师仪表堂堂，曾经代表北师大教工参加过北京高校系统的模特大赛，定妆照就挂在教工餐厅门口的橱窗里。童老师说："李壮鹰啊，秀外慧中，很有学问。"李老师给我们讲"中国古代诗学六论"的课程，但作为他的弟子，我却总是停留在本科阶段自学的郭绍虞的《中国文学批评史》中，所以不久之后就逃避到当时流行的西方文论和新潮小说里面去了。硕士毕业这么多年都疏于和李壮鹰老师联系，全然因为自己在古代文论专业上的不求上进和没有成果。但是，他和童老师对仪表的重视，却是我永远都不能忘记的事。

除了白衬衣，那天的事情还有我更不能忘记的部分。送走了那个妇女和袁金良老师，我们顿时叽叽喳喳起来，基本态度是，啊，一个精神有问题的人！她怎么可以闯到这个地方来呢？好像我们那个群体和气氛都很高级，不容打扰似的。但童老师一边关门，一边轻笑着，对我们说："唉，挺可怜的，她到底在找谁呢？"

要知道，这是我第一次见到童老师，第一次听到他讲话。他怎么能讲这么通俗易懂的话呢？他怎么会像我心里常有的好奇心那样，关心一个某种程度上的"疯女人"的愿望呢？要知道，在我们大四期间准备考研的时候，有一次碰到张燕玲老师（她是我们本科生的生活辅导员），问我考什么专业，我说考文艺学里面的古代文论。她说："就是，童老师太难考了。"那时候，我一门心思要博古通今，一心一意要念古代文论，还没有考虑到要当童老师的学生，但她的话，却直接在我的脑子里形成了一个非常主观的印象，那就是，与童老师有关的事情，都太"难"了。一个与"难"有关的人，怎么会说这种简单易懂的话呢？

/ 二 /

我一直在努力实践着一个与文学和写作有关的人生构想。这个构想并不是要获得什么外在的、可识别的成功，而是要保持一种"写"的状态，并认为这种状态，可以让我确认自己的存在，可以让自己的存在更有意义。这个写的过程，大概从小学时期就开始了。开始于以"记某某某人的几件事"为作文题目的对三段论式的文章形式的模仿，开始于二十世纪七十年代末小学课本中对于祖国壮丽山河和农业生产生活的田园牧歌式的赞美，开始于骑自行车摔断胳膊之后在家养病的疼痛而美好的寂寞。然后在初中，在高中，在那些早起以后路灯下的朗读中，在假日里村口果园树杈上的"隐居"中，一些文学化的情景和语言的链，总会在我的脑子里形成。

然后就是上大学以后对于文学专业的选择，对于"掌握"古今中外文学典籍的雄心。然后在"读书破万卷"的雄心并未实现的时候，自己迫不及待地开始在校报上发表散文作品了。一开始在山西师范大学校报，后来在北师大的《师大周报》。这种在校报发表小文章的经历，决定了我至今仍是一个在师友亲朋圈子里被阅读的人——童老师大概就是在《师大周报》的副刊上注意到我的。我想这个留意，也可能首先源于程老师的留意。程正民老师和1993年与我一起读硕士的同学，还有

1996年与我一起读博士的同学，在课堂上，在课间，在路上偶遇的谈话中，总会说起我在某篇文章里面写了些什么。程老师总会很自然地说："这就像裴亚莉在她的文章里写的那样。"我的天，好像那些段落和想法是很有意思的一样。李广仓师兄读了《晚雨如约》，说："唉，堪称完美！"黄卓越师兄说："重点是要多写。量积累起来了，质也就上去了。"诸如此类，让人难忘。我想是程老师给童老师推荐了我的那些小小的文章。那时候，程老师的学生刘宇师姐（**脚印**）在人民文学出版社编《中篇小说选刊》，童老师和程老师一起，向我介绍了师姐，也向师姐介绍了我。毕业前，每个同学都应该有一段社会实践的经历，刘宇师姐又向《中华散文》的副主编刘会军老师介绍了我，让我在杂志社处理自然来稿。台湾出版事业家蔡金安先生约请刘会军老师为他编辑一套大陆校园作者的丛书，刘老师就推荐了我，于是有了我在台南金安出版社出版的第一个集子《舞缘》，继而结识了经验丰富的台湾文艺女青年林杏娥……一长串的人名，一长串的情谊。

《舞缘》出版后，台版书典雅的设计、豪奢的纸张让我和我赠阅新书的师友都感到惊艳。童老师拿到赠书后，很快看完了。某一天下午，晚饭后，我正在十二楼一层西北拐角的那间宿舍里和舍友张宏闲谈，敲门声起，童老师进来了。他开心地笑着，说："你的书我看了，不错。不过，到底是年轻，有些篇章还不成熟。"张宏那时候也正在热心地督促我多写东西。三个人一起，童老师问我们在读什么书，怎么处理创作和学术研究之间的关系。他说得很少，兴致勃勃听我们肆无忌惮地口出狂言。童老师走的时候，指着他放在桌子上的一个袋子，说："祝贺你新书出版，给你带了些点心。"送走童老师，我们打开那个袋子，里面是一盒丹麦曲奇饼，一盒茉莉花茶！作为一个几乎完全靠奖学金生活、一个几乎从未在学校食堂外吃过东西的人，一盒丹麦曲奇饼和一盒茉莉花茶，那就是个人饮食历史上的划时代的物件，因为它们刷新了我的味觉经验，刷新了我的人际交往的经验：我面前摆放的，是来自童老师的曲奇饼和茉莉花茶！

因为这种经验，我在拥有某种美好的感受和美好的"物件"的时候，都会乐意与好友分享，与学生分享。

这一次，为送别童老师到北京，见到阿丽，执意要把自己正在喝的安吉白茶送她一盒，还要把本来给程老师的大红枣分一盒给初孕的段恺，为的是能够改变师生的味觉经验。那种切中了学生现实处境的礼物，在我的个人知识体系中，就是最难以忘怀的师生经验，是伴随我一生的师生经验。在我没有可能将有关这个经验的感想与童老师分享的时候，我不由得要把童老师给予我的爱，传递给自己曾经的学生。

所以就这一个层面的经验看，我珍惜的东西，首先是形而下的。似乎最初从童老师那里，并不是思想上得到了什么，而是味觉上得到了什么，在口腹的满足感上得到了什么。后来，在攻读博士学位期间，和饶曙光老师合作的《新时期电影文化思潮》出版，童老师问我："你吃过龙虾吗？"——"没有。""那我请你吃龙虾，祝贺你新作出版。"第二次与童老师有关味觉的交往，又是与新作的出版有关。在双秀公园附近的一家好像与颐和园或者御膳坊有什么关系的菜馆，我生平第一次吃到了龙虾——我想这应该是一种很贵的东西。但再贵的东西，抑或是再便宜的东西，只要来自童老师，它于我而言，就是一种赋予，是爱和经验的唯一性的赋予，是一种具有世界的宽广性和纵深性的赋予。我从未，也不可能在价格上考量类似的问题。

然后就是某一次去小红楼的家里看望老师，童老师让小郭切了一个火龙果给我吃。"这个好吃！"——我不觉得。我觉得火龙果是沙拉里面用来搭配颜色的一种东西，它是没有味道的。童老师听了我的解释，说："那你太粗心了。火龙果是好东西，对身体有好处。"那时候，2012年的秋天，是此生最后一次和老师面谈。我已经不是任性的人了，已经经受了生活的多种冷与热、善意、调侃和打击，能够听进去老师的话里面那些有营养的成分，于是就开始吃了，尝到了洁白的果肉里面淡远的甜味。那天下午，一个人吃完了整盘子的火龙果，从那时起变成了喜欢火龙果的人。

这种开拓味觉的经验并不是很多，但已经足以让我骄傲。也许也有同学和老师之间有这样的"开拓味觉"经验，但我永远珍视我自己的那一份，并且认为自己的"这一个"，是一个"唯一"。

2002年夏天，中外文艺理论学会的年会在西安召开，童老师提前到达，和他的老朋友畅广元老师相聚。我陪着两位先生到太白山一游，夜宿太白宾馆。晚饭的时候点菜，童老师点了一个芽菜炒竹笋，说："北方人不太会做笋，试试看这里做得怎么样。"我对童老师说："秦岭是中国南北的分界线了，离南方已经不远，也许会不错。"那天的笋确实够美味。我们在饭后散步，夜间的白云缠绕着座座山头，像李白的诗中所写的那样："山从人面起，云傍马头生。"这些山和云，互相连接着，延展着，估计也让童老师想起了童年时期在福建的很多事情。所以我想，那笋里面，应该有不少乡愁吧。那一次太白山的陪伴和笋的经验，今天看来，较之于曲奇饼、龙虾和火龙果，更富有普遍的意味，更富有绵延的意味。老师是桃李满天下的人，只有在对事物的爱和对学生的爱具备一如既往的延展的特征、具备辐射天涯海角的能力、具备同根而繁衍无数枝叶的能力时，才是童老师，而不是我，或者我们。

/ 三 /

在我们读硕士的时候，童老师给北师大中文系所有文学专业的同学开设"文学基础理论"课程，很有雄心也很有创意地用几十个词汇来概括文学理论的特性。正如他自己在文章里面所写的那样，他每一堂课都穿着新洗过、熨烫过的衬衣来上课——那时候我只看过《上课的感觉》（后更名为《节日》）。最近看到在各种媒介上广为流传的童老师的散文《教师的生命投入》，才知道，他也会特意为上课而洗澡。唉，老师啊。那一个学期的理论课，说实话，在我们那些二十世纪九十年代初求学的年少气盛的幼稚学生看来，显得有些太平稳了：既无形式主义的犀利，也无现代主义的玄奥，更无后现代主义的消解性或者福柯思想的神秘性（当时福柯在我们看来是神秘的）。我们怀着一种欣赏老师的激情的态度，上完了那一个学期的课。我以为除了老师的激情和认真，自己不会在将来引用老师讲的几十种概念中的任何一种，然而事实并非如此。事实证明，老师在课堂上的所作所为，对学生的影响是难以消除的。六年后，当我在陕西师范大学中文系开始给新入学的本科生讲第一节文学理论课的时候，我意识到，这些仅仅学过中学语文课程的年轻人，首先要知道的，不是文学理论为何物，而是文学是什么。但是这个题目太大了，我只能举例子。所以，第一节课的标题成了"文学可以是……"。也就是说，文学可以是省略号。我最终难以避免地选择以罗列的方式进入某一个话题，这也就是童老师给我们上那一门课的方式。事实上，王一川老师在我们的本科时代给我们讲"文学是惯例"那一堂课的课堂内容，罗钢老师在我们硕士期间给我们开设"二十世纪西方文论"时所使用的，每人准备一个流派在课堂上主讲的授课方式，都被我几乎原封不动地挪用在了自己的课堂上。中国历代学子引述孔孟老庄的话，必定不算抄袭；而从北师大毕业的文艺学专业的学生，挪用文艺学专业的任何一位老师的课堂内容和授课方式，也恐怕首先是一种感谢和铭记。尤其是我们这些在外省工作的学生，由于很难保持日常生活中与老师的接触和随时随地的学习，更多的是以挪用来达到感谢和铭记的目的。

也是在童老师的这一门课上，他为了向我们说明写一篇成功的学位论文的不容易，经常举罗钢老师的例子："人家罗钢，为写博士论文，每天骑着破自行车，带着烧饼，到北图去查资料。"这个例子举的次数是那样多，以至于我们那个年级的同学，几乎可以说是穷尽了一切办法，到处搜寻罗钢老师的博士论文，最终达到了人手一册的收藏率。大家动辄翻开童老师为《历史汇流中的抉择》写的序，将其中的第一个自然段大声朗读。这是多有意思的往昔啊。如何写论文并不是以一种严格的规范的方式被我们知晓，而是以一个人骑着自行车从北师大到北京图书馆这样的画面被我们知晓。而且，"烧饼"这个小小的物件，又在提示着这个过程中的某种克己和艰辛。整个二十世纪九十年代的北京，自行车依然是交通工具的主体。骑着自行车，我们可以到达任何一个地方。但同时，只有在我们骑着自行车从学院南路的校门出发，途经索家坟、魏公村、白石桥，到达紫竹院的过程中，自行车这个东西，才会与我们求学生涯的理想形象联系在一起。这种对于经验的价值判断，可以说，完全来自童老师的列举、描述和肯定。在童老师的语言中，某种经验被符号化，被神话化了，它以一种强有力的方式，形塑了我们的意识形态和外在形态。

童老师私下里也喜欢给我们评述王一川老师，内容重复最多的（或者说让我印象最深的）是："人家王一川，做老师有为师之道，做父亲有为父之道，做丈夫有为夫之道。"一派欣欣然全盘肯定的态度。老师说了三个方面，但我猜可能也包括"做学生有为学生之道"这一方面的意思，只不过童老师欣赏王老师，只是夸赞王老师，并不刻意要用王老师鞭策我们，所以不提"学生"这一个层面的意思。但这没有被老师说出的一点，我却总要在潜意识里将其补充完全。因为我知道，我可能正好就是那种"做学生没有学生的样子"的学生。

什么是"做学生的样子"呢？像童老师自己所做的那样，他常常会说："我的老师黄药眠先生曾经说过……"这种句式在此前的我这里，是很少出现的。今天（2015年6月30日，我写这一段文字的时候），距离老师离开我们，半个月过去了。每天晚上，当我放下一切手边的事情的时候，那些跟随老师求学和与老师交往的事件和情景，总会如约而至，在脑子里活跃起来，将睡意赶走。这些事件和情景，基本可以说是在以"我的老师童庆炳先生曾经对我说过……"的句式自言自语。但这种句式的开始，最早不会早于老师做胃切除手术的2008年，而且一定晚于师母去世的2009年。在此之前，童老师每周爬一次香山，每年发表大量的文章，出版多种著作，操心多种事情。这让我感到，自己比他还要衰老，总是觉得童老师比自己年轻，因为他有活力，有毅力，有行动力。2008年秋天到2009年秋天，我外出访学，回来的时候被告知发生在童老师身上的两件大事，顿时觉得自己总认为童老师比自己年轻的感受，是某种意义上的忤逆，心里懊悔起来，继而开始将童老师当作"老人"看待。在这样的情景中，想起自己求学时代的诸多任性举动和童老师的教导与包容，实在说明，自己真的就是那种不懂学生之道的学生。

像告别那天在大巴车上，苏文菁师姐含着眼泪笑着说的那样："童老师肯定会给学弟学妹说，我把苏文菁骂哭了。"其实岂止是文菁师姐，作为童老师的学生，在论文写作过程中被骂哭、被骂蒙，这是常有的事情。我好奇的是，为什么同学们常常被骂，可是在多年后

的今天，要彻底跟童老师的肉身告别的时候，却总觉得
自己是被爱着的？我照例是被骂的那一个，而与师姐和
师兄们的反应却大大不同。陶水平师兄说，童老师骂了
他，吓得他都不敢跟童老师一起去参加学术会议；蒋济
永师兄说，童老师骂了他，吓得他都不敢回家过年；而
我，挨了骂，选择的是逃之夭夭，继续躲在图书馆的某
个角落里，任性地按照自己的想法继续写自己的论文。
这个过程当然没有继续下去，因为最终，自己还是很不
情愿地"妥协"了——跟着童老师的指导，完成了自己
的博士论文。答辩会后，童老师喜气洋洋地向答辩委员
会的老师们敬酒，说这个学生的论文完成得不容易。那
时候，我并不知道，这个不容易，并非仅仅是在说我写
得不容易，一定还包括，童老师的指导过程，也并不容
易。今天，自己做老师，指导学生论文，才真正体会到
遇到"不听话"的学生时的那种"生气"。但是，我并
没有骂学生，也很少把学生骂哭，这是否就意味着，将
来学生不会以爱的方式来记忆他们的当年？我只有在时
间中等待，等待时间来揭晓学生在毕业以后是否依然在
意，并且愿意继续思考那些学生时代的问题。

/ 四 /

在我毕业到陕师大工作后，和老师的会面，有一些机会是因他到陕西，比如那次太白山之行；有些时候是在北京，我因为一些事情到北京，总会将看望童老师当作那次行程的一部分内容。自从师母去世之后，每次去看望童老师，他都要留我在家吃饭，说："让小郭做。"而且，自从师母去世后，我开始喜欢带食物给童老师了。背着双肩背包，曾经带过陕北的小米和豆子，曾经带过洛川苹果。负重看望童老师，好像这个举动本身就是一种仪式。想到童老师曾经给予我的"味觉的经验"，我现在也可以用身体力行的方式回馈，心里稍稍会原谅一些自己往日的任性。

2010年深秋，童老师最后一次来访陕师大，要求去登华山。李西建院长听说后，既高兴又担心。高兴的是，先生前两年才做过胃切除手术，现在还有登临之豪情，可见身体恢复得不错；担心的是，毕竟年纪大了。他嘱咐我："坐缆车到北峰，转一转就好了。"我答应着，邀请男性同事兼好友段宗社和朱立挺与我一起陪童老师上华山，心想一旦有什么差池，他俩可以有力地帮到我。坐缆车上了北峰，刚把西建老师的话转述给童老师，他就哈哈大笑："你们院长太低估我的水平了！"执意要将西峰和南峰都走过。从早上七点我们从西安出发，登山结束回到住处，已经是晚上八点。一路上，他快步行走，我们只能勉强跟随。在往西峰走的路上，遇到一个七十五岁的挑山工正在休息，童老师兴致勃勃地跟人家攀谈、合影留念，说："看人家，七十五岁还挑东西上山，我也七十五岁，没有任何负重，怎能懈怠？"

　　登临西峰，游人已经非常稀少，西岳刀劈斧削般的壮丽景象令我难以用语言赞叹，蓦然回首，发现狭窄的崖壁边的小路旁有一个小小的山神庙，赶紧走进去，俯下身磕头，虔诚地拜了几拜。走出来，童老师疑惑地看着我："你拜的是什么？"因为我拜的是无功利的美，是专业知识里面的基础，所以不好意思将套话向童老师汇报。返回北峰时，正是夕照满山，简直就是长安画派代表艺术家何海霞《金碧华山》的现实版。北峰上有很多人系锁子求平安，童老师也求了两个：一个给童小溪和战洋，祝他们恩爱美满；一个给小郭和她的家人，祝他们平安幸福。那时候想起了自己在山神庙里面的俯身之拜，为的只是美景，现在，我也要求系一个锁，让这个锁子将华山的雄姿牢牢地锁在童老师的记忆里，并保佑他健康平安。童老师又问："你锁的是什么？"那时候，我就更不好意思告诉他了，所以转而去说先前的心思："锁住美景啊！"他又哈哈大笑，好像觉得我很搞笑。

那次童老师到西安，我向他介绍我们几个同事办的随笔刊物《呼吸》。他很感兴趣，回到北京，和几个博士生开始办《脉动》，说这个刊名与《呼吸》是相似的意思，而且更有趣。"因为这并非一种饮料！"——童老师在某次的电话中说明《脉动》与《呼吸》间互相生发的关系，让我开心，因为这让我知道，童老师一直是喜欢那种"写点什么"的感觉的。

/ 五 /

每过三五年，就会有机会在陕西见面；或者，每过一两年，就会在北师大童老师居住的红楼见面（*也曾经在童老师租住的奥运村附近的住处看望过他*）……以为时光会一直这样慢慢悠悠地过……

以为童老师有机会再到西安，我可以让他看看我刻意保存的，他在电脑升级换代后送给我、让我用来写论文的他"退役"了的"美国原装奔腾286电脑"（*童老师自己的话*），以及他与这一台电脑一起送给我的针式打印机，还有我用那台电脑写出来、用那台打印机打印出来的又被他否定了的论文……

然而，时光的无垠和人生的有限，毕竟是打击我们所有人的真理……而即便我知道这是真理，当时光将爱我们的人和我们所爱的人从这个世界上带走的时候，我还是怨恨时光的——尽管老师已经很累，但是他并没有准备好现在就走。

5月18日，赵勇到陕师大参加学生论文答辩，道别的时候，我问他童老师的身体状况怎样，他说："好着呢，几天前中心开会，童老师全程参加了呢。"那我就放心了，可以将新出版的集子《只有松鼠了解我的心》请赵勇带一本回去给童老师了。趴在车子的后盖上，想想，写一句什么话给老师呢？阳光灿烂，我写了"庆炳吾师悦读"。私下里想，敢于将童老师那鼎鼎的"童"字去掉的学生，可能不多吧！大概一个星期以后，接到童老师的电话，大声说："你的书我看了！"我问怎么样，他说字太小！太让我害羞了。不知道童老师是怎样看完了那些小小的字。童老师继而谈了他的全集已经编好，暑假打算到福建参加小学同学聚会的事，又问我胖丫怎么样。我说他们会骂人了，会说"裴亚莉是坏蛋"，一边说，一边就听到童老师那里爆发出哈哈的大笑声。多好玩啊，三四十分钟的电话，谈的全是未来的事。

童老师在北京金山岭长城的蓝天白云间离开了我们。想到将来到北京，再也没有像小红楼那样的一个地方允许我们去打扰，想到那个尾号为8545的电话再也不会被自己期待的人接听，我们的世界缺失掉的东西，没有办法用确切的语言来描述。但是想到童老师离开的方式和地点，那也是只有童老师那样眼里有山河、心里有山河、脚下有山河、笔下有山河的人，才能够修来的福分。这种方式，这种壮丽，童老师是有预判的，像他在

《教师的生命投入》里所写的那样。

/ 六 /

2015年6月18日一早，五点半，我就醒来了。认真地洗了宾馆房间的水杯，泡了自己随身带着的安吉白茶。又从包里拿出头一天和苏文菁师姐、刘燕、白春香一起买的赛百味的全麦面包，认真地喝着茶，认真地嚼着面包。偶尔拉开窗帘，看看窗外如洗的蓝天。唉，老师啊，直到今天的这一顿早餐，我才真正体会到了你生命中一直在践行着的认真的精神。蓝天浩荡，而此时此刻，自己所在的空间，又是如此狭小有限；时间无尽，可我们的生命，却是如此短暂；人生已然短暂，而我们能够相互领悟的瞬间，又是如此少而又少，这如何让人不悲摧？

从北师大开往八宝山的大巴车浩浩荡荡。我在自己乘坐的二号车上看到了很多老师、学长、学弟、学妹，在八宝山的院子见到的相识的人，就更多了。清风和阳光一起抚弄着我们的身体和心绪，唉，老师，这就是你的风格啊。不是阴雨天，不是闷热天，是晴天，而且是有风的晴天，灿烂，十足的舒适。时空中的一切，似乎继续在行使着某种来自童老师的影响力，将这些曾与他相关的所有人，再次召集在一起。这些人，也许从未相互见到过，也从未相互听到过，可是因为"童庆炳"这个名字，他们之间获得了相互理解的路径和桥梁。眼泪固然在表明着生死离别的痛惜，可是，在眼泪中的拥抱，难道不也在生长着某种崭新的力量？这种力量来自阳光一样的襟怀，来自难以想象的像蜜一样的爱的播洒，来自诚恳，来自绝不退却的艰辛地攀登和劳作。

然而离别之所以令人痛心，其最大的原因，还在于今天的这些领悟，全部是迟来的领悟。我还没有找到机会向老师表白我的领悟。或者，实际情况是，我是直到今天，直到再也不可能和老师对谈的今天，才获得了这样的领悟——是老师生命的消失，向我棒喝了这样的领悟。

作为在外地工作的学生，我和其他几位旧时同学从大巴车上提下自己的行李，打算搭乘公共交通工具直接到返程的火车站去。但是，行李放在身边，大家却都不急着离开，就在八宝山院子里站着、坐着，说着以前的事情。阳光继续普照，清风继续拂面，可是突然，空气中弥漫起一种焦灼的味道，抬头看去，不远处的烟囱正冒着滚滚浓烟。天哪，老师，那是你吗？深深地呼吸着这奇怪的味道，烟的味道和被自己逼回眼眶的泪水混合在一起，成为胃囊里面的一部分内容。唉，老师，难道我们最后的交往，也必然是以味觉的方式吗？唉，唉，唉！老师，想要为了你的离开而远行，但是院子就这么小，我的脚步没有地方可以去啊。如果那浓浓的烟雾真的是你，我所吸进身体的你，以及我的眼泪，必然会催促着心里的另一个我去远行。她将走过山川，走过江河，走过平原，走过大海，去寻找那个曾经谈笑风生的你，那个曾经给予我过多爱护的你，那个助长着我的任性的你，那个对我也许有很多不满的你；然而，不管是怎样的你，只要有你。唉，老师，得有多少次的叹息，才能消解我心头的这些遗憾和不平？得要多少个书写的夜晚，我才能将那些时刻浮现在眼前的场景和事件变成文字，将它们从属于我个人记忆的事物，变成非个人的事物，减轻记忆的负担？要知道，只要你活着，这所有的记忆，都是人生锦缎上的绚丽的花朵。可是，你离开了，这些记忆，就是未曾报答的恩情，是恩情的重担。我，我们，把这些恩情，还给谁呢？

2015年6月30日

"写散文，就是要拿开人格的面具"

——纪念刘锡庆先生

"写散文，就是要拿开人格的面具。"这是这么多年来，每当我想起刘锡庆先生的时候，最先想到的话。刘锡庆先生的名字，在我这里，就是与这一句话紧紧相连的。然后在我心里浮现的，就是他的总是那么宽厚、那么慈爱的笑眯眯的面容。一个人，他总是笑眯眯的，但是你又知道，他的心里有一种坚持，有一种笃定，对待青年学生，有一种毫不怀疑的期望，甚至是一种对某种精神向度的要求，这就是刘老师，就是刘老师埋藏在这一句简单的话语当中的巨大力量。

/ 彷徨中的相遇 /

我不是刘锡庆老师招收的他名下的硕士生或者博士生。我的硕士生导师是李壮鹰先生，我的博士生导师是童庆炳先生。两位先生都在艺术创造上有极高的修养：李壮鹰老师的书法和仪表一样俊逸，在中文系师生中有很高的美誉度。童庆炳先生晚年也以散文写作为最大乐事。在我读硕士的时候，我的专业是文学理论，研究方向是中国古代文论。不全心投入理论的学习和阐释，直接进入无文献、不求证的散文写作，这与研究生阶段的以学术素养训练为目的的教学，多少有那么一点点抵牾——更何况二十世纪九十年代的学院教育和学术研究，似乎在非常着急地走向一种规范化、学理化甚至是国际化的"高标"。那个时代的学院派的文学教育，有一种相当明显的矛盾：一方面，在学术观念上，主张对宏大叙事的解构和反思；另一方面，在行文方式和教育理念上，又特别津津于体系的完备和形制的权威。这种风气，使得那个年代的青年学子，一方面也想在规范化的学术表达中证明"我能行"，但同时又难免感觉到，这样的一种原本应该基于艺术创造的实践，却表现出明显的非艺术倾向的学术旨趣，与艺术本身存在着本质性的矛盾。这种矛盾让人痛苦，尤其是对我这样的人而言。

因为人生经验，我对于鲜活的生活本身的兴趣，总是大于语言和表述；而在语言表述的范围里，对于感性表达的兴趣，则总是大于抽象的概括。而且，由于在读硕士之前，已经开始发表一些散文作品，所以尽管我能够清醒地意识到，这种范式之规训和创作之自由之间的矛盾，是古往今来试图通过写作来表达自我的人之间所共有的永恒矛盾，但这矛盾依然是令人痛苦的。因为此身乃是我之所有，我的所有经验，不论是四时更迭，流水落花，还是深夜阅读，难以索解；不论是民生艰困，爱莫能助，还是青春虚度，情无所归。这一切，都将落脚在我的这一具肉身上。是的，对于"沉重的肉身"的表达，其方式，到底怎样获得才算真的获得？这就是那个时候的我的痛苦。

我的痛苦是很难向李壮鹰先生开口的。李老师的专业是中国古代文论。作为他的学生，我也能够享受那些在图书馆的古籍阅览室度过的时光，但这种享受，仅限于对古籍中那些经验性描写的篇章和段落的赞叹与追慕，而若要从中发现什么新颖的学术问题，却总是不得其门而入。在那个时候的我看来，李老师所认可的学问，全部在文献中，是对文献在极度浸润熟悉之后的体悟和升华。我的痛苦也是不能跟童庆炳先生说的，因为作为他的博士生，如何能够撰写出有一定学术价值的学术论文，顺利通过学位论文答辩，那才是迫在眉睫的事。不过在我的总是想要写一点什么的冲动对于学业的负面影响的事情上，童老师和李老师的态度是有所不同的：在我开始读博士的时候，童老师自己也开始写散文并且公开发表。童老师青年时代创作并出版过小说作品，对于学生试图"写点什么"并不是完全反对。所以当他告诫我"写散文应该缓一缓，先把论文写好"的时候，我知道，这个写与不写之间的界限，在童老师那里，是有弹性的。到硕士毕业的时候，我已经出版过一本个人文集，在几个专业散文刊物上发表过作品，哪篇文章写的是什么或者写得怎么样，偶尔也会成为童老师和我的谈话内容。所以，攻读博士学位时的痛苦，虽然也是散文写作和论文写作、一种相对自由的表达跟一种在体例与旨趣上有明确要求和限制的表达、一种取悦心心相印的读者和取悦标准化的评价体系之间的矛盾与痛苦。但表面看来，已经并不是那么令人焦虑的了。这种焦虑隐藏在一个人甚至是一代人、几代人对于自由的理解和实践中，其实是一种无奈。

而我，就是在这样一段持续了很久的痛苦和矛盾中，在这种难以解脱的无奈中，遇见刘锡庆老师的。在1993年一起进入北京师范大学中文系攻读硕士研究生的同学里，李静、张宏、胡玉香和宗芳斌是刘锡庆老师的学生。我的这几位同学看过我在本科期间发表的文章和一些我写在笔记本上的习作之后，他们告诉我说，他们的导师刘锡庆先生就是专门做当代散文研究的，并且主动把我的文章拿到刘老师家里去。然后，在他们下一次和老师见面的时候，刘老师就嘱咐他们把我也叫去。

写到这里，我突然领悟到，像刘老师这样坦率真诚地主动约谈并不认识的青年学生的老师，普天之下，也是难寻的。尤其是现在，谁没事要给自己找事呢？但那是刘老师，我们这些"小号"的人，是没有办法企及他胸襟之万一的，我们和他之间，存在着天与地一般的差异。然后我发现，那些在记忆中长存了多少年的情景，如今依然在那个专属于它们的空间里，安安稳稳地待着，像是一些个正在晒太阳的猫咪。多好啊！它们永远在那里，永远不会因为季节和气温的转变而有所改变，总是那么暖和。

那个时候，北师大在家属区为老师们盖的第一批高层住宅楼刚刚启用，刘老师也喜迁新居。李静、张宏和胡胡（胡玉香）一起帮着老师整理书，我也要求去。去了以后，刘老师的书房几乎已经整理好了。他从书桌上拿起一本很大的画册，是一本图片集，题目是《花果城——山西临汾》，说："你是山西人，还在临汾待过，这个画册，送给你。"那天，同去的几个人，并没有谁带书回去，只有我带回了这一本超级大的画册。我的几位同学，也都像刘老师那样，笑眯眯地看我接受老师的礼物。这其实是我第二次见刘老师，他笑眯眯地将那本画册递给我的时候，我的那些曾经发生在山西临汾，既布满烟尘煤灰又被青春照亮过的岁月，一下子显得更有意义了。因为它们借助这个画册，曲曲折折地进入了刘老师那一颗宽广的、乐于呵护学生的心。也就是说，当我在刘老师那里领受这一份呵护的时候，我过往的生活，有意义了。

再有一次，我们谈起了贾平凹老师的散文。刘老师说："贾平凹的散文，当然好啦！但是我对他们《美文》提出的'大散文'概念有看法。"刘老师那时候写了不少文章，推广他的艺术散文的理念。在他看来，贾平凹老师自己的散文，是典型的艺术散文，那么为什么在办杂志的时候，又讲"大散文"呢？既然世界文学史和中国文学史发展了那么多年，好不容易凝练出了散文这一种文体的特性，为什么不保持并继续发掘这种特性中的独立性和艺术性，而非要让它与历史和哲学或者其他文体继续混在一起分不开家？刘老师说起这一切的时候，毫无咄咄逼人一定要让别人同意他的看法的强势，而是从头到尾都笑眯眯的，就好比贾老师也在场跟他一起谈话似的，完全是一种推心置腹的语气。一边说着话，刘老师一边问我看过贾平凹老师散文以外的作品没有，我说全都看过，崇拜之情溢于言表。大概是因为我的语气和表情，刘老师颇有些神秘地笑着，从书架上找到小说《浮躁》递给我，说："这一本《浮躁》是平凹送给我的。我和平凹之间进行观点上的交流，是很坦率的。"翻开那一本书，封面和扉页之间夹着白色的便笺，上面是贾老师的圆珠笔题赠："请刘锡庆老师批评指正。"贾老师的字，朴拙中透露着诚恳，那一刻，我似乎真的能够体会到他们之间进行切磋和交流的坦率和真诚，但互相又并没有放弃自己的观点，这是多么好啊！后来，我毕业后选择到陕西工作，已经是1999年，刘老师又谈起当年和《美文》杂志所倡导的散文观念之间的探讨，说："西安很好，文学创作和批评的气氛都很活跃。"他希望我能够在西安汲取人生和事业的营养。

也是到了西安之后，我见到贾平凹老师、孙见喜老师、方英文老师、穆涛老师等诸多西安文坛前辈，他们知道我曾在北师大念书，和我谈起刘老师，才从他们那里知道刘老师就是从西安四中参加高考到北师大上学的。而刘老师在少年时代，还和家人一起在汉中古路坝的西北联大（国立联合西北大学）生活过。多么光荣的历史！所以他与西安文坛之间的关系，就是与故乡亲人之间的关系。这种情义，是拳拳的，是眷眷的，当然也是不便于和我这样的青年人敞开谈论的。现在，写这篇文章的时候，我试着猜想我决定落脚西安时，刘老师的内心一定也是高兴的吧！再后来，就是2017年1月，听到老师辞世的消息，跟穆涛老师告丧，穆涛老师说："锡庆老人令人敬重。《美文》创刊时，锡老对平凹主编倡导的'大散文'说持批评意见，有专门文章。《美文》还专门转载了此文，旨在为探讨散文的进步而听取多方意见。锡老辞世，感念又感怀。"确实是感念又感怀。对我来说，这些事件、往来，人生的道路以及它们的延伸段，都处处闪烁着温暖、宽厚、互敬互爱但不轻易放弃自己的立场的理性坚持。这些事件以理性探讨、加深理解、促进文学观念进步的动机出现，虽然语速缓缓，但情谊拳拳，据理笃定，胸襟中囊括着文学史的长河。这，如何不令人感念？

就是这些今天想来越发清晰和温暖的场景，让我开始慢慢消除那个时候十分个人化，又相当具有普遍性的痛苦。

/ 写散文，就是要拿开人格的面具 /

然后我来说一下刘老师的已然深深地镌刻在我脑海里的那句"写散文，就是要拿开人格的面具"的箴言。

不知道刘老师的这句话，在他别的学生中间，有没有产生与我一样的震动效果。但这句话在我这里，简直就像是一根插进心脏深处的长针一样，其痛感、其快感，并不是那么轻松就能够领受的。原因在哪里？我觉得原因在于刘老师的措辞——"人格"二字。每个人都会塑造自己的人格并且面对与人格相关的种种问题，为什么我自己对于这个问题，这么敏感？敏感或者不敏感，这在每个人那里，本来也都是天生不同的，但是每个人的后天遭际，也在不同程度上加强或者减弱着这一种敏感。对于我的有关人格问题的理解而言，我相信自己在相当大的程度上是分裂的或者扭曲的。这个分裂和

扭曲，在我的与刘老师交集着的青年时代看来，一方面
来自父母的期望：尽早地有一个正式的稳定的工作，成
家，好让他们心里的指望有个落脚之处；另一方面，又
在于我在父母所赐的天性和我后天所获得的教育当中，
还生发出来一个可以称为梦想的东西。这种梦想与自由
相关，与个人禀赋的实现相关，但恰恰与父母对于现世
生活的指望无关，与父母所想象的通常的对于幸福的
理解无关。不仅无关，而且背道而驰。这一层分裂和扭
曲，开始并结束于我在临汾读书期间一直维持着一个自
己不敢面对的来自双方家庭意愿的婚约，但同时又有一
个相恋的男朋友的事实。婚约和男朋友几乎是同时开
始，伴随着我从临汾转学到北京，也几乎同时结束了。
这件事情特别典型地说明了我的分裂，而且这种分裂，
是不能明白言说的，是需要深深掩饰的。

　　读研期间，每个周末，我都能看到李静到中国人民
大学去会她的老费，回来以后带着些老费做的好吃的，
和我们一起分享。她自然而甜蜜地以"老费"开始她的
很多个叙述句，这太让我自卑了。我的那个与"老费"
相类似的爱的对象，他到底在哪里啊！也是在这同一

段时间内，我和李静共同的好朋友徐徐，她在天津南开大学附中工作了，邀请我到她那里去玩，她的情郎刘占国兴致勃勃地在他们支在南开大学教单楼楼道里的煤气灶上做炸鸡给我吃，欢乐的重逢使我在路上独行时的感伤倍增：我的那个与徐徐的刘郎相类的人，在哪里啊！可是这种对于爱和被爱的渴望，怎么好意思写在文章里面呢？所以，那时候给刘老师看的文章，都是写家人、父母，写童年时代对于田野的阅读、青少年时代对于书本的阅读，只不过串联起这些可以明白言说的人和事之间的感情的，是种种带着感伤情绪的句子。看了这些文章，刘老师说："写散文，就是要拿开人格的面具。"

这简直就是一记棒喝，是发生在我的灵魂中的爆炸。我的身体依然是我的，它安静地存在着。但是我的心，已经变了，它被充满快感地深深刺痛着，它兀自在继续独行的路上翻江倒海。我的耳朵一旦听到这一句话，我的心，就永远不会忘记，并且，永远也回不到从前了。

"拿开人格的面具"？刘老师是不是在说，用不着总是用那种貌似"美好"的光，照亮所有的文字和叙述？他是不是在说，把自己的分裂和扭曲，把自己的难以言说的爱的秘密，写出来，交给读者，这个事情不丢人？那时候在我们班的同学里，有一位我暗恋的人。暗恋他的原因，是他念书特别多。可能这个同学知道我对他的景仰，只不过某一次用试探性的语气说了一句喜欢我，我就感动得一塌糊涂；而不到一个月，当他提出我们之间不合适的时候，我又伤心得一塌糊涂。在无数个失眠之夜，我想起刘老师的话。也许这件事情，就是那种可以让自己拿开人格的面具的事情。那为什么不把它写下来呢？重点不是对这件事情的评价，重点是通过这件事情袒露自己，将自己的扭曲、分裂、与事件体量不相符的伤感和盘写出来，实践一次刘老师的"人格面具"理论，完成一次对自己的救赎和解放，会怎样？这个实践，落到实处，就是我后来写在《舞缘》里面的故事。我也将刘老师教导我的这一句箴言，写在了《舞缘》的自序当中。

《舞缘》出版以后，我分送了一些给我的同学和朋友，当然也给了刘老师、李壮鹰老师、童庆炳老师、程正民老师、罗钢老师、脚印师姐等诸位师长。让自己认识的人看自己在感情上所经历的尴尬，这在以前的我，是不可能接受的，也是没有勇气面对的。但是《舞缘》的所写和我送书的经验，让我认识到，在我的老师和朋友们看来，文章所写的内容、所选取的素材，比起作者渗透在里面的袒露自我、与读者真诚面对的勇气和自省，并不是那么重要的。有的时候我也会因为将我的那一位同学化名写进文章而忐忑，但是时隔多年，当我们毕业分别之后在某些公共场合相遇的时候，我很吃惊地发现，我和他，彼此都能够伸出手去，真诚致意。那时候，我确信，读书破万卷的他，早已明了我的写作动机，只不过是一种用袒露自我的方式进行人格上的完善而已，这应该算作某种自我治愈吧。这种袒露、面对、自省和自我治愈式的写作，力量正是来自刘老师的"人格面具"说对于我的令人疼痛又欢乐的开示。

上面说的是刘老师的"拿开人格的面具"的开示，是如何让我领悟到写的自由的。刘老师那时候特别热心地推介几位青年女作家的写作，像斯妤、叶梦，都是刘老师常常提及的女作家。我现在还能清楚地记得，刘老师介绍我和张宏去拜访作家斯妤。时间是一个夏天的夜

晚，长风浩荡，我们两个人骑着车子到东四十条，斯妤
的住处。作家热情接待我们，谈论了些什么，我忘记
了，只记得作家在冰箱里冻了很多瓶装白开水，拿给我
们喝。我们高高兴兴地聊，并没有去想一个工作很忙的
作家，为什么愿意花时间接待我们这两位愣愣的文学小
青年。今天当然明白了其中的道理：是刘老师介绍的
啊！斯妤敬重刘老师，也愿意倾听刘老师的学生的一系
列幼稚的问题和感想。总之，正是在这些刘老师常常
提及的女作家的文章里，我知道了杜拉斯，并且去追
逐杜拉斯的所有作品，进一步知道了，"拿开人格的
面具"，就是在更高级、更自由的意义上获得自我的
尊严。

所以，事实上，这句我多年来已经当作"律令"
的刘老师的话，不仅是我必须遵循的写的标准，也是一
种读的标准。简单来说，就是，那些能够拿开人格面
具的作者，那些能够与读者真诚相对的作者，那些能
够让读者体会到作为读者的尊严的作者，就是好的作
者。当作者将自己完全交付到写作中时，读者也借此将
自己完全打开；当作者在写作中坦陈人生的种种尴尬和

对理想世界的不懈追求时，从读者那里换来的，必定是带泪的会心；当作者将自己的爱的梦想、爱的宝贵、爱的挫折放置在文字当中时，读者在这里也就经验着与自身经验高度重合的爱与被爱，以及失败的经验了。自由和解放，就是在这个过程中实现的，人作为人的理性，也是在这个过程中获得的。这是一种勇敢的自我审视、自我省察的精神，它同时意味着对他者的包容、爱护和尊敬。

在阅读杜拉斯《抵挡太平洋的堤坝》的时候，我有这些体会，在阅读王小波《我的师承》以及《一只特立独行的猪》的时候，我也有这些体会。前几年，阅读学生向我推荐的新疆青年女作家李娟的作品，我也有这些体会。用这种体会去反观那些早已成为经典的著作，与那些杰出的评点大师共同研读《水浒传》《西厢记》《红楼梦》，以及《西游记》当中的种种情节和细节的时候，方才领悟到，原来那些文字所写的生活的经验，是鲜活的，作者和人物的心，是怦怦跳动的。在这些文字中，模拟着他们的衣食住行、爱恨情仇，想象着他们所穿行过的山川风物、所体会过的雨雪冷暖，感动就这样发生在从来不相识但是永远不陌生的人与人之间。依然是独行在路上，但是我们不孤单。这种敢于觉得不孤单的勇气，以及不仅不孤单，还时时在心里感念那些提供了优秀作品的人，这一份胸襟的获得，也是刘老师的"拿开人格的面具"说所启示的。

不过我最后还是要说，不管我前面说到多少例子，在刘老师的"人格面具"概念里，比起曹雪芹、施耐庵这样的古典文学作家，我认为他更愿意关注像杜拉斯、王小波这样的当代作家，如果他曾经读过李娟，我猜他也会喜欢李娟。因为这几位作家的任务及其超乎寻常的能力，就是自省，就是在自我剖析的基础上来剖析他人和社会，然后又能将自己的爱播洒给他人和社会，这才是"拿开人格的面具"真正要求的。它直接指向中国文学现代性的匮乏之原因，同时也提供了解决的方法。在这个意义上，刘老师的箴言，是为一个时代及其文学说出的话。

西班牙电影导演阿莫多瓦拍过很多很好的作品，其中有一部叫作《关于我母亲的一切》，讲到各种为了实现自身理想不懈努力的人的故事。其中有一个人物，他是一个男人，但他的理想，则是让自己变成一个女人。在一个偶然的机会中，他得以公开自陈他（她）为了获得一个接近于自己理想的女性的形象，要持续不断地花费大量的金钱，忍受各种手术的痛苦。站在舞台上，他（她）面带笑容，极为沉醉地跟观众讲述自己在"成为一个女人"这个过程中的心得，最后总结说："每当我向着自己理想的形象靠近一步，我的人生就多了一份成功。"这个片子我看了很多遍，每当看到这个自称阿悦的他（她）为了女性美而奋斗的自陈的时候，都会忍不住开心地笑起来。然而为什么我会喜欢这个情节？今天，在写到我与刘老师有关的一切的时候，我知道了，这个人物的所作所为，就是一个非常典型的"拿开人格的面具"的事例，阿莫多瓦在他的人物和观众之间，所达成的，原本就是为了美本身的真诚袒露。他们首先考虑的，并不是通常意义上的对与错的问题，而是真与假的问题。

这就是除了写作和阅读之外，刘老师的"拿开人格的面具"说对我的人格形成上所起到的作用。在我们念书的时候，中文系的学生中流传着一种说法："见到刘锡庆和王富仁老师的背影，就能够感受到北师大中文系的独立之精神。"这虽然只是那个时代学生中的一种说法，但它很准确地说明了，学生们都能很清楚地意识到，刘老师的笑眯眯和王老师的金刚怒目所拥有的对青年学生的感召力和启示力，是一样的。这也说明了，学生从所有北师大中文系的教师中所归结出的最适于代表这个群体的精神向度，在刘老师和王老师的身上，体现得最为鲜明。作为北师大中文系学生中的一员，我能够清楚地感觉到，所有为我们传道授业解惑的老师们，他们所共同拥有的属于知识分子的"独立之精神、自由之思想"的力量，是永远令人骄傲的。

/ "拿开人格的面具"的文学史意义 /

然而我依然不认为刘老师的这句话仅仅对我有益。我认为这句话具有文学史的意义。

在认识刘老师之前，我对于散文的理解，全部集中在"大略如行云流水，初无定质，但常行于所当行，止于所不可不止，文理自然，姿态横生"以及"形散神不散"上面。这些表述，奠定了今天的人们对于散文特质的基本理解。如果说，苏轼的话代表了对中国古代散文写作的最高境界的体认的话，那么以肖云儒先生为代表的散文"形散神不散"的说法，则代表了新中国散文写作既吸收了古典散文的形式自由，又强调了主流价值观在散文写作中的核心地位的观点。到了二十世纪九十年代，以《美文》杂志为代表的"大散文"观念和以刘锡庆老师为代表的"艺术散文"观念，也非常鲜明地代表了二十世纪九十年代散文观念大讨论的两个基本向度。前者强调散文写作及评价的大格局、大境界，后者强调散文作为一种抒情文体的自主和独立。尽管上述种种观点（包括刘老师自己的"艺术散文"说）都为我们今天理解散文这一种文类提供了特别宝贵的内涵，我依然要提醒自己，并不能将"拿开人格的面具"的说法，与上述说法混杂在一起。换一句话说，那就是"写散文，就是要拿开人格的面具"。这一句话所包含的内容，是前面的种种经典表述尚未涵盖的。

"拿开人格的面具"事实上是对中国当代文学的

现代性的要求。这种现代性，是苏轼那个年代的写作者所不能明了的，也是二十世纪九十年代我国主流媒体进行散文观念大讨论的时候没有涉及的。正如孙郁先生所讲的那样，刘老师是他那一代的知识分子中少有的接续了五四传统的一个，也是审慎看待"文艺为政治服务"的文学单一功能说的一个。所以刘老师所要求的人格之独立，是对封建士大夫文化的一种彻底摒弃，是对"主题先行""形式为内容服务"的深刻省思，他强调散文写作的"自我性""内向性""主观性"。这种"自我""内向""主观"，并不是对现实的脱离和漠视，而是对作者要以"自省精神"为写作前提的基本要求。

然而做到这种基本要求，实在是太困难了。因为自省的精神，就是理性的精神，这正是中国人和中国社会最缺乏的。在这个意义上讲，"拿开人格的面具"，它不仅仅是对现代性的召唤，而且还是对国民性的当代含义的审视和警醒。也许正是在这个意义上，孙郁先生敏锐地指出了刘老师和五四文学传统之间的关联，因为鲁迅及其一切文学观念的顶峰，正是对于中国国民性的审视和批判。他的永不言退的战斗力，就是在不遗余力地揭开并撕去遮挡在我们的自由人格面前的重重面具。

由于每一个时代所凝练出的散文观念都因其时代性而具备合理性，刘老师的"拿开人格的面具"说所召唤的人格之独立，也必然成为他为他那个时代所贡献的有关散文观念的极为独特的时代内涵。这种时代内涵，指向一种解放的期望，指向一种将中国当代的散文写作，从各种形式的自我奴役、虚假荣耀和对构建一个独立自由的精神世界的无比漠视的习惯中解放出来的期望，这是对当代中国散文精神气质的召唤。如果我们不认真面对这一种召唤，在刘老师的那种总是笑眯眯的表情里，人们就很难领悟到这一句话当中的战斗性；但是如果我们能够认真面对这一种召唤，我们就不能若无其事地面对那些习惯于道貌岸然地进行伪装的、从不反省自身的、塑造种种等级和权威并津津于与各种权力或利益相依附的散文创作。如果这样的话，用刘老师的话来说，那就是：不仅没有拿开人格的面具，反而是乐意戴上重重的面具。由于这些面具常常存在，很难消除，所以，我认为，刘老师的"律令"，是饱含着文学史价值的，

也是饱含着思想史的价值的。他的律令，对于今天的散
文创作和批评，依然是充满启示作用的，对于今天的我
们如何构建更加理性、更加独立、更加具备自省之勇气
的时代精神，也是充满鼓舞和召唤的作用的。但这种作
用，是需要我们慢慢消化、吸收、领悟和实践的。

2018年1月

第五辑

好友读后和附录

阳光里的裴老师和她的文字

胡　杰

/ 永远的电影话题 /

裴老师刚来西安工作不久，老刘就带着她到我家做客。后来，因为裴老师家的房子更宽大舒适，我们一家人更多的是去她家做客。其中大多数时间是要在她家吃一顿饭的。饭菜都很家常，山西人，面食居多。但我们非常享受这吃饭的过程，因为隔上一段时间没见面，我们就又会积攒出许多新的话题。新近上映的热门电影，永远是我们的话题之一。

裴老师这本新书中，也经常会穿插她关于电影的评论与感受。在《蓝田日暖心生烟》中，她写到自己曾关注过电影如何表现江南的绿以及四川的绿。她提到的二十世纪八十年代的电影《逆光》《太阳雨》《给咖啡加点糖》等，我应该也看过，但完全没印象了。《绝响》《心香》和《家丑》我可能根本就没看过。至于《变脸》和《被告山杠爷》，这两部电影我不仅看过，而且非常喜欢。可是，至于这两部电影里是如何表现四川的绿的，我又没了印象。在《"写散文，就要拿开人格的面具"》《在客厅写作》中，她还提到过西班牙电影导演阿莫多瓦的电影《关于母亲的一切》、台湾导演杨德昌的《恐怖分子》以及美国电影《时时刻刻》等。这些电影，我都是头一次听说。知识渊博、看电影的视角独特，就是我要向裴老师致敬的地方。

有一次聊起《秋菊打官司》，裴老师夸奖巩俐的表演传神：为了打官司，秋菊从村里跑到乡上，又从乡上跑到县里。因为村长拒不道歉，她又跑到了从来没去过的市里。茫然地站在大街上，想找个便宜旅社落脚，一辆三轮车停在跟前揽客。三轮车夫看秋菊与妹子是乡下人，张口要四十五块钱。秋菊嫌贵，车夫降到三十块，说保证把她们拉到地方："坐在车上，你们还能沿路看街景呢。"下面的镜头里，三轮车在人流、车流中拐来拐去，巩俐就一直在抻长脖子往外看。《秋菊打官司》我也看过，怎么就没注意到这样一个细节呢？后来，在网上专门重看了一遍这部电影，佩服巩俐的表演，也佩服裴老师的洞察力。

《看电影和一个人的别裁史》是裴老师专门从看电影的角度讲自己成长的心路历程。她写到，她看的第一部电影，是《大浪淘沙》。给她留下深刻印象的，是一个父亲踢翻脚下的凳子上吊自杀的场景："绳子做成的套圈和踢翻的凳子拼接在一起的画面，是我童年认知中最恐怖的画面之一。"看电影《牧马人》，裴老师体会到的是自己作为乡村知识青年与电影中的男主角，上海知青许灵钧对待乡村的感情和态度的本质差别。落实政策之后，许灵钧痛哭失声。"显然，他认为，他是上海人，放马委屈了他；而我呢，我永远觉得自己是裴社西村的人，叫我放马、放牛、种菜，哪样都觉得是应该的，是正常的。更何况，马房里面的事情，是那么好玩！"由此，引出她对马房这类乡村公共空间的怀念。放下一个电影研究者的理智与冷静，文中更多的是关于电影的感性认识和情感体验。比如，裴老师细致地描述了与父母一起看《红高粱》的浑身不自在。这部"不再作为粮食存在的'红高粱'"，被她当成了自己少女时代的一个休止符。

讨论新看的电影，多数时候我们的看法都趋于一致，但分歧也会有，姜文的《让子弹飞》。我们可以保留自己的观点，可有的人却敢于挑战、藐视裴老师的权威，比如刘丁同学。有一年，裴老师的一本新书在小寨的万邦书城搞首发，我们夫妇也应邀到场助兴。裴老师在讲话中，提到了《让子弹飞》，毫不掩饰她对这部电影的欣赏。黑压压的听众正听得专注之时，旁观通道口有个半大小伙子冷不防大声插嘴，仔细一听，全是对这部电影以及对裴老师观点的严重不屑。裴老师也是个有身份的学者和作家，又是她的这样一个"大日子"，是谁这么不给她面子呢？天底下没有第二个人，他就是刘丁同学。估计娘儿俩在家里已经为这部电影展开过多次论战，饭桌上势均力敌，谁也没能说服谁。于是，刘丁同学把战场悄悄地转移到了万邦书城，打了裴老师一个措手不及。这个刘丁比我儿子小半岁，当年，我儿子的婴儿床"退役"之后，刚好传给刘丁用。受妈妈影响，刘丁上中学时就读过很多书，包括能找到的所有版本的《红楼梦》。还因为会弹一手好吉他，刘丁同学看上去比妈妈更文艺。后来，裴老师到美国纽约做访问学者一年，就带了她的"冤家对头"刘丁一起生活。娘儿俩的这段日子，又被裴老师写成了一本让人拿到手上就不愿意放下的随笔集——《只有松鼠了解我的心》。

在裴老师家做客，走的时候，常常会得到她的馈赠。属于精神层面的，有影碟和书——小津安二郎的电影集，就是裴老师送我的。有一回，裴老师还送我一本关于电影的书，《中西风马牛》。这本书写的是老外眼里的中国电影——在不同的文化背景下，一些中国人想当然的事儿，老外却能咂摸出别的味道。比如，看了《离开雷锋的日子》后，一位女老外就认为，雷锋如果活到现在，只有两种可能：一种可能是，他会被累病。

因为需要帮助的人很多，而占他便宜的也会很多。因此，他会成为中国最穷的人，也会是最累的人。第二种可能，他会非常痛苦。因为他无法理解周围的变化，而中国的变化又太快了。弄不好，他会得精神病。不管哪种结果，雷锋都会住进医院。当然，因为雷锋是全国人民学习的榜样，所以国家会给予他照顾的。

第三位老外说，通过这部电影，让他知道雷锋是个很可爱的人，在很多方面跟自己相似，比如他做的一些好事，自己也做过。但自己并不认为做这样的事有什么了不起，所以不会把它写进自己的日记里。

读这样的书，当然是一件轻松快活的事。喜欢读书的人，往往也会喜欢电影。我的中学同学黄政虽然是个企业家，但也是个书虫和电影发烧友。关于电影，黄政干过一些疯狂的事。比如他曾花一万多元，买了一套崔永元的《电影传奇》碟片；又比如，他考证过这样一件事：抗战期间，很多游击队员的驳壳枪都是插在腰带上的。因为有时候会和敌人短兵相接，为了更快地拔出手枪，有些游击队员会把瞄准器卸掉，他们射击的精准度已经到了完全凭感觉的地步了。从史料上看到这个细节后，黄政就留意寻找这种不带瞄准器的驳壳枪。可是，去过很多博物馆，都没有见到实物。但是，看老版电影《平原游击队》时，他发现，李向阳用的驳壳枪，就没有瞄准器。因为喜欢电影里的驳壳枪，黄政就从香港淘了一只驳壳枪的枪套，挂在了自己家里。

因为书和电影，又因为我，黄政自然也成了裴老师和老刘的朋友。黄政回西安的时候，只要有点闲时间，必定要和我们夫妇一起去裴老师家做客，和裴老师两口子聊聊电影。每年冬天，黄政都会从江西寄来新采的冬笋，一定会叮嘱我，给裴老师送一份去。在黄政的眼里，裴老师与老刘就是一对"神仙夫妇"。

"神仙夫妇"其实也喜欢人间烟火。有一回，裴老师跟老刘去电影院看《桃姐》，看到刘德华大吃牛舌，不禁想起家里还有一根猪舌呢。猪舌是我们自己腌制的，风干之后，过年见面时捎到了裴老师家。这看上去脏乎乎的东西，两位山西人顺手挂在厨房外面的露台，就忘了这茬儿。看完电影回来，裴老师立即把它泡了，煮了。下次再见到我们，裴老师对我们的手艺大加赞赏，而且确信，我们制作的猪舌绝不会比刘德华吃到的牛舌差。

这就让我们非常得意。因为看起来，我们也有光芒照到了裴老师身上。

/ 生活经验与普通人 /

我比裴老师要年长几岁，在西安城里长大。但是，裴老师书中说到的一些关于山西乡村家乡的事儿，我也一样经历过。比如看露天电影，又比如家里请木匠来打家具、请油漆匠漆家具。

二十世纪八十年代初，我们家搬了一次家。我的父母都是一家国有企业的工人，我妈开电瓶车，我爸开汽车。记得是在我上高二的时候，我们从厂里的"鸽子楼"搬到几十米外一栋改造后的老楼上。"鸽子楼"是一栋"文革"期间盖的、红砖裸露在外的简易楼，因为房间太小而得名。厂里的家属院，原先都是二十世纪五十年代盖的苏联式三层楼房。后来，因为地震，也因为房子不够住，厂里在用钢筋水泥加固老楼的同时，把楼顶的人字顶棚拆掉，又加盖了两层新楼。我家新房就在加盖出来的两层里。房子比过去宽敞了，"鸽子楼"里的家具也早都不成样子了，我父母就请木匠给我们家做了一套家具。那时候，有木匠在院子里搭着棚子，张家做了李家做。给我家做家具的几个木匠也来自河南，拿事儿的叫小刘，一个憨厚、爱笑的小伙子。我的父母也像裴老师的父母一样，待他们像自家人一样。到了二十世纪九十年代，退休后的老爹老娘要把房子简装一下，请来了一支装修"游击队"。他们二位还像当年对待河南木匠小刘一样，厚待"游击队员"。结果可以想象，他们被狠狠坑了一道，从此知道了什么叫人心不古。

　　裴老师家的家具，是请一位小学美术老师给漆的。漆过之后，这位客串的匠人又用报纸捏了一个团，在刚刷过的油漆上沾出一溜儿花朵来。我家请来的油漆匠，其实也是这么沾花来着。听我爸说，这位油漆师傅挺鬼的，他把沾花的事弄得很神秘，不愿意让人看见。越是这样，我爸越是好奇。结果，他干活的方法还是被我爸偷窥了去。和裴老师家请来的美术教师有所不同，这位油漆匠用的不是报纸，而是不容易变形、沾出的花朵形状更统一的蜡纸。

裴老师笔下的木匠、油漆匠引起了我的经验共鸣，而她笔下有的人，我也是熟悉的。比如，老刘的母亲、裴老师的婆婆。二十多年前，老刘第一次喊我去他家吃饭，我就认识了阿姨。饭是简单的面食，阿姨做的。以后去老刘家，多数时候都会见到这位总是笑得满脸褶子的老太太。阿姨不识字，而且如此善感，这一点我倒是从裴老师的文字里才知道。嗓门很大、身体非常健康的阿姨会买一把花回来，让裴老师意外，也让我意外。让人心头一热的是，阿姨连同手里的花一起递给知识分子儿媳妇的一句话："你喜欢嘛！"（《穿越麦地》）

裴老师的书中，会出现很多的人名、地名。别人也许觉得并不重要的人名与地名，裴老师也会很庄重地写出来。特别是人的名字，有时候可能仅仅提到过一次。一个人的文学素养，从其写人的功底上最能看得出。就像一个画家，画点花花草草看不出名堂，但只要画的是人，几乎一眼，就能看出水平高下。裴老师笔下的人物，有时候只是不经意的几句话，就能勾画出神韵来：

"果花的妹妹，果丽。她是她们村小学的教师——红红的圆脸，沉静的表情，心里有许多深沉的人生感慨。"（《蓝田日暖心生烟》）谁会这样描写二十出头的乡村女教师呢？应该只有裴老师了。

裴老师写人，常常是从日常经验入手，比如写良萍的奶奶。因为淘气的孩子们喜欢在柿子成熟时摘取果实，村上选派最"厉害"的老太太来看守这个柿子巷。良萍的奶奶为什么这么"厉害"呢？因为她是个只有孙女、没有孙子的奶奶。良萍的妈生了七个闺女，生到后来，老太太已经很不爽了。裴老师的证据是，良萍妈生到老六、老七的时候，村里产妇最典型的饭食红枣稀饭都没有了影子——老太太火了，不伺候月子了。于是，一个据说本来就"厉害"的老太太，在持续的不爽中，变得更加"厉害"了。这样认识一个人，来自裴老师的童年经历："记得良萍的妈生她的某个妹妹的时候，我妈带我去看她妈，两个因为生了太多女儿但没有儿子的妈妈相对哭泣。这个经验让我知道了，有弟弟是多么重要的事情。所以后来妈妈生弟弟，我打心眼里感到开心，因为妈妈似乎完成了自己的人生目标，她高兴了，

我也就解放了。"（《从田野走向文字的路程》）

书中，还有一些人物给人留下了深刻印象，比如大居安村的春玲。到裴老师家做家政，春玲常会给裴老师家带一些从自家菜地里拔出来的、带着凉凉露水的青葱和萝卜，或者自己做的搅团、油泼辣子、浆水菜以及苞谷糁子。春玲希望通过裴老师的介绍，找到更多的活干，就像她当初被蔺师母介绍到裴老师家工作一样。裴老师当然也这样做了。写春玲时，裴老师的日常经验显然还结合了她"写散文，就是要拿开人格的面具"的文学理念："我喜欢她的这些带着一些目的性的礼物，而且很喜欢。喜欢的是这些物件的水润新鲜，更喜欢的是这里所表露的她的心迹——生活总是要朝着一个自己所愿意的方向去的。"（《住在乡村附近》）对于勤劳且情商挺高的春玲，裴老师的欣赏不加掩饰。特别是春节前，春玲带着上大学的女儿一起来她家打扫卫生之后，这种欣赏甚至发展到将春玲的女儿与刘丁同学进行横向比较，导致了裴老师与儿子、丈夫之间的一次不愉快。

在离家不太远的仁家寨村，有当地农民开发的"开心农场"，裴老师两口子在这儿租种了一块地。一个四川老头儿在这儿看菜园，兼任种菜的技术指导，还干些发放种子、帮大家浇地的活。这个沉默、孤独的老人，让裴老师联想到自己那也曾到几百公里外担任蔬菜基地或者种子培育基地技术指导的父亲。从老人的孤寂，裴老师联想到当年父亲可能同样经历过的那份孤独。"我喜欢这个老人。因为他以一种度过自己老年生命的方式，给了我一个怎样经历孤单的范本。在某一些时候，我会因为窥见了他在不经意间表露出的笑意而不由得自己也高兴起来；在另外一些时候，我因为要到他房子附近的水管去提水，由此听到他的小房子里居然传出有人说话的声音，是长安话，孩子或者老太太的声音。这时候我甚至会激动，会感动——在貌似孤单、沉默的生活里，他有他的朋友和真正的生活，这多好啊！"（《住在乡村附近》）

　　一次，裴老师到安康讲课，给学员带去了很沉的材料，必须有人帮忙才能弄出车站。车到站了，接站的陈老师却没有出现。在等候的过程中，一位"草鞋老人"来招揽生意。因为和陈老师有约在先，裴老师不好擅自离开，又怕陈老师没有带有轮子的小型搬运车，因此没有明确拒绝"草鞋老人"。"草鞋老人"一边很想揽下这趟活，一边又担心站台工作人员的驱赶。等了十分钟，老人只好一步三回头地走了。而陈老师来时，果然没带有轮子的搬运车。一个读书人勉强客串搬运工，于是，一件洁白的圆领汗衫，出站后就很不体面地被汗水湿透了。

因为自己的犹豫不决，让陈老师受了累，又让"草鞋老人"失去了一次挣钱的机会。这样一件在别人那儿就是哈哈一笑的小事，到了裴老师这儿，却是件不断后悔，以至于半夜要摸出日记本，把它写下来，认真自我剖析一番的大事："睡着之后，梦到了阳光过于充沛的车站，梦到了黑衣老人的草鞋。我将他的草鞋捧在手上，对他说：'哎呀，你的鞋很好啊，和大自然有着直接的联系。看到你的鞋我就想到了山间小路和草叶上的露珠。'即使在梦中，我也知道自己讲话的腔调极为可笑，可是草鞋老人并没有笑，他说：'是的，草鞋上山最好，它很轻，能省下力气背东西；并且，只有沾上点露水，这草鞋才会变软，不扎脚。'"（《从安康到宁陕》）

同样是一次知识分子与体力劳动者的偶遇，裴老师笔下的"草鞋老人"，是不是有点像鲁迅《一件小事》里的人力车夫呢？

/ 被穿越的"麦地"以及自己 /

裴老师写过物理上的穿越："一进山洞，信号立即消失，而在山洞外的时间一闪而过，信号也是一闪而过。"（《从安康到宁陕》）但她的文字中，更多的还是时间上的穿越。穿越的终点，都是她的裴社西村及其周边。

像柿子巷一样，马房也是裴老师童年最喜欢的地方之一。她细致地写到了"庞大的牲畜嚼动嘴巴"、看马房的爷爷，还特别写到了马吃的各种草料与工分的关系："由于经常到马房消磨时光，认识了很多种牲口爱吃的草，知道大人交来的各种草料，哪一种记的工分最多：莎草五斤一分，板板草六斤一分，爬地龙七斤一分，那种开狗尾巴花的草，八斤才顶一分。多好玩！在我有了这个知识之后，再在田间地头看到这些草，心里

直接想到的就是它们在马房爷爷眼里的等级。"（《看电影和一个人的别裁史》）

老刘曾经说过，裴老师是个"菜二代"。对于蔬菜，裴老师的记忆当然充实而完整。裴社西村就在县城边，从初二到高中毕业，在县城上学的裴老师都是步行回家。"直到现在，我都依然很怀念那些年在回家路上寂然独行的岁月和情形。我说情形，是因为那个过程是很有画面感的：经过的道路是丁社西村菜地间的一条生产路，那条路的两旁除了冬天萧索肃穆，一年里其他的三个季节，都是各种蔬菜竞相成长的好时节。我所走过的路上，有的时候堆着一些刚从地里采摘出来的黄瓜、西红柿、圆白菜、茄子、青椒、冬瓜、大白菜，等等；有的时候则堆着一些被拔掉的黄瓜蔓、西红柿蔓、茄子苗或者冬瓜蔓；有的时候，尤其是夏天，那些烂掉的青椒、从一棵棵圆白菜上面清理下来的老白菜叶子、从西红柿蔓子上面掉下来的被太阳晒白了的西红柿，它们也被堆在路上，散发着浓重的因过度成熟而腐烂的味道。太阳，一年四季的太阳，它的亮度、温度和颜色，也都有所不同，并且在与各种蔬菜的姿态交织的过程中，显

出不同的脾气和性格。这一切的变化和恒常，都是那么迷人。"（《从田野走向文字的路程》）

写过家乡的菜地，裴老师又穿越回来，写属于自己的菜地："田野的春天，比校园的春天来得要早很多啊！自己的那一块地，居然也是绿茵茵的一大片！菠菜籽长出了菠菜，油麦菜的籽长出了油麦菜，青菜和香菜，各自都长出了属于自己的叶子，散发着属于自己的香味。在自己没有任何作为的情况下，种子和土地还是给了我想要的。种子多好啊，土地多好啊！无言的，但是确信的。"（《住在乡村附近》）

因为有对泥土和种子的这份亲情在，一个人对大自然才会有更深切的感知。裴老师最喜欢做的事情，就是和老刘一起去爬爬山。因为，"秦岭的空气是浓郁的"。在陕西，香椿不是什么稀罕物。可是，到了裴老师的笔下，香椿就有了不一样的形态与味道："果花家的院子里除了一棵枣树之外，还有一棵高高的香椿树，笔直的树干直指深蓝的天空。她的父亲说，一大早，他就搭上梯子，在下面扶着，让果花的弟弟爬上去，用钩镰将香椿芽钩下来。他正说着，我就闻到了厨房里飘出来的香椿芽被切碎之后的气味。连忙跑进去，看到果花的妈正打算用香椿芽炝锅。午饭是臊子面。切了那么多，还有那么多！都洗得干干净净的，放在一个浅浅的篮子里面，用一块白布盖了半边。她的妈妈说：'吃吗？生着就可以吃的。'那是多么诱人的味道！仰望着它所生长而来的大树，知道这一棵树长在怎样的山水和院落里面，又面对着把它们从树上钩下来的黑脸庞的父亲。所以，这香椿芽，除了自己的味道之外，还让我吃出了更多有关人的生活的味道，甚至天空的味道。"（《蓝田日暖心生烟》）写到这里，裴老师看二十世纪八十年代的老电影时，为什么会去琢磨人家怎么表现"江南的绿"和"四川的绿"，是不是有了答案呢？

　　为一句"蓝田日暖玉生烟"就会向往蓝田的人，当然比较"小资"，也有点矫情。但是，裴老师眼中的风景，却都是属于日常的。"在我所见过的羊群中，从来没有洁白的羊群，那脏脏的羊毛让我觉得世界终究是日常的。"（《穿越麦地》）因此，尽管对故乡怀有深厚的感情，尽管"对农村的记忆不是贫瘠而是丰收，不是自卑而是自信"（《看电影和一个人的别裁史》），可无论是空间上的穿越，还是时间上的穿越，裴老师笔下的故乡都不是唯美和田园牧歌式的。

在《和奶奶有关的记忆》中，"奶奶"是裴老师童年记忆的另一个缩影。不同于马房和柿树巷的快乐，这里的经验是酸涩甚至痛苦的。在诗化文字的叙述中，"我"的感受是阴雨天徒步乡村道路，布鞋是湿的、不舒服的，心里希望有一双雨鞋，奶奶的鞋子也是湿的。因为低血糖，奶奶晕倒了；而奶奶本来是要从一块盐腌的肉上切下一片，给"我"吃的。晕倒前，奶奶切肉时，割伤了自己的手指。那块盐腌的猪肉旁，有奶奶流的血。痛楚的记忆，还包括炕上总磕到脑袋的"板儿"。还有呢？还有大声训斥奶奶的生产队长！

"昔我往矣，杨柳依依。今我来思，雨雪霏霏。"上大学十年里，火车一临近家乡一带，裴老师的眼睛就会发出光来："离家越来越近了，田野才更像田野，甚至可以说，自己认为只有这一带的田野才是真正的田野。"但是现在，却再也找不到这样的感觉了。这是因为家乡不断有坏消息传到耳朵里："故乡的田野也许还是原来的田野，但是看待故乡田野的心情，却难以改变地冷漠了。"(《穿越麦地》）其实，我更愿意把裴老师的这种冷漠，理解为一种保持距离的冷静。农村人解决了温饱问题，精神生活空间该怎样填充呢？

受裴老师和老刘的邀请，我们夫妇也多次去过仁家寨那块菜地。作为客人，我们只是去参与采摘这样一个最后的环节。走的时候，车上满载着裴老师他们的劳动果实。对我们来说，"开心农场"只是一种不一样的生活体验。但到了裴老师这儿，就有了更深刻的内涵："走在学校与大居安村之间的马路上，一边是学校的家属区、教学区以及图书馆，一边是面临着巨变的村庄和农田。我无比清晰地感觉到自己正走在一个由两种不同的世界交汇而成的交叉地带。这个地带曾经有过宽广的融合，但是现在，只有马路将它们连接起来。两边的人们并不真正融合，两边的生活经验也并不真正融合，知识分子和农村劳动者之间，大体上处在一种互相观望的状态中。那么，我的经验，我的在仁家寨支配一小块农田的经验，它其实仅仅是一种象征，象征着来自乡村的那一群人的一种特殊的、与土地和乡村紧密相关的、童年和青少年时代的记忆，这个记忆成为连接今天的城市和乡村、知识界和劳动者的纽带。从感受上讲，它是美好的，同时是令人感伤的；从经验上讲，它是'日常生活健康化'的，但它同时又是极为脆弱，并且是容易被摧毁的。"（《住在乡村附近》）由此可见，裴老师的穿越，早已经升华到了穿越自己的阶段。也就是说，她能够把生活中的"有意思"，变成文字上的"有意义"。

我们每次去裴老师家，落座的地方不是沙发，而是裴老师家的餐桌旁。即使不用餐，也是坐在那儿。在裴老师家，永远能喝到最清香的绿茶，能吃到口感最好的苹果。在北方，苹果很常见。早先，我家的苹果一般是随手放在厨房里，吃到后面，由于苹果水分丧失，不仅不再美观，口感也有如嚼棉花套子。直到去裴老师家做客，才发现苹果是一定要放进冰箱冷藏的。看了《在客厅写作》才知道，我们交流各种话题以及生活经验的这个餐桌，原来也是裴老师写作的地方。裴老师家本来很有品位的客厅，早已经被胖丫由着性子重新"装修"过，连墙上都画满了各种色彩的涂鸦。在这样乱糟糟、几乎没有机会坐下来的环境中，裴老师居然仍能坚持她的写作，这已经令我们感到佩服。更何况，从这样一张桌子，裴老师还能上升到"妇女写作的自由"这样一个高度。

"爱一切，与一切有关，不逃避，不敌对，不惊慌，不隐瞒。"裴老师就是这样一个率性的人。

2017年12月

我读过的裴老师的文字

许文军

1. 大学里写作的人比蚤子多，但大学生活贫瘠，于今尤甚。一个教师，人都干了，搁在家里头，一个半月都没人知道——这不是啥新鲜事。在这种情形下，文学是不能始终以疯狂为题的，因为会导致审美性被戳破，成了真的疯。写作，无非表达诗人"所不是"[1]

_____

[1] ［法］让－保罗·萨特："人是其所不是，不是其所是。"（《存在与虚无》）编者注。

的情形。所以，他们总是瞄准校园以外的东西，水光潋
滟，山色空蒙，像柏拉图的洞穴比喻所说的那样。大学
之于写作，是个回忆的基地，一个不直接出现于文学中
的隐形的第三方，一种虚假的生活停止状态，一种对一
生最后回顾的彩排，一种强有力地左右着远眺的角度与
方向的画外的力量。

2.　裴老师的语速和意念流转速度好像较他人慢，
仿佛任何一种声音、运动和意念的绵延进入她的文字世
界以后，立刻就统一于她特有的不疾不徐的节奏，连最
常见的风吹草动和某种滋味在味蕾上的蔓延，都带上慢
动作的样子。你几乎看不到特别突然的喷发和失控似的
跳跃，也没有强硬的拒绝与了断，更少有表里不一的锋
芒，图穷匕首见的戏剧性……一切都在她自己的温柔敦
厚里回环往复，她对它们的把控似乎从来不费力气。初
看上去，让人着急——怎么不急呢？读进去之后，不由
得心生忧伤，类似于一个母亲端详不知谁家跑出来闯世
界的孩子时，所引发的那种没来由的忧伤。不过，活在
人人眼疾手快的大学里，还能够沉溺于温存徐缓的文风

里，这本身类似于自我治疗。

2.1　所以，很自然地，你想试着去寻找朴素的表述和语重心长的叙述背后不便明言的大义。可是读完一篇之后，你得承认她是做到了言无不尽，你不想怀疑她是否在某个地方留了一手。也就是说，在她那里，体验的曲折呈现远比表达某个观念更重要。"行于所当行，止于所不可不止"，就是指对于体验的婉转扩展。而且，她是极乐意沉浸其中的。一个研究文学理论的教授，如果顽固地磨砺着自己的感受能力，使之保持清新和单纯，而克制自己不去引用廉价语录和卑贱的学术套路，从而不让它丧失掉个性和自然天性……这等于与自身的职业为敌，与整个体制对抗，跟威严的管理队伍叫板。没有人能够真实地体会在"分赃"狂欢里，兀自维持自发的诗意需要付出多大的代价，没有人，没有人懂得丧失感受力的恐慌。

2.2　不能对事物保有敏感与真诚，却能够轻巧地操纵本质，这是知识小丑的伎俩。

3.　看得出，裴老师对语言多么信任和依赖，对倾诉、描述和独白，这些在文学里最基本的品德多么富有温情、依恋和沉迷。我不愿意说是积习而成的东西，它其实会让人隐隐心痛，会让人想到除它之外的那么多的不值得信赖的东西。甚至你不需要理解她具体描写了什么，不必关心她所要表达的诸如优美与缺憾之类的主旨，单纯留意行文与字行的流动，就能觉察到某些言外之意，似流丝般潜伏于明确的主题之外。不过也可能是我的错觉。

3.1　心灵生存的秘密在于，是否能够找到一个入世方式，一个切实地捕捉事物意义与性质的方法，从而获得物质世界向你发出的邀约……那将是一个值得尊敬的人生成就和高尚的存世姿态。对此，不需借助官方认证——它是用来干更高级的事的。必须承认，多数以文字为生的人一辈子都不能使得语言与自身之间形成亲切的关系，语言永远冷冷地躲开那些骄横跋扈的新贵和老贵，或者在他们之间保持着某种片面的机械的热情……因为语言文字自身的德行要求，它在选择亲近者的时候，就试图避免某种始乱终弃的危险，虽然一再失算走眼。一辈子藏在讲台后面的文丐，躲在各种头衔下面的文痞，还少吗？

4. 令人讶异。作者对体验、观察，尤其是对记忆的那种近乎本能的投入和执着，使得有洞察力的读者几乎相信她作为作家、诗人的生活远超过作为一个日常生活的人的权重。仿佛每一次出门，每一次与人交谈，每一次邂逅，不外乎是为了选择某些可以入文的东西而已。你读一下她就某事的内部层次的追忆，就能立刻发现其中惊人的细致、倾情和对于一切可堪进入语言和述说领域的生活细节的着迷……甚至让你感到有些拘束拖沓，但更能让你推论出作者其实对于纷至沓来涌于笔端的所有记忆片段的无法割舍的珍爱与怜惜。以至于文字中明确表达的情感反倒不及这份对作家职业性的痴迷更让人感动。这个，不足为外人道。当然，一定会有大量的、她预设的过滤网不允许通过的东西。我们不要相信一个诗人果真会把一切体验都悉数交付文学。诸多东西中一定会被她看作非文学的、以耀眼的方式省略掉的那部分世界，以诗的形式来看，是不该明显存在的。一个经过语言文字的过滤和保护的人，会把危机四伏的世界化作缠绵的诗意，在诗意中更加清晰地描摹世界的温和、浑浊与蛮横，然后把它们转交给美。

5. 作为教授，总是不怎么敢关注道德义务、教育现状与良知的前景之类的大话题，也不常对环境保护或者反腐的主题表明自己的严正立场，而是把自己的视野始终滞留在都市之外，乡间、亲戚朋友之类。"狗吠深巷中，鸡鸣桑树颠"……这好吗？没有什么不好。

5.1 只要你不自封为某种人物，你就可以真切地感受自己日常生活范围内的事情，而你一经偶然的命运赐予某个起点，某个能经得起重返并且一再获得有力的援助、获得重新出发的推动力的地方，某个特定的时间和空间，那么你的精神便获得存活的权利，你将获得远比物理所规定的时间和空间广阔得多的领域——一个隐秘的园地，一个疆界不断扩展的活的国度。实际的故土与微不足道的童年只不过是些粗糙的谷物而已，只有精神才能使醇香的酒从杂质中产生。

5.2 诗人与常人的区别就在于，前者的心灵被死死地扣押在过去的某个情境里，挣扎一生都不能支付水涨船高的赎金；诗人和学者的区别就在于，后者可以对自身的依附物进行选择与改换，类似甲壳类动物，在选择上表现出更多技巧性、随机性、投机性或者江湖气。诗人天生而成，学者三混两混就是，只要搭对了伙。所以，执着于自己，不断地返回故乡与童年的诗人，一再地迷失在记忆里的诗人，是唯一一种使得机械的存在和堆积的物焕发出意义的神秘力量，除此之外的任何一种伟大或不伟大的技艺均可视为来历不明的自我放纵的异物。纯智力的学术研究不外乎打游戏，在这方面，大学几乎等同于游戏制作公司。

6. 再次声明。自由的精神毕竟不能以任意的方式存在，它一定会被嵌入渺茫之中，存在于命定和令人目盲的偶然性之中，在浑然不觉的童真与难以言传的沧桑之中，在房前屋后乱跑的小姑娘与未来繁多到令人焦虑的角色之中……一句话，不能反复回溯某个时期的作者，最多算是神经活跃的积极分子，而不能具有诗人的资格和使命，徒有完整无缺但内里空虚的一生而已。我读裴老师描写乡间潮湿的土地和植物的气味的句子，以及她描写住在家里的木匠的故事，是能够感受到她莫名的欢欣与内心的灵动的，只是有些哀愁在文外萦回。整个路子让人快意，所以是对的。

6.1　理解了这一点恒久往返的魔性规则，我仍然对裴老师大半时光都生活在城里的大学中，却对那里的生活漠然置之的倾向感到惊讶。难道高楼、道路、陌路相逢的都市人，以及发生在水泥地上的争斗和中间短暂的停歇，都只构成了虚假的幻影吗？或者它们只能以无形的方式潜伏于乡间风情画里？难道大学就那么不值一顾吗？瞅瞅校训和题字，以及衮衮诸公，不至于啊。

6.2　我发现她并不属于乡土文学。虽触目所及无非乡里乡亲，津津乐道的亦不出乡野世界。但不能否认，她视界超出故土乡亲的基本水准很多，在审美趣味与敏感性，在价值观与道德观念上，在审视同一轮月亮与同一群小鸡的时候，同出一源的两者判若两个世界的人类，绝无文章实际表现出的那样和谐一致，其中的差距无法掩饰和忽视。每每读到其父亲或者母亲的片段，我基本不会想到喜食醋面的山西人，倒总觉得和深沉无比的伊索有几分相似，至少与西方文学译文里的人物一样洋气和持重：他们在小小户牖之间，操持着最简单但极其隐秘的营生，在他们散淡和永不迷惑的日常操持之中，寄托了某种无法言传的信仰……这是经过世界文学浸润的文学观念过滤乡村记忆之后呈现出来的文字形态。如果在某些朴素的德行与善恶判断方面存在着某些重叠，那么她本人的感叹则较她的乡亲更加深重一些。我想，大部分不能重叠的感慨只能被放逐到文学的失地上。

6.3 历尽沧桑之后才能描述自身。

7. 因为相信她的真诚，所以时常会惊讶她怎么会对那么多的人和事抱持感激、缅怀和怜惜的态度，温情和宽容的态度怎么能够与真诚相安无事呢？那些回忆老师、同事和朋友的段落，我不愿意相信它们是应景文字，实际也不像是。不过换了我是下不了狠心念叨他们的好的，假话说多了，让人伤神。我问过她是咋搞的，她发给我一些表情包。

8. 另外，我不得不再次承认一点，那就是她所中意的语言与倾诉始终远离明确的、激烈的表达方式，从头到尾充满对生活的宽慰和忍让，是以轻声细语的、母亲般的口吻打发很快就过去的怨尤的……一次又一次获得对生活的谅解和轻微的数落过后，叙述本身则尤其让人忧虑和动容。她说她重新安心起来，她又发现什么人什么事的可喜和有趣……这些时候，让人徒增悲悯。假如不慎暴露了自己的脆弱，那么就是打爹骂娘也不算丢脸。可是有人就是不出声，沉默着，好像只要说一句"这多不好"，那一群穷凶极恶的拆迁人马就会立刻放下家伙，跪地开哭。

9. 是什么使得一个诗人能够在自己精心编织的语言世界里展开另一重生活？这是一个迷人的问题。比常人多出了的这一重缓冲层，也许正是世事显现意义的场所，而且是唯一的。常人的功利性、纯物理性、应激性的世界本身，可能是意义不明的。读读本文随处可见的集中的聊家常式的漫谈文字，即可捕捉作者置身于嘈杂之中却能认真制造出来的宁静和安详，以不扰人的安静的方式，描摹出世界温情有趣的面相。

10. 裴老师也有一串名头，专业也是可以忽悠一下的。可是你看她的文字，始终保持着乡村夜话似的质感与实诚，没有一点得意忘形的劲头，始终对四周环境的细微状况、声音气味，拥有着原初的欣赏和渴念，对于乡间生活的记忆总是那么容易被激活……让读者看得出，不是一个乡下出来的女娃拿着冠冕堂皇的学识知识伪装了自己不咋地的出身———一如诸多风流人物所做的；而是用天上乱飞的辞藻和学理，衬托出先前的鸡鸣狗跳，伺候着房前屋后的零乱物件与丰富多变的味道。她对于各种蔬菜种植的心得与骄傲，明显超过自己在都市里获得的成就。不装，从一个深刻的意义上说，几乎是这个时代极其罕见的德行和极为艰难的实践准则。在这个带有塑料气质的美艳的时代，一切事物均耻于表露自身，"隆胸美鼻"的大学言传身教，领风气之先。

她正是以乡间女子特有的方式来感知世事的，将世界上的烟粉灵怪，一律改写成用农家肥滋养大的西红柿、辣椒和豆角。毫不自卑，亦不故作声色地刻意辩护，这就让人愿意与之为友，与之对谈。

2018年1月

附录一：我的家庭和我的成长

裴茂盛

从我记事开始，我的家庭就是一个小有名气的富有之家，号称"石灰门"，因为大门是用白灰上过的——但是却过着并不富有的生活。

从爷辈的兄弟三人开始，到父辈的兄弟五人，全家二十一口人在一个锅吃饭，从不分家。直到1956年至1957年走向集体化才分家。家里的所有土地都归集体，牲口和大型农具也归集体。我家就分成了三间破旧房子。

因爷爷早逝，奶奶和母亲合住在一起。当时父亲在陕西富平县工作，家里的生活就靠奶奶和母亲两个小脚妇女，经常是为吃喝发愁。再加上房屋太破旧，真是破屋怕天阴。一到下雨天，屋里就漏水，用盆盆罐罐伸水①已经成了习惯。有一次，雨下得时间太长了，母亲怕房子倒了，叫来了好几个年轻小伙冒雨用大木头顶住。

特别是1960年前后，生活就更加紧张了，只要人能吃的，吃了能充饥的都拿来吃。那时我有十岁，还能懂点事，弟弟才三岁，每天饿得直哭。所以我老想着过年，要是过年，我就能见到我父亲，全家团圆。再来还能改善一下生活，吃上一点肉，吃上一点白馍。可是谁能想到在1962年父亲因病逝世，年仅三十四岁。我才十二岁，弟弟五岁，真是绳从细处断。本该②就是一个破烂家庭，一时间大梁折断了，顶梁柱倒了，一家女人

---

① 伸水，就是接水，实际上意为"盛水"。夏县话，"盛得下"，即言为"伸得下"（所有脚注均由裴亚莉作）。

② 本该：本来。

娃娃就没法生活下去。

我母亲虽然是一个非常刚强的妇女，但在这样的环境条件下，为了我和弟弟能够和别的孩子一样快乐成长，能够继续念书，就给我们找了个继父。继父是一个复员军人，脾气非常暴躁，所以料理家务还是靠母亲一人。那时候，我的幼小的心灵里一直在想：什么时候才能和别的孩子一样，无忧无虑地生活？什么时候才能吃上一顿饱饭，住上一间不漏雨的房子？1964年，母亲和继父在亲戚邻友的帮助下，把原来的几间破旧房子翻新另盖了一下，总算住上了几间新房子。

我上初中是在水头上的，当时水头中学也是公立中学。能上公立学校，就能搬迁户口，吃上国家标准粮，每月三十六斤，百分之八十是细粮，可以算是最理想的生活。可是我不行，咱们条件不允许。每月六块钱的伙食费咱付不起，只能自带干粮，上每月付一块钱的开水灶。

水头离我家十五公里，只能每星期回一次家背一回馍。奶奶和母亲再苦也不能让我给饿着，所以每次都给我带上足够的吃的。家里哪有什么好吃的，只能拿些高梁面馍、红薯面馍，玉茭^①面馍，这都算是好的。

每到吃饭的时候，看着别的同学吃的是又白又软的白面馍，我只能啃像牛肝一样的又黑又硬的干馍。每星期前两天还可以，一到后几天馍就变色了，成了白的、红的、绿的、毛茸茸的，开水一泡，就好像炸药一样的颜色。每天到了下午，嘴巴就不敢张，一张就有一股酸水往外流。这样，不到一年，我的身体就垮了。我母亲为了我能够继续上学，找到县教育局，通过教育局把我转到县中学。学校离家近了，每天可以回家吃饭，不管吃好吃坏，都能吃上热饭了。

刚进中学一年多，"文化大革命"开始了，成天游行、批判、武斗。我跟别的同学不一样，为了给家庭减少负担，我就回村参加生产队劳动。为了多记上点工分，我很早就学会了犁地、耙地、刮渠刮堾^②、播种等一系列农活。

---

① 玉茭，就是玉米，实际上我们平常说玉米是"稻黍"。不知道爸爸为什么写成玉茭。大概认为写成玉茭，更多人能看懂吧。在夏县的某些地区，人们是把玉米说成玉茭的。但具体是哪些地区，我却不清楚。

② 堾：田里或浅水里用来挡水的土埂。

　　有一天，比我大两岁的三管和山虎①跟我说，他们有个亲戚在学校搞修理，就是搞坐瓦房子②，一天一块钱，看我干不干。我说当然要干呢，比在生产队干一天强得多呢。而且这还是现钱，马上就能解决家里的一些实际问题③。我们三人就当上小工了。

　　山虎和三管都比我大两岁，力气就比我大得多。但我不能示弱，不能让人小看，就拼命去干。每天就是和泥、搭泥④、摞瓦。按我的身体，是干不了那么重的活的，可是为了挣钱，不行还得干。有的同学见了，就开玩笑地说，人家都轰轰烈烈地搞革命，你却在为自己

---

①　三管、山虎，是爸爸的同龄人，都是我的老师呢。1978年我上裴社西小学，三管老师是我一至三年级的老师；后来到社西学校念书，山虎老师是我四至五年级的数学老师。记得四年级有一次到侯村参加数学竞赛，山虎老师骑着自行车带着我。那时候，觉得这是老师和学生之间的一种应当，但现在想起来，心里暖暖的，像是对待父亲一般的情感。

②　坐瓦房子，就是给抹好泥的房顶摆上瓦。因为瓦片的摆放，是需要一片压着另一片的，这样利于排水，同时通过瓦片自身的重量达到固定的目的，所以称为"坐瓦"。

③　爸爸生于1950年，这一年可能也就是十六岁。十六岁的男生，在那个时候，心里面全是家里的生活，而且要在机会来的时候立即做出决定。在今天，十六岁的学生，可能未来三年、若干年都是面对着一些习题集度过时光的。时代和时代，人生与人生，多么不同啊！

④　搭泥，就是把和好的泥，用铁锹准确地放在正在砌的墙砖上面，下一层砖就摆在这层泥上面，如此一直搭泥、摆砖，完成砌墙的工作。

挣钱。我只能苦笑一声。就这样，苦干了一段时间，我也练出了一把好手艺——撂瓦。一下撂四五片瓦，都不散不乱，稳稳地撂到房上接瓦人手里。人常说，农村有四样最下等的活，就是盖房撂瓦、娶媳妇牵马、打井下洞、埋人下葬。当时我就觉得，这四样最下等的活，我干过的也占了它的四分之一了。

由于当时生活条件极差，干的活极重，我吐血了。到医院一检查，说是肺部出现了问题。这下可急坏了我母亲，她到处借钱给我看病。当时是"文化大革命"时期，医生都在搞"革命"，缺医少药，就是买一支链霉素，都不知道要求多少人，跑多少腿，流多少眼泪。不过老天爷还算有眼，经过一年多时间的治疗，我的身体还算是恢复了。到了1968年，随着全国的知识青年上山下乡，我也算是初中毕业了，成了一名正式的农民。

为了改变当时的家庭环境，我开始养蚕。先到蚕厂买蚕卵，再骑上自行车观察什么地方有桑树。方圆十几里的村庄都看一遍，看到谁家有桑树，付上三五块钱先订下来，用时再摘。

养蚕可是个讲究技术的操心活。前十天半月还可以，因为蚕的龄数小，采食量小，每天采一点桑叶就够了。到了三龄、四龄时，蚕的采食量增加，一个人专门采摘都是很紧张的。我母亲专门在家里喂。经常是一次还没有喂完，前面喂过的，就已经吃完了。进了蚕房，蚕吃桑叶的声音，就像下雨一样哗哗地响，吃得太快了。

记得有一次，在上北师村以东的中条山上有个姑姑寺河，河边的半山腰上有个^①桑树，树叶茂密，绿油油的。这是一个没有家主的野桑树，我一见心里就非常高兴：这可就能省几块钱呢！于是我就把镰刀别在皮带上，上去了。我上树摘桑叶是很有经验的——上去先拿绳子把树枝都绑在一起，就安全了，而且整整一棵树的桑叶都可以摘完。可那时候，心里一高兴，没有用绳子绑，在桑叶快摘完时，突然树枝断了，一下子就把我给摔下来了。当时心想，这下可完了。因为树长在半山腰，一下摔到沟底，太高了。可是不知是老天在扶我还是我自己的运气好，山沟里到处是大大小小的石头，可

---

① 个：一"个"桑树。爸爸好像很自然地不去用"一棵树"来表示树的量词。在夏县话裴社西村的方言当中，几乎所有事物的量词，都可以用"个"来表示。但是讲出来，却也并不是"个"，而是"wai"，一 wai 人，一 wai 树，一 wai 馍。也许是"位"的意思？

就有那么一小块平地没有石头，恰好我就摔到那上边了。尽管这是一块土地，我也摔得够呛，猛时①眼冒金星，头嗡嗡响，满脸是血，脚也站不起来。不知道过了多长时间，我才站起来，试着走走，还可以到山泉边洗洗脸，再收拾桑叶骑车赶快回家，家里还正等着桑叶呢！回到家，下不了车，腿肿脚肿，母亲更是心疼。就是这样，每天还得坚持。

还有一次，就是蚕快到结茧的时候，食量更大。我得尽最大的努力，每天采摘几次。一天半夜时分，桑叶眼看就供不上了，要立刻出去摘叶。因为是半夜，我一个人出去母亲不放心，就叫我继父给我做伴。大侯村有我事先看好订好的一个大桑树，叶子也很茂密，准备急时用的。我和我继父骑车到大侯村的桑树那里，树底下有一个红薯窖。我把自行车放在树旁，习惯性地把车给锁了。谁知道等到把桑叶摘好，装好麻袋，捆上自行车准备走的时候，怎么也找不到车钥匙。这下可轮到继父耍脾气了，又是埋怨又是骂。当时也没有手电，我一

---

① 猛时：刹那间。

句话都不敢说，在地下乱摸乱找。就那么一块地，不知道摸了多少次，就是找不着。难道是和桑叶一起装进了麻袋？那就麻烦大了。要不要到红薯窖里先找一下？天太黑了，根本看不见下红薯窖的脚窝，太危险了。不过那时候也顾不了那么多，必须下去。我凭着直觉，用脚慢慢找脚窝，下到底就瞎摸，还是摸到了。什么话也不说，上来骑车就回。

　　蚕总算结茧了。看着白花花的蚕茧，大大的、硬硬的，心里说不出有多高兴。这可是我和母亲多少个日日夜夜辛苦的结晶啊！可是晾晒的时候，不敢拿出来晾晒，怕别人忌妒，就拿到小侯村我二姨母家晾晒。为了多卖钱，就由我舅父请来缫丝师傅制成丝给卖了，卖了二百一十元，可把我全家给乐坏了。什么时候见过二百一十元钱啊！五元一张，一厚沓呢！拿着这二百一十元钱，我就想到盖房子。我也快到结婚年龄了，没有个房子不行，就买些价格低的次木料，没日没夜地拉土打胡角①。我一个姑父是木匠，帮忙给我盖

① 打胡角：也有写作打胡基，就是拓土坯。

房子。因为姑父也很忙，帮我给房子立木，立起来就走了。剩下的垒墙、给泥墙上石灰，都是我自己干的。有时候也有我本家的几个兄弟来帮帮忙，房子算是简单地建成了。

关于家庭成分问题，在当时来说可是首要问题。那个时期的贫下中农可是最吃香的，根红苗壮，每天的口号就是"阶级斗争要年年讲、月月讲、天天讲""念念不忘阶级斗争""阶级斗争，一抓就灵"。我家虽然贫穷，但定成分的时候，却被定成上中农①。定成上中农，是因为我家里的人口多、土地多。可是农村走向集体化，土地全部归公，就剩下几间破房子，所以只能过着贫穷的生活。上中农虽然不是打击对象，但也不重用你，这一点对于我们年轻人来说可是一个致命的打击。

还是在念初中的时候，解放军要在学校招一些学生兵，县武装部长刘玉忠亲自到学校挑选人，一眼就看中了我，说："这孩子当兵没问题，回你们生产大队开个介绍信给我。"我很高兴地跑回大队找大队干部开介绍

---

① 上中农：又叫富裕中农。

信。"文化大革命"时期的村干部，头脑中整天都是成分什么的，开的介绍信也尽说些阶级斗争的话，社会关系中所显示的周围的亲戚，都是一些家庭成分高的。我一看就气坏了，没有把介绍信送到武装部。这一次就把我一生的前途给毁了。

学校毕业后，同时回村的有十几个，别的同学都有招工、招干或者到小学当教员的资格，可我没有。一是家庭成分问题，二是没父亲的孩子没人看得起，所以我只能在农村老老实实地干下去，还要拣最重最脏、没人干的活去干，想着表现表现，也许将来会有脱离农村的机会。可是谁知道表现得越好越出不去，好像农村就离不了你这个能干的年轻人一样。

工作是问题，找对象更是问题。谁家的姑娘愿意嫁给一个家庭成分高的小伙子？这可是几辈子都抬不起头的大事。所以我的对象就是比较难找，原因还是那两个：一是家庭成分问题，二是没有亲生父亲。我心里也一直想，谁家姑娘只要愿意，不管面貌美丑，我什么条件都不讲。后来村人介绍了我们大队另外一个村的一个姑娘，听说是一个很能干的姑娘，家庭是贫农成分，还是学《毛泽东选集》的积极分子，是共产党员纳新①的候选人。像这样的姑娘，我当然喜欢，只要人家愿意，以后还可能改变一下我的一些社会关系。可是呢，人家有些顾虑，主要就是家庭成分问题。

当时我母亲也真的看上了人家姑娘，不顾一切，非要说到手②不可。再加上我家和邻人的关系以及我母亲的为人处世都是远近有名的，还有人家姑娘家的一家人都是明事理的人家，所以基本上没费多大的事，我们于1970年结婚了。

---

① 看了好几遍，爸爸真的写的是"纳新"。这么时髦吗？和大学生社团新学期"纳新"用的是一个词。也许，这不是一个新词？

② 说到手：因为是"说媒"，所以成功促成一段婚姻对奶奶来说，就是"说到手"。

附录二：我的孩子和我的生计

裴茂盛

/ 女儿们的出生 /

1970年4月2号，我结婚了①。每年的这个时候都是青黄不接的时候，没粮吃是首要大事，我们每天都为吃饭发愁。新婚没有带来喜悦，只是在为一家的吃饭问

_____
① 正好是从西安接回爷爷一周年的日子。

题东跑西借。当时我感觉我村的裴保庆在买粮跑市场方面是个有心眼的人，就主动接近他，想办法弄点价格低的粮食来。我跟上他走埝掌^①、跑河底^②，买麸皮换大麦、买谷糠换麸皮再换大麦或玉茭、买红薯来解决眼下之急。到了秋天，赶快买红薯加工成粉面，漏粉条上山换玉茭。有时也买点小麦，舍不得吃，用来加工成挂面换玉茭。

记得有一年冬天，我用自行车带了四十多斤粉条上山换玉茭。为了省时间，天不明就动身上山。走到瑶台山脚下，不知道该走大路还是走小路。大路就是盘山公路，路程要远些；沟底小路是走直线，就会近些。还是从沟底过吧，沟底就是白沙河，河有时有水有时没水，即使有一点，在这么冷的天早就结冰了。想到这儿，我推上自行车就进了白沙河。因天黑看不见路，我一脚踏在了冰上，冰破了，脚就踏进了水里，也没觉得冷。到大庙村再往山顶走，上到公路上，鞋已冻在脚上

---

① 埝掌：埝掌镇，位于山西省夏县的最北端。

② 河底：山西省夏县的一个乡村。在自行车为主要交通工具的年代，离县城算远的。

了。因为头上出了汗，头发也结冰了。天明时刻到了涧底河村，先到一户人家的灶火边，把鞋烤干，再烤一个胡萝卜丝窝窝吃了，然后就用一斤粉条换四斤玉菱。用不了几家，粉条就换完了，回来带了一百来斤玉菱，我奶奶欢喜得不得了，这下可有吃的了。

1971年我的大女儿出生。女儿出生时我不在家，在泗交林场当合同工，就是在山上挖树窝栽松树。每天天麻麻亮就上工了，太阳下山收工，一天一块五毛钱。早上上工带上干粮，晚上下工一顿饭。虽然是辛苦点，也觉得很痛快，只要出勤，一天就能得到一块五毛钱。为了一块五毛钱也就很少回家了。有一天早上上工时，也不知道怎么啦，感觉特别兴奋，说不出来的喜悦，干起活来也特别有劲。中午时我们村的全全来了，说今天要我请客。我问怎么啦？他说："你今天喜事来了，你媳妇生了，还不发根烟抽？"我说呢，今天早上起来就觉得心情那么好，原来我成爸爸了！以后的几天我心里总是有说不出的喜悦和担心：喜悦的是我这样一个命苦的人现在已成爸爸了，担心的是我最心爱的人①身体怎

---

① "最心爱的人"！哇！在我们姐妹看来，爸爸太听妈妈的话了，什么事情都顺着我妈。看来，答案在这里了，还是因为爱啊，哈哈！

么样了？刚生过孩子的人要有充足的营养和良好的生活条件才行。我清楚，家里能有什么呢？小米白面有吗？鸡蛋红糖有吗？有没有红枣？现在孩子是个什么样？有奶吃吗？越想就越想回家。可回家有什么用呢？没有钱，要有钱还得等到月底发工资。反正我一天也停不住了[①]，向工地领导借了二十块钱立刻回家。

　　回到家后，孩子已经出生七天了。进门看见我母亲，母亲欢喜得合不拢嘴，眼泪都流出来了："娃你回来了！快到你屋看看你娃去！真好看，一点点娃[②]，眼睛睁得可机灵呢！"到了屋，妻子见了我，只是微微笑一下，我也笑笑，不知该说什么。主要是母亲正在身旁，不好意思。妻子就说了一句："看看你娃。"说着就抱起娃放到我怀里。我第一次看到自己的孩子，心里真的不知道是个什么滋味，也不知怎么抱，还没抱过娃呢。看着孩子，脸蛋胖嘟嘟的，细白细白的，两只眼睛圆圆的，睫毛长长的，小嘴巴还不时地在动，不知道是

---

① 停不住了，就是待不住了。"你在那里待了几天？"夏县话里就说："你在那里停了几天？"
② 一点点娃，就是"小小的一个娃"。

在说话还是想吃奶呢，真是机灵可爱！我妈在旁边说："看见你爸爸了吗？看娃想跟你说话呢！"我也第一次听到有人称呼我为爸爸，真有点不好意思。

母亲出去了，我就说了句"你可真辛苦啦"。就这一句，她眼泪出来了："你死在外面不回来了①，就不管我们死活了？就这次我就等于死了一次！"越说眼泪越多。我赶紧笑着说："不说了，现在不是都好好的吗？"她说："不要说我辛苦，这几天可苦了咱妈。每天早早起来烧米汤，每天要烧六七次。没有炉火，用柴在小锅头里烧。没有好柴，用树叶烧，烟熏火燎的。每天还煮个鸡蛋。每天晚上还跟我住在一起照管孩子，太不容易了。枣那边我爹②过来还拿有一斤吧，就是买不到红糖。"我说："不要紧，我认识一个解放军，当兵的，叫他给买点我看不成问题。"因为当时是"文化大革命"时期，各方面的物资都太紧缺，红糖这东西在哪

---

① "你死在外面不回来"，哈哈！用金圣叹的话来说，就是，"真是我妈的声口"。

② 那边我爹，就是娘家爹的意思。不知道别处的媳妇是怎样区分自己的公爹和娘家爹的。在夏县话里面，这边咱爹，就是公爹；那边咱爹或者我爹，就是娘家爹。但说出来，其实是这样的：这岸咱爸（zhi an qia ba），那岸咱爸（na an qia ba）。

个门市部都没有，只有在城里，有个解放军服务部那里有红糖。第二天我就找到了那个当兵的，那个人也是个热心人，当晚就送来了两斤红糖，还说："还需要什么不？红糖用完我再给买。"我说："你这就帮了我大忙了，行了，不要了，需要时再说。"一岁过后，才给女儿取名亚莉。

　　第二个闺女是1974年出生的。说起二闺女来也是特别不易。在当时的社会环境下，一直摆脱不了贫困，还是苦得无法说。在她妈怀孕期间，每天的粗粮都吃不饱，哪里还有营养价值可讲。红薯面饸饹和红薯面馍成了每天的主食。她妈在怀孕期间一闻到红薯面味就想吐。记得有一次，到了半夜怎么也睡不着。我问："你怎么啦？"她说："我也不知是怎么回事，总觉得肚子难受。不知是缺点什么。"我说："是不是白天没吃好，肚饥了？"她说："不是，就是不知道缺点啥，太难受了。"我知道我老婆是一个好强的人，一般困难是不轻易说的，这次一定是太难受了。我开玩笑地说："你缺啥？只要是不要天上的月亮就行。"她笑了："我就好想吃点洋白菜叶，还要什么月亮！"我说："我还以为缺啥呢！

这不难。"她说:"不难哪儿有?"

真的,不难哪儿有?看着老婆的样子,真叫我不知怎么办。深更半夜到哪儿去找啊!我就穿好衣服说:"没问题,你等着,马上给你弄点去。"没办法,我做贼了。我一辈子还没做过贼,为了老婆、为了孩子就做一次吧。我就在丁社西村的菜地偷了一个冒秧洋白菜①。回来时她说:"你做贼了。"我说:"是贼也不算贼,是个冒秧。"她笑了,说:"偷冒秧也是贼。"她马上迫不及待地下床洗菜拌面就蒸。孩子出生时我在家,生下就是一个又白又胖、惹人喜爱的闺女,比大闺女还白还胖。她看着娃笑了,说多亏那棵冒秧洋白菜。取名亚兰。

三闺女1979年出生,当时家庭情况出现了变化。我弟弟高中毕业,妹妹也上了初中,加上这两个孩子,她妈又怀着孕,人口增多,家庭负担过大。母亲对我说:"咱家眼目下生活更加困难,我看不如给你另立锅灶分开生活,家庭的担子分开担,给你兄弟也加点负担。他

---

① 冒秧洋白菜,就是只长叶子不卷心的洋白菜,就是那种不成材的洋白菜。

现在也大了，应该担担了^①。"就这样，母亲把家分开了，那是1978年后冬的事。因为家底太穷，母亲就给了我一个小铁锅、几个碗和一些简单的用具，还有五十斤小麦和一些玉米。单独生活我还是头一回，觉得压力更大。原来吃饭，不管好与坏，没有操过这方面的心，但这下就觉得没法生活了。五十斤小麦和百十斤玉米怎么个过法？离小麦成熟还有几个月呢！怎么办呢！反正不能过也得过，车到山前必有路。每天省着吃，以稀代稠，以吃玉米面糊糊为主。^②就这样，冬天的日子算是过去了。

过了年我就离开家，跟上一个小工程队，去当小

---

① 担担，就是担担子。夏县话里没有儿化音，也没有以"子"字作为后缀的词。比如，普通话有可能说的鞋子、袜子、儿子、茄子，在夏县话里一律都是鞋（hai）、袜、儿、茄（qia），并且都是降调，类似第四声。

② 这段生活我真的还记得。不过，和老爸的感受不同，我特别喜欢那一段吃玉米面糊糊的日子。他所说的玉米面糊糊，其实就是长安人的水围城，即放凉切块之前的搅团。老妈买了一块肉，用盐腌着，每次做这个糊糊，都会切一点肉丁来爆葱花，糊糊香香咸咸的，配着老妈的用香菜、韭菜、葱或者一切能够凉拌的蔬菜做的凉拌菜，特别好吃。那时候我正上小学一年级，天天想着回家吃那一碗糊糊，但说实在的，我们那里管这一种糊糊，既不叫糊糊，也不叫水围城或者搅团，而是叫"han"，大多数情况下，人们说成"hang"，好像使得这种吃食更美味了。不过我一直没有弄清楚这个han或者hang是哪个字。

工，不管活多重多累，只要能吃上饭，还能给家里省点吃的。所以三闺女出生时我仍不在家。知道孩子快出生了，但为了生活，为了钱，我没有回家。等那期活干完领了工钱回家时，孩子已出生半个月了。还没有看见孩子就听见她的哭声，太苦了，生活太艰难了。不要说坐月子的产妇需要营养，我们就连吃饱饭的水平都达不到。看着老婆抽泣，我的泪水也流了下来。掀开被子看孩子，孩子又瘦又小，除了一双明亮的大眼睛，哪儿都是瘦瘦小小的，细胳膊、细腿、细脖子。我抱起孩子觉得太可怜了，心里说："好娃哩，你不该到这世间来，遇上这样的年景，到世间受罪来了！你爸太没本事了！"

老婆含泪给我说："回来带钱了没有？"我说："带了。"她说："带了就好，明天赶快拿两块钱还给林山媳妇。在娃出生前借了林山媳妇两块钱，买了两包卫生纸。快点还给人家，都是不容易的。为了两包卫生纸，我跑了几家都借不到两块钱。"她说着都要哭出声了。我想一个如此刚强的女人都成这样了，可见心里受了多大的委屈。这算什么日子呀，一个快要生孩子的女人挺着大肚子为两块钱买纸，低三下四地求人，我还算个男人吗？是我真的无能？我想不过来。她妈见我这个样子，含着两眼泪花说："把娃送人吧，送给一个好的人家，或许娃不受罪，会享福的。"我马上就说不行。我真的就没有一点本事，养活不了老婆孩子吗？我就是砸锅卖铁拼上性命也要把娃养大！

　　过了几天，可能有人知道我回来了，就找上门说，文德村有一家人怎么好怎么好，就是缺少一个女孩，给娃抱过去以后保险①娃不受罪。我立刻就拒绝了，也没给对方说什么好听的话。我就给我老婆说："现在国家政策变了，开放了，日子或许能好点。就凭我一身好苦②，日子会变好的。"我给孩子取名亚琴。

　　到了1981年，随着国家改革开放政策的实行，我家的经济情况也有了很大的变化，最起码不发愁吃饭问题了。我的四闺女出生了。四闺女出生时，我在家里，一看就是一个非常漂亮的丫头，大大的眼睛，白白的脸蛋，黑黑的头发，真是可爱。一出生我跟她妈都喜欢得

---

① 　保险：保证。
② 　一身好苦，就是特别能吃苦。

合不拢嘴，又是一个好闺女，大大的眼睛多明亮，多神气，长大肯定有出息。看看吃奶的劲，看看小胳膊乱动、小腿乱蹬的动作，听听这响亮的哭声，真是喜人。我就跟她妈说："不要说这老四又是个闺女，长大后一定有出息。说不定咱俩以后到老百年①还要享这老四的福呢。"

　　月子里的娃变化最大，一天比一天好看。一天，有人来了，是个女的，并且我也认识。她非常热情地说："现在计划生育这么紧，要是想把孩子送人的话，我给你找个好人家。家是赤峪的，只有两口人。平时为人处世可真是好，保险以后对娃好。因为结婚多年没生孩子，以后保险跟亲生的一样，甚至比亲生的还要亲，人家的人品在那儿放着呢！"这下可把我给难住了，真的难住了。要把娃送人，我可真舍不得！我就说："你先回去，我俩再商量商量。"人家走后我俩没话了。商量什么呀！她妈的泪水掉在娃洁白的脸上。娃睁着一双明亮的大眼睛，可娃知道什么呀！她妈就有气无力地说：

----

① 百年，就是老了以后，既指老了以后，也可以指不在世。

"娃呀，你以后不能记恨你这个狠心的妈！妈是没有办法呀！明天你就成人家的孩子了，你恨妈吗？"

第二天，昨天来的妇女带来了一对夫妻，说话非常和气，说是来看娃的。他俩一见娃就喜欢得合不拢嘴，说："这么好的娃，你俩舍得？"还说他俩多年来都没生个一男半女，想孩子都快想疯了。他们抱着娃就不想放手了："这就是我想要的娃！这就是我的娃！要多少钱都行！"她妈哭着又笑着，说："你俩说的是什么话呢？我一分钱都不要，只要对娃像亲生的，我就放心了。不过你俩今天不能抱走，我还想多陪一天娃。明天来抱，你看行吧？"人家走后，又是一个一夜不能入睡的夜晚。她把娃抱在怀里，眼睛一下也离不开娃的脸，越看越好看，越看越舍不得："好娃呢，我还不知道你叫什么名字，妈还没有给你起下名字呢！明天你就成为别人家的孩子了。你的新爸妈是一对好人，一定能给你起个好名字，一定对你格外亲。这世道不由我！妈也不是多嫌你①，妈以后一定会多看你的。娃，妈对不住

---

① 多嫌你，即"嫌你多"。

了！"在这一夜间，她对着孩子不知说了多少话。

第二天，孩子的新爸妈就来抱孩子了。来时带了些鸡蛋和营养品，也是一对农村的实在人，没有多少客套话。正要抱走娃时，她妈说："先等一下，叫娃再吃一口奶。"孩子的新妈妈从她妈怀里抱娃的那一刻，我明白这完全是两种心理：她妈虽然是笑容满面，眼里却含着泪花，像在割身上的肉呢，疼痛难忍；孩子的新妈也是含着泪水的笑容，心可真是喜出望外，喜滋滋的，一个可爱的孩子就成自己的了。

孩子抱走后，又是一夜没合眼，好像孩子还在身边，一看没有啦，就把我叫起来："不知孩子现在是什么样，哭不哭？没有奶吃肯定在哭，肯定哭声很大！我现在就想去叫娃吃口奶！"我说："你胡说什么呢，我看人家确实是一家好人，对娃亲着呢，饿不着。"过一会儿她又说："我好像听见娃在哭呢！"我苦笑着说："你说啥呢！都说有娃的娘耳朵长，你的耳朵可真长，能听八九里远。不要再想了，不要再说了，明天一早我去看看娃，给你做个汇报。"

第二天一早我就骑上自行车到赤峪村看娃。一进院子门，孩子爸妈就出来热情迎接，真是一对好人。遇上这样的好人家，我心里踏实多了。我一看孩子，孩子还睡着呢，小脸蛋白白净净的，额头还打了个红月儿[1]，显得更迷人。还没问孩子夜里的情况，他俩一前一后先说开了，说："孩子你们放心好了，抱回了后，邻居就有两位有小孩的母亲，她俩的奶都很好，我们的关系也非常好，都过来让娃吃奶。昨晚她俩都来过，小娃只要吃饱就不会哭。不过这也不是个办法，我们计划买只奶羊[2]，你和我姐（对娃她妈的称呼）都放心，我俩一定会把娃养好。我家没有什么亲戚，咱以后不就是一门很好的亲戚吗？"我回来就把这一切情况说了一遍，不过她还是想见孩子。过了没几天，我就骑自行车带上她去看了一次，真是遇上了一家好人。以后隔三岔五的，他俩就把娃抱上来我家，让我们看看孩子。

---

[1] 红月儿，就是红圆点。

[2] 老妹的新爸妈确实很快买了一头奶羊回来了。爸爸说起这件事情的时候总是充满了赞赏之情，而我听起来，也很羡慕，觉得羊奶一定是那种超高级的存在。后来，老妹很多年不吃羊肉，不知道和那只拴在她家院子里大树下的奶羊有没有关系。

/ 孩子们小时候的事情 /

随着蔬菜种植面积的不断扩大，就给销售带来了很大困难。夏县是一个贫困的小县城，消费水平太低，存在着卖菜难的问题。我们所种的蔬菜很难销售，因为没有很好的运输工具，就得靠骑自行车带上到运城或闻喜去卖，有时还到更远的、交通不便的丘陵地区转村卖。每天骑上自行车带上二三百斤蔬菜，不是运城就是闻喜，回来还要下菜①，准备明天要卖的，至于浇地都是晚上的活。

有一天，我从运城回来，已是中午，天气非常炎热。还因为一连好几天都是跑运城，感觉十分累，可是晚上还得浇地。因为昨晚浇地时手电泡②坏了，今天就必须买一个。亚莉听说我要买手电泡，就说："爸爸你不要去了，我来买。"她见我太累了，让我休息一下。因为下午还要下菜，晚上还要浇地，天不明还要走运

---

① 下菜，就是到地里收菜。主要指的是那种通过摘取来收菜的方式，比如摘黄瓜、摘西红柿。但如果是割韭菜，就不能说"下菜"；收白菜叫"砍"，也叫"下菜"。
② 手电泡：手电筒里面的灯泡。

城，确实太累了。我的孩子也太懂事了，我就让她去。可是亚琴也要去，不让她去，她就哭，非去不可。那时她只有四岁，不太懂事。一个不到十二岁的女娃骑着过去的大杠加重自行车带上一个四岁娃就到城里去买。原来的马路到处都是坑坑洼洼高低不平的土路，两个孩子走到半路摔倒了。我听说后赶紧跑去，看见亚琴站在那儿哭，亚莉倒在马路中间。我抱起亚莉一看，胳膊被摔得变了形。看着孩子痛苦的样子，我的心真像刀绞一样。亚莉从小就是一个非常懂事的孩子。看着我急得满头大汗，就说："爸爸不要紧，我不疼。"见孩子强忍着疼痛说话的样子，我的心更疼。

更倒霉的是遇上了个黑心医生。他先让我到收款室付款，再到药房领取绑带。我过来时他却说："胳膊已接好了，绑带也绑好了。回去吧，没事了。"就这么简单。回来后发现娃的胳膊肿起来了，就连手背也肿得很高。我问娃疼不，娃摇头说不疼。我知道不疼是假的。胳膊成了这个样，能不疼吗？她是在安慰我，怕我心疼。到了晚上，孩子的手背都肿得快要破裂了，疼得实在受不住了，发出了呻吟声和哭泣声。我和她妈看着娃痛苦的样子毫无办法。她妈只有含着泪水不停地摸着娃的手背，我抱着娃来回转悠，我们三人一夜没合眼。第二天天刚亮，我赶紧拿上最好的西红柿、最新鲜的黄瓜，在医生还没上班时跑到人家医生的住处，带点礼物来说一下孩子昨晚的情况，还有没有更好的办法解决一下孩子的疼痛。医生听我说了以后，脸上毫无表情，爱理不理地说："那是正常现象。"他见我还想说什么，就转身走了，我也只能回家。回到家还能怎样，只能看着孩子痛苦的样子。

猛然间想起我一位同学，周永林，他是我们城关卫生院放射科的医生，不如让他用X光看一下娃的胳膊接好了没有。我就带上孩子到了城关卫生院。他一见我就问："孩子怎么啦？"我说："孩子骑车不小心把胳膊摔断了，就来找你给检查一下是不是给接好了。"他立刻就开机拍片，一看就哎呀一声，说："根本就没有接！两根骨头还错着呢！你看你看！"就拿过片子让我看。"是谁整的骨，咋这么黑心！这还能算个医生？"我说是某某医生。他说："那还能算个人？！不说啦，我来接！"我说："你不是骨科医生，你能行？"他说："你的娃就是我的娃，你娃和我娃有什么区别？我在透视镜下面接，还能接不好？我真的还没有接过骨，为了咱孩子就接一次。不过还得找个医生帮忙，我一个怕是不行，因为在X光下，还得有人操作X光机。还因为怕娃过于疼痛，得给娃打上麻药针，让娃睡着，再慢慢地接，难道还不行？"他很快就找来一位医生，先打上针让娃睡着，再在X光下开始慢慢接。因为骨头已经错位，必须先把两根骨头拉开，再往一块儿对接，难度非常大。加上他又不是专业接骨的医生，一次又一次地拉开对接，实在太难了。看着我的同学周永林医生豆大的汗珠往下滴，我是干着急使不上劲。接上了，终于接上了！周永林长出一口气，然后用绑带绑好，还怕走了样，又拍了一下片，一看没有一点问题了。我都不知道说什么好、该说什么了。问了句"付多少钱"，他就笑了："我的孩子还要钱？"我就说："还有这位医生呢，要不咱们兄弟三人随便吃点饭！"他俩都笑着说："都不是外人，孩子要紧，孩子需要休息。你和娃先回，以后多加点营养，多吃点肉，小娃长得快。"

回到家后，好像孩子的疼痛更加厉害了，这可怎么办！这时有个邻居说："要不你就去人民医院找一下骨科的薛英杰主任，那是一位好医生！"我又骑自行车赶紧带上娃去医院找薛主任。医院早就下班了，我就找到薛主任的房间，说明来意。薛主任听了之后，非常热情，马上说到透视镜下面看一下，领着我们到透视镜下一看，笑了，问是谁接的骨。我说是城关医院周永林医生接的。他说："这小子不是骨科医生，这么严重的骨折，能接得一丝不差，能接得这么好，太不简单了！就是绑得太紧了，力巴虎^①，血液不流通了。我给松一下就没事了！"就这么一松，娃脸上的痛苦明显减轻了。"薛主任，我太感谢你了，付多少钱？"薛主任说："不要钱，就这么一小会儿工夫，以后给娃照管好就行了。"我可真的又遇上好人了！想到第一位医生，我心想：同是医生，医德和人品就差那么多！

从此孩子就不到学校上学了，在家休息。那时大概是在上小学五年级吧。一个月后，一位老师来到家里，说是让孩子到县上参加一次考试竞赛。我说那怎么

---

① 力巴虎：水平业余，不是专业人士。

可能，一个多月都没有上课，胳膊现在还不能动，怎么能参加竞赛？老师笑着说："亚莉的功底我知道，没问题。这次是口头竞赛，不管是语文还是数学都是口答。"我说："那可要照管好孩子，胳膊还在脖子上吊着呢！"他说："肯定的，你放心好了！"没想到，这次竞赛亚莉得了全县第一名的成绩。校长跟我说："你这娃要好好地供念书呢，以后肯定有出息，是个人才，能给你争口气。"

　　说起我这几个孩子念书，说实话，都很争气。因为我和她妈都很忙，从没有时间过问她们的学习情况，也没工夫看她们的作业，但是到每学期，不管是期中考试，还是期末考试，她们都能给我拿回来一张第一名的奖状。我家的墙上奖状贴得满满的，这满满一墙奖状成了我的解乏药、精神支柱。我每天不论干什么活，不论有多疲乏，到家只要看到墙上的奖状，一切疲劳都没有了。如果遇上不顺心的事，一看到墙上的奖状，一切烦恼都消失了。她们几个不但学习用功，而且还特别懂事，理解大人的辛苦，一有时间就帮我到地里干活，不管是炎热的夏天，还是寒冷的冬天，有时间就往地里跑，也从来不多花一分钱。记得亚莉想买些课外书，不好意思要钱，就在星期天从菜地里摘些西红柿、黄瓜，拣些成色好的，带上两个筐子，一筐黄瓜一筐西红柿，到街上去卖。卖得很快，大家都说这娃的菜新鲜，秤上不骗人，每次都是很快就卖完了。回来就买些书，把剩余的钱全交给她妈。直至现在，几十年过去了，街上还有人说："你闺女真行！菜卖得好，账算得好。"

她们几个学习都是很刻苦认真的。记得有一天晚上，亚琴让我教她学珠算。那晚我实在有点累，就先教她珠算的加法，说先定个位，再学十位、百位等的要领，再讲一些口诀的含义，大致要领给说了一下。她理解得很快，没多长时间她就学会了加法。为了练好指法，加快速度，我就说："你打六二五，就是六百二十五与六百二十五相加，能打到十万就说明你的算法是对的，没有算错。"她先定了十万是哪一杆，实际上是一万，我说错了，说成了十万。她就开始打了，我就迷迷糊糊地睡着了。醒来时她还在那儿认真地打，我说："你怎么还在打？"她说："还没打完呢。"我说："怎么这么长时间了还没打完？你的算盘杆上出现了一没有？"她说："早就出现一了。"我说："那就证明你算得对着呢。"她说："一还没出现在十万那个杆上。"我说："行了，你打得对着呢，不打了。"她的头一歪，很不服气地说："你说十万就十万，说话算数，我非打到十万不可！"

离村东不远的地方有个柿树巷，比较僻静。她们几个在每个星期天或假期早上都在那儿朗读课文或背诵英语，不管春冬，四季都是这样。村里人后来发现了就说："那个柿树巷成了你家几个的学习园地了！老大走了有老二，老二走了有老三，她们几个把柿树巷踏得草都不长了，有这样刻苦用功的劲头，以后肯定有出息。"

/ 种菜和卖菜的艰辛 /

由于蔬菜的旺期、成熟期过于集中，造成了难以出售的情况，而在淡季蔬菜紧缺，就容易出售，而且价格也比较高。要想提前上市来弥补淡季的供应，就得由原来的露地种植改为大棚和温室生产。由于种植模式的不断改变，生产投资力度不断加大，劳动强度也不断增加。我也投资建棚设施，建了几个大棚。有一年，春分前，我育的黄瓜苗真的是好，壮壮实实的没有一点毛病，我就找上几个人在我的大棚里移栽。那天的天气也真好，红红的太阳没有一点风。到下午，一亩大的一棚黄瓜栽完了。看着一整棚绿油油的黄瓜苗真让人高兴。怎么老天爷说变脸就变脸了呢！一会儿工夫满天都是云，到天黑就下起小雨，慢慢地又变成了雪，这真是能把人给气死！怎么办？我就在棚里点火防冻。棚里不透烟，把人的眼睛都熏得红红肿肿的。到了天明时，温度直线下降，一棚黄瓜苗被冻得硬硬的，好像是用塑料做的一样，真让人哭笑不得。

还有一年我种了八个大棚的辣椒。由于管理得力，辣椒长得可真是喜人。看看再没几天，辣椒就可以上市了，好像老天爷有意和我过不去，大风从下午开始刮，到天黑风力加大，真可以说是飞沙走石、天昏地暗。我就拿上铁锨和手钳、手电，一个棚一个棚地看，看有没有铁丝松动，有没有地锚被拔起。因为几个棚还不在一块地里，所以就这块地跑跑那块地跑跑，一个整夜就是这样来回跑着。黑夜中，不时可以听见谁家的大棚被刮起来了，塑料布被大风刮得像鞭炮一样啪啪作响。好像是风越来越大，我就感到心急如焚。两只眼睛好像都被细沙子灌满了，耳朵嘴里全是沙，到天明都成土人了。还好我的几个棚都还完好无损。可到八九点钟的时候，妖风来了，人在地里都站不稳了，啪的一声，一根铁丝断了，那儿的塑料布立刻就起了个大包。我还没跑到跟前，啪啪，接连几根铁丝断了，又接连几个地锚被拔起，铁丝乱飞，塑料布啪啪作响，没法收拾了。赶快把棚两头掀起来，把塑料布压下去。回头看那几个棚布也起来了，一会儿工夫几个大棚全完了。我浑身的力气一下没有了，一切全完了，也让老婆大病了一场。多年来，像这样的自然灾害次数多了，也就不足为奇了。

自然灾害，谁也没办法，还存在着小人作怪。在这复杂的社会中，就有一些人，什么活都不好好做，每年的庄稼都长得不像个样，可是忌妒心很强，见别人好就不高兴，就显得他没本事。那年我育的西红柿苗真是再好不过了，壮壮实实，真叫人喜欢。天天掀草苫①放风时就有人发现，说："这苗怎么能育得这么好呢！"你说好他说好，就勾起了很多人的好奇心，都来看，都说好，好就带来了祸害。一天，我找几个人带上工具来给我栽苗，到地里一看，我的菜苗全毁了，是被人用细树枝把菜苗全打坏在地里的。一时间我的肺都要炸了，是谁能干出这伤天害理的事！我一下就坐在地头上起不来了，我老婆也气得边哭边骂。想咱这一生从小就是低调生活，从没有做过伤害别人的事，只要别人需要我帮忙，都是满应满许的，别人有什么困难，我都是主动给予帮助，从来没有做过对不起人的事，是谁对我下这毒手呢？真是想不过！难道说家里没个男娃就要欺负我？如果我身后跟一个小伙子他敢吗？还是咱一辈太善良了，做事太绵善了，人家就敢欺负。真想大骂一声，老天爷快点睁眼，叫这些坏尿断子绝孙，不得好死！

　　这时就有几个知底②的朋友过来说："伙计不要生

---

① 草苫：移栽至大棚前的幼苗育在"池子"里，两边是斜着的矮墙，有塑料顶。育苗时节是冬天，需要盖上草苫，夏县人叫"草帘"。每天上午日出时把草苫掀开，黄昏日落时再盖上。
② 知底：可靠的，要好的。

气，不要生那小人气，气死也不顶用，活人还能让尿给憋死？我们几个商量好了，今天已经问下人了，先给你栽苗，你就栽我们几家的苗。我们都有余头，每家凑点，先给你栽，尽你够。今天出了这件事，我们几个也来帮忙给你栽。没事，不就是个苗子吗，它还能是人命？说不定今年比往年还要好，气死那个坏尿！"我摇摇头说："事不能这样做。等你们栽完以后再说。"他们几个都说："你今天有人你就今天栽，人都是从外村问来①的，既然人都来了就今天栽。你不栽我们几个就领着他们几个栽，也来气气那个坏尿。天无绝人之路，不要再生气了！"

于是在他们几个的帮助下，几个大棚不到天黑全都给栽上了。真的要气气那个坏尿了，那年的西红柿比哪一年都好，而且价格也高。

---

① 问来：请来。

/ 女儿们长大了，儿子的出生 /

从那件事后，我母亲不时地对我说，需要生个男娃了。生活也没有前几年那么紧张了，我几个知底的朋友也劝我说，在农村没有个小子不行，有些人就是狗眼看人低，再说咱是庄稼汉，后手没人不行。我说我现在早就没有生孩子的想法了，老大已上大学，老二上高中，老三都上初中了，负担也够重的了。做庄稼汉的能在土里挖几个钱？只要把这几个娃供得能够脱离农业的，有男娃没男娃都一样。听了这话，朋友几个便开玩笑地说："几个念书念成了都走了，你们年纪大了谁管，茅子①满了谁担？你老了担不动了，臭死你这个老家伙！"听着母亲的叨叨和朋友的劝说，难道说我真不想再生了吗？不想要男娃吗？想想现在也四十岁了，再加一个能养得过来吗？上学念书长大成人容易吗？要是再加上超生罚款，生活负担就更大了！提起再生孩子，老婆也想生个孩子，说："如果能生个男娃就把咱母亲的

---

① 茅子：乡村的厕所，是旱厕。

心病解了，咱的后手也有人了。我的心病也解了，好像我这辈子都没给你生个男娃。"

1990年，一个男娃在我家降生了。这是老天的安排，菩萨送来的。这下可乐坏了我年近九旬的老奶奶，乐坏了我母亲，乐坏了我所有亲戚和朋友。孩子满月时，我请了客，大家都来庆贺，好不热闹。我给孩子取名亚杰，希望他以后成为一个杰出的人才。

孩子的到来，也就带来了负担的增加。于是我就在管理好蔬菜大棚的同时开始了养鸡。不论如何都不能让孩子受半点委屈、半点苦。不管哪个孩子需要什么，我从来不问为什么，马上就去办；不管哪个孩子要钱，也不问干什么用，只要要，我就给，比如要一元，能给两元绝不给九毛。

为了把大棚菜种好，还想降低生产成本，减少化肥用量，提高蔬菜的产量和质量，我还承包了给县水利局的厕所拉茅粪的活。拉茅粪可是一个最脏、最低等的活，一般人不干这活。我先在地头打个很大的水泥茅坑，每天晚上都去拉，或者天没明就拉一回。水利局离我村至少三公里，那时候村里到城里还是坑坑洼洼的土路，拉一次最少得先出一身汗。一般都是每天晚上拉两次，保证浇地时有肥施。这一拉就是十年八年。每次拉着沉重的粪车在街上走，有时也在想：咱这辈子太苦了，跑到世间受罪来了。拉车在街上走，过往的行人都避得远远的，年轻人还捂着嘴嫌我脏。看看人家在歌厅、舞厅、录像馆、电影院里，年轻人手拉着手，人来人往，欢欢喜喜，怎么我跟人家不一样呢？我的一生都是辛辛苦苦的，没白天没黑夜没有雨天地干，从不偷不摸不骗，从没做过昧良心的事，为什么时常是这样穷苦，不知道什么是幸福？难道这样还感动不了上帝吗？像这样的日子什么时候是个头啊！①

有一次我弟弟跟我说："哥你这样干法不行。现在的社会像你这样的实数②人吃不开，像你这样干法把你累死也发不了财。不如投资一点钱，在街上租个门面，做个什么生意，出力小、见钱快，比较轻松，不用整天晒在太阳地里。"我摇摇头，笑了。不行，咱每

---

① 看看爸爸写的这个拉茅粪的情形，想到经常会在课堂上给学生放映、讲授的电影《人生》中高加林进城拉茅粪的段落，这是那个时代乡村读书人所共有的经历啊！

② 实数：实在。

年的收入可以供几个娃的念书费用，如果拿娃的学费做了生意的投资，拿什么钱给娃呢？万一赔了又怎么办？再者，咱又不是做生意的料，人的性格是决定一切的。记得有一次我拉着平板车在街上卖菜，一个衣着华丽、一头鬈发的中年妇女在我跟前买菜，几根黄瓜挑半天，因秤一高一低唠叨，真让人有点厌烦，走时又再多拿了条黄瓜。我一个穷庄稼汉也不在乎一毛二毛钱呢，看似一个有工资的富婆还那么小气。我看她主要是看不起庄稼汉。回头一看，她的钱包怎么还在我的平板车上，我就拿上钱包追上她还给人家，当时她也受感动了，从钱包里抽出一张十元给我，我连看她一眼都没有，转身就走。回头吐了口唾沫，你看不起我们庄稼汉，我还瞧不起你那种德行。像我这样的人是做不了生意的，还是实实在在种地保险。

就是这样一天天一年年，一晃十几年过去了，这辛辛苦苦十几年不知尝了多少酸甜苦辣，受了多少灾难，流了多少汗水，总算是感动了上帝：亚莉在北京师范大学读完博士在陕西师范大学教书，亚兰在山西师范大学毕业在县高中教书，亚琴在北京大学读完博士在西北大学教书，亚杰也考上了晋中师范学院。像我娃这样的苦命孩子在我们夏县有几个？虽然我老婆跟着我辛辛苦苦了几十年，但孩子也给我俩争光了，我也真的感到骄傲。

2018年冬天

后记：感谢所有的相会

1996 年春天，我第一次接触卡尔维诺，看的是一家出版社打算推介的《命运交叉的城堡》的校样。在北京图书馆消磨了几个周末，为这部即将出版的作品写了一篇读者导言。不过，后来并没有在市面上看到这个版本的《命运交叉的城堡》，可见那次出版推介可能中途"流产"了。然而我并不觉得遗憾，因为这件事情让我开始关注卡尔维诺。

在当时北京新兴的万圣书园、风入松书店、韬奋图书中心、海淀图书大厦，以及存在于各种大街小巷的书店转悠，卡尔维诺的作品是我关注的主要对象。当时网络检索尚不发达，绝大多数信息要从书店、图书馆和期刊杂志上获得，所以总体来说，找寻资料就是体力和时间上的一种消耗和投入。经过一段时间后，我的手边已经有《我们的祖先》《隐形的城市》《帕洛玛尔》《意大利童话》等中译本，也有了北京图书馆收藏的卡尔维诺作品的各种英译本的复印件。在这些文字中畅览，一种略带感伤的欢欣常常裹挟着我，感觉这个作家既是从文学史当中走来的，也是熟稔于当代生活和当代思想的各种变迁的，他更是政治历史进程中的巨变的积极参与者，同时为历史和人生本身的浩渺和有限而哀叹，觉得他简直就是一种理想精神生活的典范。一边看，我的心里一边想，中国作家，谁要是能够了解卡尔维诺的精神世界，能够学习卡尔维诺，那一定是最了不起的作家——我这么想的时候，脑子里其实是有一个潜在的判断的，那就是，中国当代作家里，应该还没有这样的作家。

这一年的冬天，李静到通州区采访，回来的时候到我们宿舍玩，见面就问我："你看过王小波的东西吗？"没有啊，那么多人都叫小波或者晓波，这又是哪一个啊？

她表示吃惊，说："嗯，这么好的作家，就是了解的人太少了，很了不起的一个人。下次再有机会，我带你去见他。"李静向我描述她去采访王小波的过程，说这是一个辞去了大学教职专事写作的自由撰稿人，在通州区住的是租来的房子，而且，他提着暖瓶到锅炉房去打开水！这些带有本质性的情节和细节似乎并无必然联系，但打开水的事情太具有画面感了，我想忘也忘不掉，所以相信其间的联系依然是本质性的。然后就是1997年的春天，突然间媒体大篇幅报道作家王小波去世的消息，而花城出版社出版的"时代三部曲"同时在图书市场上被高调宣传。哦，这不就是李静说的那个作家吗？我顿时感到很内疚、很遗憾，原来这个人就跟我们同城生活，我甚至有可能去拜访他，但现在，他突然去世了！抱着一种后知后觉者的羞愧之情，我赶紧跑到北师大东门的一溜儿书摊上买了一套"时代三部曲"回来。

《黄金时代·三十而立》倒数第二段开头这样写道：

走在大街上，汇入滚滚的人流，我想到三十三年前，我从我爸那儿出来，身边也有这么许多人，那一回我急急忙忙奔向前去，在十亿同胞中抢了头名，这才从微生物长成一条大汉。[①]

这一个段落起头的句式，让我感到熟悉，而且也很欣喜，因为我知道，《宇宙奇趣·恐龙》一篇的结尾是这样写的：

我穿越山谷与平原，到了一个地方的火车站，乘上火车，混入人群之中。[②]

令人惊讶的是，两位作家都使用了"走在（穿越）"某个空间之中，"汇入（混入）人群"这样的场景和句式。这其实就是个人与群体之间既宿命般地难以分离，又不可避免地想要逃离的一种亘古之态势。平淡地说，这是命运；消极地说，这是一种深刻的悲剧。但如果不那么形而上地考虑问题，单从作为文学家的两位作家来

① 王小波：《黄金时代》，104页，广州：花城出版社，1997年版。
② 卡尔维诺：《卡尔维诺文集·命运交叉的城堡·看不见的城市·宇宙奇趣》，355页，南京：译林出版社，2001年版。

看，卡尔维诺的这个"我"是一只恐龙所变成的新人类，他在恐龙消失的时代里以人的方式重新存活。并且认为，恐龙的消失，换来的是恐龙将作为一种意识和概念，在更大的范围里影响并控制人类；而王小波所写到的从微生物长成一条大汉的变化过程，则是人的尊严遭受着毁灭性打击，但"我"却拼尽全力在打击中保持尊严的努力。卡尔维诺的思想过程，明显是受到二战后文学想象的形式化转型的启示。但王小波，其精神世界及其自由的获得，经历的是一种痛苦淬火的过程，是一种身体和心灵的双重锻造，是一种切身的体验。而这种体验的传达，只有中国作家才能完成，只有中国读者才能真正分享。也就是说，比起卡尔维诺，王小波更能击中我们的灵魂要害。

王小波在写到卡尔维诺的名字的时候，总是说"已故意大利作家卡尔维诺"，这说明，他对卡尔维诺是否在世是很在意的。而在我留意到王小波这一位作家的时候，他也已经去世了。吕同六先生曾经以愉快的目光对我说："我曾经采访过卡尔维诺。"那时候，我立即想到了李静在采访完王小波之后对我说过的话和描述过的情景。唉！现在，吕先生也走了。我看过多少作家的书，从未想过要面见作家本尊，但对于这两位作家，如果是现在，我遇到他们，那一定会毫无障碍地变成某一种"花痴"，呆呆地望着他们，手捧一摞摞作品，在粉丝队伍里，在热潮或者冷风里排队等待签名，不怕寒风，不顾蚊虫。

我爱着这两位作家，所以，我最愿意，他们在天堂相会，侃侃而谈各种文思、际会和难以被别人知晓的奇趣。

在自己喜欢的作家那里发现其间的师承关系是一件很令人欣快的事。因为你借此可以得知，人确实以群分，物确实以类聚，而且借此也可以得知自己的趣味；还可以啊——喜欢的是王小波，并且可以与王小波一样，也喜欢卡尔维诺——而且是在喜欢王小波之前，就喜欢上了他所喜欢的卡尔维诺。

写作这一本文集的过程，既是对自己人生历程的阶段性总结，也是对自己的阅读生涯的阶段性总结，还是一次尝试性的努力，就是对于文学观的尝试性的呈现和实践。而这一次总结的结果，就是发现，与二十年前我初读卡尔维诺和王小波时的感受一样，他们依然是我最喜爱的作家。我愿意借着他们的眼光，来看待世界和文字。但是影响了我的文学观念的人，名单却要更长。感谢这些永远活在书里的人。

正如在这一本文集的大部分篇章里所表现的样子，我对于自己的来自乡村的人生底色，永远爱惜。老爸在人生七十的时候所写到的我和我的兄弟姐妹们的出生和童年，为我自己不能书写的那些日子，留下了深情的记录。感谢能够书写的父亲和不能书写但时刻与父亲在一起，并为我们建造了人生始发站的母亲。感谢他们带着我在土地上劳作的童年和青少年时代。我所认识的农作物生长的过程、田野里各种花草树木的名称，因而都不只是知识，更是生命的内涵和爱的赋予。我同时知道了人生的艰辛和幸福，它们之间奇妙的组合关系，不经历的人，是无法体会的。我能够体会到我的人生和王小波以及卡尔维诺的人生差别巨大：他俩都是生长在国际化大都市中的人，他们的文学事业，凝练着一种轻盈的气质，我可能做不到，也没有特别的愿望去做。但这就是文学的力量，让不同出身和不同风格的人，可以交流。

感谢那些存在于这一本册子里的亲人、朋友、老师和学生。我将你们和你们的名字写在这里，记述我们共同经历的那些时间和空间。我们互相占用并享用了对方的生命。还有什么比愿意在一起耗费时光更慷慨的赠予呢？所以，谢谢你们。

特别感谢杨争光老师。我将自己的文字拿去让他读，占用他的时间，还要获得他的评价，实在过意不去。但是作为他的作品的读者、他所编剧的影视剧的观众，多想听听他的读后感！所以就有了这一本小书最开头的那篇宝贵的文字。

感谢胡杰。我家和他家，两家人，二十多年的友情，一起聊电影，聊小说，聊孩子的成长，他的读后感，好几次看得我掉泪。人生的互相印证和互为存在式的友谊，不感动，怎么可能？

感谢许文军。一个成年累月都在中外典籍中浸泡的人，他怎么看这些文字？感谢他冷峻的外表下隐藏的耐心、细致和热忱。

这一本小册子的整理过程，持续了好几年。断断续续的，过一段时间，就打开这一个名为《穿越麦地》的文件，将目录重新编一下，看看是不是更合理。也有几次，拿给各种可能为它的出版提供帮助的朋友。这一次终于能够出版，感谢太白文艺出版社社长党靖先生的鼎力相助，李玫、张馨月两位编辑老师仔细阅读文稿，提出了极具启发性的修改意见。她们在出版内容和形式上处处追求完美，令我感动，从她们两位身上，我知道了，在人们都担心纸媒之命运的时代，是这些守护纸媒出版的业界精英，保障了它可能更加自觉地被读者需要的未来。

感谢陕西省委宣传部的领导和同志们的大力支持。感谢陕西省宣传思想文化系统"六个一批"人才项目为本书提供出版资助。在陕工作二十年，这个时间已经超出了我在任何一个地方生活的时间长度。能够以西安地区的学者或者作者的名义被别人命名，我心里的感受，是特别愉悦的，因为这说明，自己的人生和事业，已经和这一座城市紧紧地联系在一起了，这对我而言，无疑是一种荣耀。

2020 年 6 月 26 日